ASHLEY, OÙ ES-TU ?

ŒUVRES DE DANIELLE STEEL AUX PRESSES DE LA CITÉ

Album de famille
La Fin de l'été
Il était une fois l'amour
Au nom du cœur
Secrets
Une autre vie
La Maison des jours heureux
La Ronde des souvenirs
Traversées
Les Promesses de la passion
La Vagabonde
Loving
La Belle Vie
Kaléidoscope
Star
Cher Daddy
Souvenirs du Vietnam
Coups de cœur
Un si grand amour
Joyaux
Naissances
Le Cadeau
Accident
Plein Ciel
L'Anneau de Cassandra
Cinq Jours à Paris
Palomino
La Foudre
Malveillance
Souvenirs d'amour
Honneur et Courage
Le Ranch
Renaissance
Le Fantôme
Un rayon de lumière
Un monde de rêve
Le Klone et Moi
Un si long chemin
Une saison de passion

Double Reflet
Douce-Amère
Maintenant et pour toujours
Forces irrésistibles
Le Mariage
Mamie Dan
Voyage
Le Baiser
Rue de l'Espoir
L'Aigle solitaire
Le Cottage
Courage
Vœux secrets
Coucher de soleil à Saint-Tropez
Rendez-vous
À bon port
L'Ange gardien
Rançon
Les Échos du passé
Seconde Chance
Impossible
Éternels Célibataires
La Clé du bonheur
Miracle
Princesse
Sœurs et amies
Le Bal
Villa numéro 2
Une grâce infinie
Paris retrouvé
Irrésistible
Une femme libre
Au jour le jour
Offrir l'espoir
Affaire de cœur
Les Lueurs du Sud
Une grande fille
Liens familiaux
Colocataires

(Suite en fin d'ouvrage)

Danielle Steel

ASHLEY, OÙ ES-TU ?

*Traduit de l'anglais (États-Unis)
par Nelly Ganancia*

Les Presses de la Cité

L'édition originale de cet ouvrage a paru en 2021 sous le titre FINDING ASHLEY chez Delacorte Press, Random House, Penguin Random House Company, New York.

Le Code de la propriété intellectuelle n'autorisant, aux termes de l'article L. 122-5, 2ᵉ et 3ᵉ a), d'une part, que les « copies ou reproductions strictement réservées à l'usage privé du copiste et non destinées à une utilisation collective » et, d'autre part, que les analyses et les courtes citations dans un but d'exemple et d'illustration, « toute représentation ou reproduction intégrale ou partielle faite sans le consentement de l'auteur ou de ses ayants droit ou ayants cause est illicite » (art. L. 122-4).
Cette représentation ou reproduction, par quelque procédé que ce soit, constituerait donc une contrefaçon, sanctionnée par les articles L. 335-2 et suivants du Code de la propriété intellectuelle.

Les Presses de la Cité, un département Place des Éditeurs
92, avenue de France   75013 Paris

© Danielle Steel, 2021, tous droits réservés.
© Presses de la Cité, 2023, pour la traduction française.

ISBN : 978-2-258-20342-6
Dépôt légal : mai 2023

*À mes merveilleux enfants,
Beatie, Trevor, Todd, Nick,
Sam, Victoria, Vanessa,
Maxx et Zara.*

*Vous êtes un cadeau
Pour lequel je remercie Dieu
À chaque minute
De chaque jour
De ma vie.
Mon plus grand bonheur,
Ma plus grande joie !*

*Je vous aimerai toujours
De tout mon cœur.
Maman/D S*

1

Le soleil faisait jouer des reflets mordorés dans les cheveux sombres de Melissa Henderson, relevés en un chignon décoiffé. Le visage en sueur et les muscles des bras raidis par l'effort répété, elle était en train de poncer une porte, dans cette maison qui lui avait sauvé la vie. Lorsque Melissa en avait fait l'acquisition, quatre ans plus tôt, la bâtisse était quasiment en ruine, décrépite par le rude climat des monts Berkshire. Et pour cause, puisqu'elle était inhabitée depuis une quarantaine d'années. Lors de sa première visite, la maison grinçait et craquait de partout, à tel point que Melissa avait eu peur que les lames de parquet ne cèdent sous son poids. Pourtant, au bout de vingt minutes seulement, elle s'était tournée vers l'agent immobilier pour déclarer d'une voix assurée :
« Je la prends. »

Dès l'instant où elle avait pénétré dans cette maison centenaire au charme victorien désuet, elle s'y était sentie chez elle. Le terrain s'étendait sur quatre hectares plantés d'arbres vénérables et de vergers luxuriants, baignés par un petit ruisseau qui serpentait entre les collines du Massachusetts. Deux mois plus tard, Melissa avait la clé des lieux entre les mains, et depuis elle y travaillait d'arrache-pied. Cette demeure était devenue sinon son grand amour, du moins sa seule amie. Son unique désir était maintenant de lui redonner son lustre d'antan, ce qui l'obsédait et accaparait toute son attention. Et dans les faits, ce projet l'avait ramenée elle aussi à la vie.

Elle s'était donc mise à la menuiserie – en commettant quantité d'erreurs au début –, et avait suivi un atelier de plomberie et d'ébénisterie. Elle n'avait eu recours à des artisans locaux qu'en cas de force majeure, notamment pour la toiture, qu'il avait fallu entièrement remplacer. Sinon, elle avait tenu à s'occuper elle-même de la rénovation et ce travail manuel lui avait permis de garder la tête hors de l'eau.

La première chose qu'elle avait faite après avoir reçu officiellement les clés de la maison avait été de mettre en vente son appartement new-yorkais. Son ex-mari, Carson Henderson, lui avait répété à quel point il trouvait cela précipité et ridicule, puisqu'elle ne savait même pas si elle se plairait dans le Massachusetts. Mais Melissa était têtue, et pas du genre à faire marche arrière. En prenant cette décision, elle avait semblé si sûre d'elle... Et elle avait eu raison de s'écouter. Elle avait toujours désiré acheter une propriété à la campagne et quitter la grande ville. À ce jour, elle n'avait jamais regretté de l'avoir fait. Elle aimait passionnément ces vieux murs qui avaient bouleversé sa vie, lui avaient redonné un sens. Les quatre années précédant l'achat de la maison avaient été les plus sombres de toute son existence. Il lui arrivait encore d'y penser, assise sur la galerie de bois. L'épreuve que son mari et elle avaient traversée dépassait l'entendement : on avait diagnostiqué une tumeur au cerveau à leur petit garçon de 8 ans, Robbie. Un glioblastome, comme disaient les médecins. Carson et Melissa avaient tout essayé. En quelques semaines, ils avaient fait l'impossible pour que l'enfant puisse consulter les meilleurs spécialistes des États-Unis. Ils s'étaient également rendus jusqu'en Angleterre pour voir un grand chirurgien. Hélas, le diagnostic était toujours le même : aucune opération ne viendrait à bout du cancer. On ne donnait à Robbie qu'un an à vivre, deux maximum. Ses parents s'étaient alors efforcés de lui rendre la vie aussi belle que possible. Puis il s'était éteint, à 10 ans, dans les bras de sa mère. Et tout l'univers de Melissa s'était écroulé. Jusque-là, elle avait refusé d'admettre que son fils était condamné, se battant comme une lionne, tentant de trouver un traitement ou un chirurgien qui accepte d'opérer. Mais voilà : Robbie, son fils unique, avait disparu, et elle avait soudain cessé d'être maman.

    Melissa Henderson avait passé les deux années suivantes dans une sorte de brouillard, d'engourdissement et de demi-folie. Elle qui était une célèbre écrivaine, auteure d'au moins cinq best-sellers, dont deux adaptés au cinéma, elle avait renoncé à la littérature après la maladie de Robbie. Cela faisait maintenant sept ans qu'elle avait juré de ne plus jamais reprendre la plume, alors que l'écriture représentait une part extrêmement importante de son existence. Désormais, Melissa se consacrait corps et âme à sa maison, et voulait en faire un modèle d'architecture victorienne. Elle avait abandonné tout ce qui avait compté dans sa vie, jusqu'à la compagnie de ses semblables. Il lui avait fallu trouver une échappatoire capable de soulager sa souffrance, sa rage et son chagrin. Se dévouer à un projet titanesque et se dépenser physiquement avait apaisé sa douleur. Elle était toujours la première sur le chantier, et aidait les artisans à déplacer leurs outils et matériaux, à rénover les cheminées anciennes ainsi que les menuiseries. La demeure avait retrouvé son lustre et son éclat. Cuivres, carrelages, miroirs... toutes les surfaces étincelaient. Le terrain était luxuriant et parfaitement entretenu. Melissa en était fière. C'était le symbole de sa résilience, et un hommage à Robbie, qui aurait eu 16 ans cette année-là.

Le décès de leur fils avait aussi mis fin au mariage de Melissa et Carson. Ils s'étaient battus ensemble contre la maladie, mais ils avaient échoué. Cet enfant avait été le seul être que Melissa ait profondément aimé. Avec le temps, elle avait appris à vivre avec la souffrance, comme on se résout à vivre avec des douleurs chroniques ou une arythmie cardiaque. Mais penser à sa disparition lui coupait littéralement le souffle. Son désespoir l'avait rendue quelque peu indifférente à l'espèce humaine. De son côté, Carson aussi avait le cœur brisé. Tous deux s'étaient renfermés dans leur chagrin. Trop anéantis pour se soutenir mutuellement, ils avaient laissé leur couple se déliter. La deuxième année de deuil avait été encore pire que la première. À mesure que le brouillard de la sidération se dissipait, la conscience de la douleur se faisait plus vive. Puis un jour, Melissa avait découvert que Carson fréquentait une autre femme, une auteure de l'agence littéraire où il travaillait. Elle ne lui avait pas reproché cette infidélité dans la mesure où elle-même n'était plus qu'un fantôme. Il était trop tard. De son côté, elle n'avait jamais ressenti le besoin ni même l'envie de se tourner vers un autre homme – Melissa n'avait d'ailleurs fait aucune tentative pour reconquérir Carson ou sauver son mariage. Plus rien n'avait d'importance puisqu'elle se sentait morte. Leur relation avait fait son temps.

Melissa avait rencontré Carson à 31 ans, après avoir achevé le manuscrit de son premier roman. L'une de ses amies lui avait alors recommandé les services de Carson comme agent littéraire. Ce dernier avait été renversé par le talent de Melissa, par la pureté et la puissance de son style. Il lui avait immédiatement proposé de travailler pour elle. Depuis la fin de ses études, Melissa faisait des piges pour la presse. Mais du jour au lendemain, sa vie avait changé grâce à Carson qui avait su convaincre une très prestigieuse maison d'édition de publier son premier roman. Ils avaient célébré la signature de ce contrat en or en trinquant toute la soirée au champagne. Et ils avaient fini la nuit dans le même lit. Un an plus tard, ils étaient mariés, et dix mois après la cérémonie Robbie venait au monde. Jusqu'à la maladie du petit garçon, ils avaient vécu une vie de rêve. Onze ans de bonheur ensemble, c'était tout de même un joli bout de chemin.

Si Carson était un agent influent et respecté, il restait modeste et ne s'était jamais attribué le mérite du succès fulgurant de Melissa. Il la considérait même comme l'auteur le plus talentueux avec lequel il ait jamais travaillé. Lorsqu'elle avait arrêté l'écriture pour s'occuper de Robbie à plein temps, ni Carson ni elle n'avaient imaginé que cela signerait la fin de sa carrière. Le besoin viscéral d'écrire, qui l'habitait depuis l'adolescence, avait soudain volé en éclats. « Les mots ont disparu avec Robbie », se justifiait-elle. Les encouragements de Carson et les supplications de ses éditeurs ne l'avaient pas fait changer d'avis. Elle avait laissé derrière elle son mari, sa célébrité, New York et toutes les personnes qu'elle y connaissait. Il n'y avait plus d'homme dans son existence, et elle n'en voulait pas. Il ne restait plus qu'elle, sa maison, et tout était à reconstruire. Ainsi, en ce matin d'été, ponçant en plein soleil une porte ancienne à l'aide de papier de verre à grain fin, Melissa était une femme de 49 ans qui avait commencé une nouvelle vie.

Après le départ de Melissa, l'aventure extraconjugale de Carson s'était muée en une relation solide et durable. Jane, sa nouvelle compagne, était une auteure de polars à peine plus âgée que Melissa. Elle avait deux filles, avec lesquelles Carson avait noué une véritable complicité, comblant dans une certaine mesure son besoin de paternité. Il avait épousé Jane aussitôt le divorce prononcé. Melissa lui avait présenté tous ses vœux de bonheur, mais n'avait pas cherché à rester en contact avec lui, si ce n'est pour lui envoyer chaque année une carte à la date de la mort de Robbie. Après la disparition de leur fils, ils s'étaient retrouvés sans rien en commun, et leurs souvenirs de leurs mois de lutte contre la maladie étaient trop douloureux. Pour Melissa, couper les ponts était aussi une manière d'échapper à son passé.

Cette situation n'était pas nouvelle pour elle. Auparavant, elle avait déjà rompu presque toute relation avec sa jeune sœur Harriet. En tout cas, elle ne l'avait pas revue depuis les funérailles de Robbie. Elle estimait qu'elles n'avaient plus rien à se dire ni à partager, et refusait de gaspiller son temps avec leurs éternelles querelles. Hattie – c'était son surnom – avait, selon Melissa, perdu les pédales dix-huit ans plus tôt. À 25 ans, après de brillantes études de théâtre et de cinéma à la prestigieuse Tisch School of the Arts de l'université de New York, Hattie avait abandonné, sans raison apparente, son rêve de devenir actrice afin d'entrer dans les ordres. Melissa était persuadée que cette crise mystique relevait de la psychose. Et la crise ne semblait pas vouloir passer, car Hattie paraissait satisfaite du chemin de vie qu'elle avait emprunté. Or il se trouvait que Melissa éprouvait une profonde aversion envers les religieuses. La décision de Hattie était pour elle non seulement une forme de démission, mais aussi une trahison personnelle à l'égard de ce qu'elles avaient vécu toutes les deux.

Lorsque leur mère était morte, Hattie n'avait que 11 ans et Melissa, 17. Sa vie durant, cette mère avait été froide, sévère et profondément croyante, ce qui n'était guère surprenant puisqu'elle-même provenait d'une famille austère et rigoriste. Elle s'était toujours montrée particulièrement dure envers sa fille aînée. Melissa avait grandi avec l'impression constante d'être une source de déception. Après le décès de sa mère, Melissa n'avait pas su vers qui se tourner pour exprimer l'amertume que lui avait laissée cette femme. Elle s'en était donc remise au seul exutoire qu'elle connaissait, c'est-à-dire l'écriture. Il en était sorti des livres percutants, plébiscités par le public. Si le souvenir de sa mère la faisait encore souffrir, elle estimait néanmoins qu'il était trop tard pour lui pardonner. À vrai dire, depuis la mort de Robbie, Melissa ressemblait de plus en plus à sa mère : elle avait des opinions tranchées, une propension à critiquer autrui et une vision manichéenne du monde. De son côté, Hattie avait une personnalité plus affectueuse, et faisait davantage penser à leur père. C'était un homme doux, mais qui avait aussi ses faiblesses. Il vivait sous le joug de son épouse, qui l'ignorait sans vergogne, si bien qu'il avait fui ses responsabilités en se réfugiant dans l'alcool. Melissa avait longtemps espéré le voir s'opposer aux diktats de sa mère, mais il avait abdiqué. Si Melissa le lui reprochait et lui en voulait beaucoup, Hattie, en revanche, était prompte à aller de l'avant. Mais il faut dire qu'elle avait toujours été traitée comme la petite dernière, et n'avait pas eu autant à souffrir de la tyrannie maternelle.

Melissa et sa sœur avaient perdu leurs deux parents en l'espace de quelques mois. Du haut de ses 18 ans, c'est elle qui avait dû prendre en charge sa petite sœur. À ce moment-là, le seul adulte susceptible de les conseiller était le banquier préposé à l'administration de leurs biens – autant dire un parfait inconnu. ce qui expliquait notamment qu'elles aient été si proches pendant près de quinze ans. Melissa avait fait tout son possible pour élever sa cadette, la protéger et suivre sa scolarité. Mais un jour, sans que Melissa le comprenne, Hattie avait tout abandonné pour prendre le voile. L'aînée n'avait pas mâché ses mots : Hattie était lâche et fuyait la vie comme l'avait fait leur père. La cadette disait avoir trouvé au couvent un véritable refuge, retiré du monde. Elle se défendait en prétextant que la carrière d'actrice était trop difficile et sa vocation spirituelle désormais plus forte que tout. Elle avait laissé tomber son rêve de jeunesse après son premier casting à Hollywood et les accusations de sa sœur n'avaient pas pu infléchir sa décision.

Leurs propres parents s'étaient également retrouvés orphelins à un jeune âge. L'histoire se répétait, à ceci près que l'un comme l'autre était enfant unique. Forcée de s'en sortir seule, leur mère avait dû interrompre ses études pour commencer à gagner sa vie, ce qui expliquait en partie sa rudesse et ses frustrations. Leur père, au contraire, avait touché un héritage considérable – toutefois vite amoindri par sa mauvaise gestion et de longues périodes de chômage. L'argent avait été un motif récurrent de disputes au sein du foyer, leur mère étant terrifiée à l'idée de tomber à nouveau dans la pauvreté. Mais en réalité, à la mort de leurs parents, les deux sœurs avaient eu encore assez d'économies pour se payer des études et partager un petit appartement. Leur père avait eu la présence d'esprit de souscrire une bonne assurance-vie afin qu'elles puissent vivre, non dans le luxe, mais dans un certain confort jusqu'à leur entrée dans la vie professionnelle.

À 18 ans, Melissa avait donc endossé toutes les responsabilités parentales, et peut-être même mieux que ne l'avaient fait ses parents. Elle était intelligente et déterminée. Elle avait veillé à ce que sa sœur ait toujours des notes lui permettant d'intégrer une bonne université. Trop sérieuse pour son âge, quoique moins sévère que sa mère, elle était en tout cas bien plus responsable que son père. Après avoir vendu le duplex familial sur Park Avenue, elle avait acheté un modeste appartement dans le West Side, un quartier plus abordable, et tenait rigoureusement leurs comptes, de façon à faire durer leur héritage le plus longtemps possible. Et alors que tout semblait aller pour le mieux, sa petite sœur était entrée au couvent, et l'univers de Melissa s'était à nouveau écroulé. Elle s'était retrouvée seule.

C'est à ce moment précis qu'elle s'était mise à écrire, jour et nuit, pour combler le vide et essayer de comprendre pourquoi Hattie avait abandonné son rêve.

Dans son premier livre, très sombre, elle avait exprimé sa colère à l'égard de sa mère. À la suite de cette publication, qui avait reçu un immense succès, elle avait cru avoir saisi un peu mieux l'amertume qui avait été la sienne. En revanche, la fuite de Hattie était demeurée un mystère.

Melissa avait vécu le départ de sa sœur comme un affront. Il avait été le moteur de sa rage d'écrire pour exorciser ses démons. Si, de son côté, elle avait eu la chance de devenir une auteure célèbre, elle ne pardonnait toujours pas à sa cadette d'avoir gâché son propre talent. Avant de partir pour sa première audition à Hollywood, Hattie avait tenu quelques petits rôles dans des feuilletons télévisés et fait de la figuration dans une pièce à Broadway. Mais au moment même où elle aurait pu saisir sa chance, elle avait paniqué et était rentrée à New York. Dès son retour, elle avait annoncé à Melissa sa décision d'entrer dans les ordres. Selon elle, c'était un désir de longue date. Cependant, connaissant l'aversion de sa sœur pour les religieuses, elle n'avait jamais osé lui en parler. C'en était fini de leur complicité d'autrefois et Melissa avait à peine adressé la parole à Hattie lors des funérailles de Robbie. Elle n'avait aucune envie d'entendre les platitudes que sa sœur aurait pu lui servir, par exemple que son petit ne souffrait plus là où il était et que c'était mieux ainsi.

Melissa lui écrivait une fois par an, comme à Carson, plutôt par sens du devoir qu'autre chose. Hattie lui envoyait un mot de temps à autre, souvent pour lui témoigner son affection. Elle ne souhaitait pas rompre le contact avec sa grande sœur et était convaincue que Melissa finirait par la comprendre et accepter son choix de vie. Mais pour le moment, il était clair que Melissa préférait la solitude. Elle ne voulait qu'on lui montre ni pitié ni empathie, toutes les tentatives de consolation ayant plutôt tendance à retourner le couteau dans la plaie. Seule la rénovation de sa demeure semblait lui apporter réconfort et satisfaction.

À l'époque où Hattie avait pris le voile, le monastère l'avait d'abord envoyée en école d'infirmière. Elle exerçait maintenant son métier dans un hôpital du

Bronx. Melissa s'était rendue à sa remise de diplôme, mais ne s'était pas déplacée quand Hattie avait été consacrée novice ni quand elle avait prononcé ses vœux définitifs. Ne serait-ce que la voir porter l'habit lui était trop douloureux. Après sa profession, Hattie avait officié deux ans dans un orphelinat au Kenya. C'était un travail qu'elle avait adoré. Melissa se disait heureuse, elle aussi – du moins, au début de son mariage. Mais après la disparition de son enfant, elle avait dressé autour d'elle une muraille infranchissable.

Les hommes qu'elle avait embauchés pour la rénovation de sa maison la trouvaient honnête et respectueuse. Elle les payait bien et, plus surprenant encore, travaillait aussi dur qu'eux, ne rechignant devant aucune tâche. Ils étaient impressionnés par sa force et son habileté. Toutefois, elle s'était toujours montrée très réservée.

Les ouvriers évoquaient souvent le caractère taciturne de la patronne : c'était une femme courageuse, mais guère chaleureuse. L'un d'entre eux l'avait même surnommée « l'oursin », car « qui s'y frotte s'y pique ! ». Dans ces moments-là, Norm Swenson, le maître d'œuvre, la défendait systématiquement. Il sentait bien qu'il devait y avoir une explication à sa dureté. De temps à autre, Norm repérait dans son regard un éclat fugitif et il avait le sentiment que Melissa se retenait d'exprimer toutes les facettes de sa personnalité.

« Les gens comme elle ont souvent une bonne raison d'être comme ils sont », répliquait-il aux ouvriers avec son accent typique de la Nouvelle-Angleterre. Il appréciait beaucoup Melissa et les rares conversations qu'ils avaient eues ensemble. Elles tournaient toujours autour de la maison ou de l'histoire de la région – jamais de leur vie privée. Norm était certain qu'une belle personne se cachait derrière sa froideur et ses paroles lapidaires. Et il ne pouvait s'empêcher de se demander comment elle en était arrivée là.

Les relations de Melissa avec les gens des environs n'étaient guère plus fructueuses. Elle restait dans son coin, on la laissait vivre sa vie, ce qui lui convenait bien. Ainsi, elle n'avait pas à aborder la mort de Robbie. En outre, elle avait conservé le nom de Carson après le divorce, ce qui lui permettait de garder une forme de lien avec son fils. Or le fait que Melissa ait écrit tous ses livres sous son nom de jeune fille lui garantissait un certain anonymat. Melissa Henderson était une parfaite inconnue, alors que tout le monde avait au moins entendu parler de Melissa Stevens, la célèbre écrivaine.

Lorsque leurs vieux amis de New York déploraient l'absence de Melissa, qu'ils n'avaient pas vue depuis des années, Carson expliquait que certaines personnes ne se remettent jamais de la mort d'un enfant. Et si l'épreuve avait été extrêmement difficile pour lui aussi, il avait pour sa part réussi à remonter la pente grâce à son entourage. Carson aimait sa nouvelle vie, et se sentait plus calme, plus apaisé en compagnie de Jane. Il y avait chez son ex-femme un côté sombre, colérique, qui trouvait ses racines dans sa relation compliquée avec ses parents. Oui, Melissa avait été heureuse avec lui, mais elle n'avait jamais eu la nature ingénue et solaire de sa sœur Hattie. Quant à Jane, sa nouvelle épouse, c'était une femme stable, solide. Si elle ne possédait pas le talent ni l'esprit brillant de Melissa, elle n'avait pas non plus une âme aussi torturée.

Carson en avait parlé à plusieurs reprises avec Hattie juste après la mort de Robbie. Celle-ci pensait que l'expérience du drame adoucirait le caractère de Melissa. Or c'est exactement l'inverse qui s'était produit.

Carson avait toujours apprécié sa belle-sœur, et même s'il l'avait perdue de vue après son départ pour le Kenya, il pensait encore souvent à elle. Il comprenait parfaitement que Hattie ne veuille pas rester en contact avec lui. Mais elle lui avait écrit, une fois, pour le féliciter à l'occasion de son remariage, en lui disant qu'elle prierait pour lui et sa nouvelle famille. C'étaient là les dernières nouvelles qu'il avait reçues.

Bien qu'elles aient déjà été en froid depuis plusieurs années, Hattie avait proposé de venir voir Robbie à l'hôpital quand il était tombé malade. Jusqu'à la fin, pour soulager sa sœur, elle avait régulièrement été présente au chevet de son neveu. Mais depuis, c'était le silence radio. Hattie ne connaissait même pas la maison que sa sœur aimait tant.

Quand Melissa eut fini de poncer la porte, elle la souleva pour la remettre sur ses gonds. Les travaux l'avaient rendue forte. Elle étudia les fibres du bois qu'elle venait de dénuder. Il ne restait plus qu'à appliquer une couche de vernis, mais elle était déjà satisfaite de son œuvre. On appréciait déjà mieux la délicatesse des moulures et des ornements.

Après les efforts de la matinée, elle se prépara une tasse de café qu'elle but debout, le regard perdu à l'horizon. Au-delà de la pelouse se trouvaient les arbres centenaires et les vergers. Une équipe de saisonniers récoltait les pommes à l'automne, pour les vendre au marché du village. Grâce au succès de ses livres, Melissa avait désormais le temps et l'argent de faire tout ce qui lui plaisait.

Elle avait été l'un des auteurs les plus célèbres du pays, avant de se retirer de la vie publique, au grand dam de ses éditeurs. Carson était navré de la situation, mais il connaissait mieux que quiconque son obstination.

Melissa n'avait plus remis le pied à New York depuis qu'elle avait acheté la maison, et s'était éloignée de tous ses amis. Elle n'avait aucune envie de les entendre parler de leur vie de famille, et encore moins de voir leurs enfants.

À certains moments, elle constatait à quel point il était étrange de ne plus recevoir d'affection de la part de quelqu'un. C'en était fini des câlins exubérants de Robbie, mais aussi des caresses douces et sensuelles qu'elle avait partagées avec Carson. De temps à autre, l'un des artisans lui touchait le bras, l'épaule, ou bien c'était Norm, qui lui posait la main dans le dos. Cela faisait toujours sursauter Melissa. La sensation n'était pas familière, et pas spécialement agréable. Comme si elle ne voulait pas se souvenir qu'il existait cette chose que l'on nomme la tendresse. Carson l'avait pourtant connue très aimante. Quant à Robbie, c'était un vrai pot de colle. « Je veux te faire un câlin ! » était sa phrase préférée et il ne se faisait pas prier pour sauter au cou de sa mère, manquant de la renverser et de l'étouffer. C'était un petit garçon joyeux, costaud et plein de vie, avant qu'il ne devienne trop faible pour marcher, puis pour lever la tête. Les semaines qui avaient précédé son décès, Melissa était restée à son chevet, lui tenant la main jusqu'à ce qu'il s'endorme. À la fin, il somnolait presque tout le temps et elle le veillait, vérifiant à tout moment qu'il respirait encore, savourant chaque seconde qu'il lui restait à vivre.

— Tu ne peux pas te couper du monde entier ! l'avait avertie Carson.

Telle fut cependant sa façon de survivre à la pire épreuve auquel le destin ait pu la soumettre. Elle s'en était sortie, mais y avait laissé sa gaieté. Dans leur enfance, Hattie était plus vive et plus fougueuse, mais Melissa avait pour sa part un solide sens de l'humour, qui ne transparaissait désormais plus que par ses piques sarcastiques. La perte, immense et intolérable, l'avait transformée.

Tous les matins, elle regardait le soleil se lever avant de se mettre au travail, et se couchait souvent très tard. Parfois, elle lisait ou se reposait au coin du feu, perdue dans ses pensées, mais jamais trop longtemps, car alors ses souvenirs la rattrapaient. Elle vivait tant bien que mal au présent. Dans le voisinage, personne ne savait combien elle s'était battue, pendant ces quatre années, pour s'accrocher à la vie plutôt que de tout laisser tomber. La maison était sa thérapie, et c'était devenu l'une des plus belles propriétés des Berkshires, avec ses matériaux nobles et ses finitions artisanales. Dans un sens, c'était une œuvre d'art.

Par moments, il arrivait à Melissa de penser à sa sœur Hattie, à sa chevelure d'un roux flamboyant, maintenant cachée sous un voile, et à ses immenses yeux verts, qui lui donnaient l'air d'un elfe quand elle était petite. C'était alors un vrai garçon manqué, avant de devenir une jeune femme d'une beauté et d'une grâce naturelles. Dès l'adolescence, tous les garçons lui faisaient la cour. Melissa, avec ses cheveux noirs et ses yeux bleus, dégageait un charme plus froid et moins abordable. De plus, quand Melissa était entrée à la fac, l'éducation de sa petite sœur ne lui avait guère laissé le temps de s'intéresser à ce genre de choses. Elle n'avait fréquenté personne avant sa troisième année d'études.

Lorsque Melissa avait décroché son premier emploi, Hattie avait 16 ans et était devenue une très belle jeune fille aux courbes sensuelles, une adolescente joyeuse, sociable et extravertie. Tous les garçons de son lycée new-yorkais lui couraient après et elle adorait jouer de son charme. Le fait qu'elle ait décidé de se couper du monde était d'autant plus inexplicable qu'elle avait tout pour elle ! Melissa n'y avait pas cru au début. Or cela faisait maintenant dix-huit ans que Hattie restait fidèle à cette vocation que Melissa n'avait jamais comprise ni acceptée, mais qui aurait comblé leur mère.

Après le départ de sa sœur pour le couvent, Melissa s'était sentie horriblement seule dans le petit appartement qu'elles partageaient jusque-là. Rien de tel dans sa demeure du Massachusetts. Elle avait pris goût à la solitude depuis que sa relation avec Carson était finie : elle avait même éprouvé un sentiment de libération lorsqu'il avait quitté leur domicile du quartier de Tribeca.

Melissa s'était tout de suite mise à la recherche d'une propriété à acquérir, et avait trouvé la perle rare en un temps record. Pour elle, cela avait été un soulagement de ne plus passer chaque jour devant la chambre vide de Robbie.

Le soir venu, Melissa monta dans son petit bureau. En s'asseyant, elle jeta un coup d'œil à une photo posée sur sa table de travail. On y voyait Hattie lors du bal de fin d'année de terminale, sublime et rayonnante dans sa robe bleu pâle, les cheveux tirés en arrière et relevés en une masse de bouclettes cuivrées. C'était Melissa, bien sûr, qui avait aidé sa sœur à choisir la robe... Les seules photos qu'elle avait de Hattie remontaient à leur jeunesse, à cette image qu'elle voulait garder de sa petite sœur.

Après avoir réglé ses factures, Melissa alla se coucher avec un livre. Ce soir-là, comme tous les autres, elle s'endormirait avec la lumière allumée, de peur que l'obscurité fasse resurgir des souvenirs. Elle avait appris à vivre avec le deuil, et avec toutes les épreuves qu'elle avait traversées. Alors qu'elle balayait la pièce du regard depuis son grand lit confortable, un sourire se dessina sur ses lèvres. Elle se sentait en paix dans sa maison silencieuse, se répétant que rien ne servait de remuer le passé, et qu'elle était désormais heureuse. Elle en était presque convaincue tandis qu'elle sombrait dans le sommeil, épuisée par le travail de la journée. Se dépasser physiquement, tel était le secret pour échapper aux fantômes qui menaçaient de revenir la hanter chaque nuit.

2

Le lendemain matin, Melissa décrocha une deuxième porte, la sortit de la maison, la posa sur les tréteaux, considéra le travail qui l'attendait et se mit à l'œuvre sous un soleil encore plus brûlant que la veille. Cet été-là était particulièrement torride, et à peine quelques minutes plus tard la sueur dégoulinait déjà le long de son dos.

Elle capitula après une heure d'effort. Elle attrapa la porte, l'appuya contre un arbre et déplaça les tréteaux à l'ombre. Il n'y avait pas un souffle de vent, seul le chant des grillons se faisait entendre. Le ponçage demandait une certaine régularité et de la minutie, mais elle y trouvait du plaisir. À midi, Melissa tomba à court de papier de verre. Elle passa un tee-shirt sur le haut de maillot de bain qu'elle portait pour être à son aise. On était samedi, personne ne pouvait la voir. Il n'y avait que les jardiniers, qui à cette heure étaient occupés à débroussailler les limites de la propriété ou à ramasser les premières pommes de l'année. C'était l'été le plus chaud qu'elle ait connu ici, et le plus sec – pas une goutte de pluie n'était tombée depuis le mois d'avril.

Melissa but un grand verre d'eau à la cuisine, prit son sac à main et ses clés de voiture. Elle devait aller chercher tout un tas de choses au magasin de bricolage : une nouvelle brouette, une pièce de rechange pour la tondeuse, du désherbant, sans oublier le papier de verre... Elle laissa son SUV au garage et se mit au volant du pick-up, plus pratique pour rapporter ses achats. Le village n'était qu'à dix minutes, mais elle aurait préféré éviter le déplacement, surtout à cette période de l'année : l'été, la petite bourgade, très pittoresque, attirait de nombreux touristes, et Melissa préférait le calme des autres saisons.

Dans sa vie d'avant, un samedi d'été à New York, Melissa serait allée faire du shopping chez Bergdorf Goodman, un grand magasin de luxe où elle avait ses habitudes. Elle aurait évidemment craqué pour des escarpins. Ou alors elle aurait emmené Robbie choisir un nouveau blouson pour la rentrée, avant d'aller jouer dans Central Park. À cette époque, ils passaient généralement deux semaines à la plage, dans une maison qu'ils louaient à Sag Harbor, dans les Hamptons. Carson et Melissa y retrouvaient des couples d'amis, tous éditeurs ou écrivains. Mais ce temps était révolu. Les sorties de Melissa se limitaient désormais à la quincaillerie du village. Elle ne s'était acheté aucun nouveau vêtement depuis qu'elle avait emménagé dans la région, et elle avait donné une grande partie de sa garde-robe en quittant New York. C'en était fini de la vie mondaine, elle ne mettait plus que des jeans et autres vieux habits pour bricoler. Le maillot qu'elle portait ce jour-là datait d'un voyage dans le sud de la France avec Carson et Robbie. À vrai dire, il lui allait mieux maintenant : quatre ans de travaux physiques avaient raffermi son corps et affûté ses muscles. S'il lui arrivait, l'été, de nager dans le lac voisin, ou de se rafraîchir dans le ruisseau qui traversait sa propriété, personne n'était là pour la voir et elle ne se souciait absolument pas de son apparence. Alors qu'elle prenait le volant du pick-up, son tee-shirt lui collait à la peau et ses longs cheveux noirs étaient attachés en un chignon flou.

Phil Pocker, le propriétaire de la quincaillerie, salua Melissa d'un signe de tête en la voyant entrer dans son magasin. Le septuagénaire se montrait généralement très souriant envers sa clientèle, mais il savait qu'il était inutile d'en faire trop avec Melissa. Cette dame ne se déridait guère, et n'engageait pas facilement la conversation, si ce n'était pour commenter la météo ou demander conseil sur un produit dont elle avait entendu parler et qu'elle souhaitait essayer.

— Bonjour, madame Henderson. Pas trop dur de bosser sous ce cagnard ? lui demanda Phil en la voyant affublée de son tee-shirt hérité de ses années à l'université Columbia.

Pete, le fils de Phil, devait avoir l'âge de Melissa et travaillait lui aussi au magasin. Il n'appréciait guère cette cliente, qu'il jugeait hautaine et déplaisante. Pour sa part, Phil trouvait que c'était une très belle femme, même si elle ne parlait pas beaucoup. Elle était grande, élancée, avec un joli visage. Pete ne s'en souciait guère : après cinq enfants et vingt-sept ans de mariage, sa propre femme, ancienne pom-pom girl, était encore une vraie bombe.

— Elle n'est pas hautaine, seulement un peu taiseuse, arguait Phil pour défendre Melissa. Elle est toujours polie et j'aime mieux la servir, elle, plutôt que les vacanciers qu'on a en ce moment. Au moins, elle connaît son affaire. D'après Norm Swenson elle travaille plus dur que ses ouvriers ! Elle n'embauche que des gars du coin, et en plus elle paie bien. C'est une femme bien, quoique pas très chaleureuse.

— C'est rien de le dire ! bougonnait Pete. L'autre jour, elle m'a parlé comme à un idiot parce que je n'avais pas la taille de clé qu'elle cherchait.

— Elle est un peu brute de décoffrage, mais elle ne pense pas à mal...

À l'instar de Norm, Phil devinait qu'il y avait une explication au caractère peu amène de Melissa. Les deux hommes sentaient, à son attitude un peu pincée, et à une certaine tristesse dans son regard, qu'il y avait sans doute un drame derrière tout ça. Ils soupçonnaient une grande fragilité chez elle, comme si elle risquait de se briser si on l'approchait de trop près...

— Par un temps pareil, ça pourrait bien cramer, reprit Phil en empilant sur le comptoir les petits articles de la liste qu'elle lui avait tendue.

— Oui, ça m'inquiète aussi, répondit Melissa. J'ai envoyé mes gars débroussailler les bords du ruisseau, on ne sait jamais. Et on n'est qu'en juillet... L'été va être long.

— Vous êtes sur quoi, en ce moment ? s'enquit Phil.

— Je ponce les portes : cent ans de peinture à décaper... Je viens de commencer, précisa-t-elle en lui offrant un de ses rares sourires.

— Vous n'êtes pas au bout de vos peines ! répondit Phil avec un hochement de tête.

Même à son âge, Phil aimait encore autant qu'un autre admirer une jolie femme. Voilà quinze ans que son épouse avait été emportée par un cancer. Sa quincaillerie, Pocker et Fils, était la mieux achalandée de la région. Il renouvelait régulièrement son offre pour proposer les meilleurs produits et était incollable dans son domaine, en particulier pour ce qui était de la plomberie et de l'électricité. Melissa, tout comme Norm Swenson, lui demandait souvent conseil. Le maître d'œuvre éprouvait pour le commerçant du respect et de l'affection ; il leur arrivait d'ailleurs de dîner ensemble de temps à autre. Par l'âge, Norm était plus proche de Pete, mais il appréciait davantage le père que le fils. Phil était un homme intelligent, simple et franc. Il avait beaucoup aidé Norm quand il avait lancé son entreprise.

Melissa porta elle-même ses courses, à l'exception de la brouette, que le jeune employé saisonnier de la quincaillerie hissa sur le plateau du pick-up. Et moins d'une heure après être partie, elle était de retour chez elle avec tout ce dont elle avait besoin.

Dans l'après-midi, Norm passa la voir, comme souvent quand il avait un chantier à proximité. Elle s'était remise à la tâche et ne l'entendit pas arriver : elle le vit alors qu'il était déjà à deux pas. Il était grand, avec les bras et les épaules musclés, et il arborait une crinière châtain clair. Ses yeux d'un bleu intense illuminaient un visage bienveillant. Après un an à Yale, il avait laissé tomber la fac pour se consacrer à sa passion et vivre du travail de ses mains. Il disait qu'il n'était pas fait pour les études, ce qui ne l'empêchait pas de s'intéresser à toutes sortes de choses, de lire énormément et d'être très cultivé. Melissa et lui avaient eu à plusieurs reprises des conversations passionnantes. À 50 ans, il était divorcé et sans enfants. De temps à autre, il mentionnait bien une petite amie, mais cela ne semblait jamais durer très longtemps. Ils n'abordaient jamais leur vie privée ensemble : Melissa ne se livrait pas spontanément, et il respectait sa réserve. Chez elle, Norm avait remarqué, un peu partout dans le salon, les photos d'un petit garçon, mais aucune trace d'un homme. Elle préservait sa part de mystère et il ne voulait pas se montrer intrusif. Tout ce qu'il savait d'elle, c'est qu'elle était de New York.

— Phil m'a appris que vous décapiez toutes vos portes ? Vous en avez pour un bout de temps !

Elle opina, reposant son morceau de papier de verre.

— Oui, je me donne un an ou deux, commenta-t-elle avec un sourire. Je me suis dit l'autre jour qu'elles seraient bien plus belles si on voyait le bois.

— Vous voulez un coup de main ? proposa-t-il, se doutant déjà de la réponse.

— Je vous ferai signe si je flanche, assura-t-elle. En attendant, je vous offre un thé glacé, ou une citronnade peut-être ?

Il accepta avec gratitude et put savourer toute la fraîcheur de la cuisine en entrant dans la pièce qu'il avait refaite à neuf – c'est lui aussi qui avait installé la climatisation dans toute la maison trois ans plus tôt, ce qui se révélait fort appréciable. Mais là Melissa était en nage, et l'idée ne lui serait pas venue de s'en excuser, se sentant parfaitement à l'aise en sa compagnie. D'ailleurs, Norm ne se serait jamais permis la moindre parole déplacée. Il voyait bien que le regard des hommes importait peu à Melissa, et il ne voulait pas gâcher leur belle collaboration. Melissa sortit le pichet du réfrigérateur et mit une tranche de citron dans chaque verre.

— Vous avez entendu qu'il y a eu le feu dans un camping à 80 kilomètres d'ici la semaine dernière ?

demanda-t-il. Heureusement qu'il n'y avait pas de vent, les pompiers ont pu l'éteindre rapidement.

— Oui, certaines personnes ne se rendent pas compte que ça peut partir très vite...

C'est Norm qui, dès le début, l'avait prévenue de la nécessité de débarrasser le terrain des broussailles sèches. Il était impressionné par la quantité d'informations qu'elle avait assimilées depuis son arrivée et par son sens des responsabilités en tant que propriétaire d'une maison dans les Berkshires.

Quand il eut vidé son verre, Norm prit congé et Melissa se remit au travail. À 20 heures passées, tandis que le soleil commençait à décliner, elle s'arrêta enfin et alla prendre une douche. Puis elle se prépara une petite salade, ayant pour habitude de se nourrir, l'été durant, de fruits et de légumes de la propriété. Elle se permettait quelquefois un peu de volaille ou de poisson, mais elle n'avait jamais aimé cuisiner et s'en tenait donc au strict minimum. Pour Norm, en revanche, la cuisine était une vraie passion. Il lui arrivait d'apporter à Melissa un pot de confiture ou une bouteille de vinaigre concoctés dans la cuisine ultra-moderne qu'il s'était installée chez lui. Celle de Melissa était bien plus basique, adaptée à une personne qui vivait seule et ne recevait jamais.

Norm était passé maître dans l'art de laisser fuser, sans les attraper au bond, les remarques au vitriol de Melissa sur l'espèce humaine, et sur la vie en général.

Elle ne dirigeait d'ailleurs jamais ses paroles acerbes contre lui. Norm, en fin psychologue, savait reconnaître ses sautes d'humeur et ne prenait pas la nature taciturne de sa cliente comme une offense personnelle. Elle restait toujours très polie avec les ouvriers – et gratifiait même Norm d'une attitude presque chaleureuse, car il lui témoignait pour sa part une bienveillance indéfectible. Melissa elle-même admettait souvent devant lui qu'elle n'avait pas un caractère facile, mais ne faisait pas mine d'essayer de changer. Il l'acceptait telle qu'elle était, et appréciait ses nombreuses qualités : il estimait que c'était une femme honnête et respectable, qui vivait en accord avec ses valeurs.

Melissa mangea sa salade en regardant les actualités locales : un nouvel incendie s'était déclenché dans un camping, cette fois plus proche que celui de la semaine précédente. Le feu était trop loin pour prendre des mesures et il n'y avait pas encore lieu de s'inquiéter. Mais dans la nuit, elle se réveilla au bruit d'une tempête et vit par la fenêtre les branches s'agiter sous les bourrasques. Elle sortit de son lit et se précipita sur la galerie. Un vent violent s'était soudain levé, venu de nulle part. Mais aucune odeur de fumée n'était perceptible et elle retourna se coucher.

Le lendemain matin, Melissa alluma la télévision et apprit que le feu de la veille avait pris des proportions alarmantes. Le vent ne semblait pas vouloir se calmer, ce qui était d'autant plus inquiétant qu'il soufflait dans sa direction. Or, la maison entière et ses dépendances étaient en bois...

Une heure plus tard, Norm la trouva en train de diriger le jet d'eau vers le toit lorsqu'il arriva à bord de son 4x4.

— J'allais vous proposer de le faire ! annonça-t-il en s'avançant vers elle.

Melissa avait presque terminé et s'attaquait maintenant aux arbres les plus proches de la maison. Elle n'était pas sûre que cela change quoi que ce soit si le feu arrivait, mais elle ne pouvait pas non plus rester les bras croisés...

— Ça se rapproche, commenta Norm. J'écoute la radio depuis 5 heures ce matin, et j'ai moi aussi arrosé ma maison.

— Oui, et ça vient encore d'un camping, réagit Melissa en tenant fermement le tuyau.

Norm marqua une pause avant de répondre d'une voix grave :

— Cette fois, ils soupçonnent un incendie criminel.

Melissa fronça davantage les sourcils. Avec l'inquiétude, sa colère partait au quart de tour.

— Il faudrait punir sévèrement tous les pyromanes..., lâcha-t-elle.

— Si c'est le cas, le coupable finira derrière les barreaux, modéra Norm.

— Je ne comprends pas comment on peut faire une chose pareille !

— Voulez-vous que j'arrose les autres bâtiments ?
— Oui, je vous accompagne. Pour la maison, j'ai fait tout mon possible.

À bord du 4x4, ils firent le tour de la propriété pour arroser toutes les dépendances. Melissa avait équipé chacune d'elles d'un point d'eau, et installé un système d'irrigation sur tout le terrain. Puis Norm repartit pour aller voir ses autres clients qui habitaient sur la trajectoire de l'incendie. Selon les dernières informations, les flammes faisaient rage et la situation était grave. La nouvelle était maintenant arrivée jusqu'à Boston, via les chaînes télé de plus grande diffusion. Melissa suivait heure après heure l'évolution de la météo et de l'incendie, publiée en direct sur Internet par les pompiers. Pourvu que les flammes ne franchissent pas la route et la rivière ! Ils étaient la dernière frontière avant son terrain.

Elle s'assoupit devant son ordinateur, épuisée par le travail et les émotions de la journée. À 2 heures du matin, quelqu'un tambourina à sa porte – elle n'avait pas dû entendre la sonnette.

Melissa se réveilla en sursaut et descendit l'escalier en courant. Quand elle ouvrit, le vent s'engouffra avec une fumée âcre et elle se trouva nez à nez avec deux policiers. Leur voiture était garée juste devant la maison, gyrophare allumé.

— Nous évacuons la zone, annonça l'un d'eux. Vous devez partir aussi vite que possible.

— Oh, d'accord, merci d'être venus jusqu'ici, répondit-elle poliment.

— Avez-vous besoin d'aide ? Est-ce qu'il y a des enfants à la maison ? Des animaux dans la grange ? Si vous avez des bêtes, vous devez malheureusement les libérer et les laisser se débrouiller.

La police savait que les propriétaires de chevaux refusaient souvent de quitter les lieux tant que leurs équidés n'étaient pas en sécurité.

— Non, répondit Melissa. Il n'y a que moi.

— Eh bien, dépêchez-vous, et ne prenez que le strict nécessaire. Avez-vous besoin que l'on vous conduise quelque part ? La route principale est encore ouverte, mais les autres sont toutes barrées.

— Non, merci, messieurs, je me débrouille. Bon courage à vous.

Ils la saluèrent d'un signe de tête et elle referma la porte.

Sans l'avoir prémédité, Melissa venait de décider qu'elle ne partirait pas. Elle voulait faire tout son possible pour tenter de sauver sa maison, quitte à mourir dans les flammes. Qu'avait-elle à perdre, après tout, hormis ces vieux murs ? Elle n'avait pas passé quatre ans à se démener pour les abandonner ainsi. Melissa n'avait pas peur du feu. Si Robbie avait encore été de ce monde, bien sûr, c'eût été différent. Mais elle n'était responsable que d'elle-même et de la maison.

Aussitôt les policiers partis, elle ressortit arroser le toit. La nuit et l'horizon rougeoyaient sous les lueurs de l'incendie. La voiture, la galerie et les meubles de jardin étaient couverts d'une mince couche de cendres. Norm débarqua en trombe sur sa propriété. Il était visiblement mécontent de la trouver encore là, d'autant plus qu'elle était dehors, un tuyau d'arrosage à la main, toussant si fort qu'on aurait pu la croire en pleine asphyxie.

— Vous n'êtes pas encore partie ?! cria-t-il. La police est venue me chercher il y a une heure.

Elle fit la sourde oreille, continuant à arroser.

— Il faut y aller, Melissa, il n'y a plus rien à faire. Le feu se dirige droit sur nous. Ne perdons pas de temps !

— Je ne pars pas, affirma-t-elle sans quitter le toit des yeux.

— Ne dites pas n'importe quoi. Vous ne pouvez pas risquer votre vie pour une maison. Si le pire arrive, vous pourrez toujours la reconstruire !

Elle se contenta de secouer la tête, l'air buté. L'intention première de Norm était d'aller prêter main-forte aux pompiers. Mais il n'était pas question de laisser Melissa. Sa détermination avait quelque chose d'effrayant. Il savait qu'elle était attachée à la maison, mais là, elle allait trop loin. Sa vie était en jeu. Il lui saisit le bras, et le jet d'eau les aspergea tous les deux. Elle se tourna vers lui, les vêtements trempés.

— Allez-y si vous voulez, Norm. Moi, je reste.

— Je ne partirai pas d'ici sans vous, affirma-t-il en lui serrant le bras un peu plus fort.

Elle se dégagea et lui jeta un regard éloquent : s'il essayait de l'emmener de force, elle se défendrait.

— Voyons, soyez raisonnable, Mel. C'est trop dangereux. Si le feu arrive jusqu'ici, vous serez prise au piège, et vous risquez votre peau.

— Ça m'est égal. C'est tout ce qu'il me reste. Et si je meurs, je ne manquerai à personne.

À l'instant où elle prononçait ces mots, elle s'aperçut que ce n'était pas tout à fait exact : elle manquerait à sa sœur Hattie, même si leurs vies avaient pris des chemins différents. Contrairement à Melissa, Hattie cherchait encore à garder le contact.

— La seule personne qui pense à moi, c'est ma sœur. Et ça fait une éternité que je ne l'ai pas vue. Elle est dans un couvent maintenant. Espérons que ses bondieuseries la consoleront ! Elle croit dur comme fer que j'irai au paradis et que je rencontrerai Dieu.

Norm sentait que Melissa recelait bien d'autres secrets, mais ce n'était guère le moment de poser des questions – d'ailleurs, elle n'y aurait sûrement pas répondu. C'était la première fois qu'elle mentionnait l'existence d'une sœur.

— Moi aussi je crois à ces bondieuseries, comme vous dites, et je n'ai aucune envie de faire la connaissance de Dieu avec vous. Je reste ici jusqu'à ce que vous acceptiez de me suivre. Autrement, vous serez responsable de ma mort !

La fumée était de plus en plus épaisse, si bien que la moindre parole était interrompue par des quintes de toux.

— Laissez-moi, Norm, ça va aller.

Il venait de comprendre à quel point elle recherchait la solitude et se souciait peu de sa propre vie. Quelque chose de terrible l'avait rendue indifférente à la mort. Cela l'attrista profondément.

— Vous êtes une sacrée tête de pioche !

Melissa ne le contredit pas. L'air devenait irrespirable. Elle coupa l'arrivée d'eau et entra dans la maison, suivie de Norm. Sur l'écran de télévision, toujours allumé, un flash info indiquait que le feu n'était plus qu'à trois kilomètres.

— C'est fini, je vais perdre la maison, lâcha-t-elle, désespérée.

Elle se saisit alors du premier contenant qui lui tomba sous la main – une taie d'oreiller tirée de l'armoire de l'entrée –, puis se précipita dans le salon pour ramasser les photos du petit garçon. Norm la regarda faire et Melissa répondit à la question qu'il ne posait pas :

— C'est mon fils. Il est mort d'une tumeur au cerveau à l'âge de 10 ans. Mon couple a volé en éclats, c'est pour ça que je suis ici.

Elle avait terminé. La taie d'oreiller était maintenant pleine de photos dans leurs cadres en argent. Ils repassèrent par la cuisine pour jeter un coup d'œil à la télé. On annonçait en direct que le vent venait de tourner ! Ce qui laissait entendre qu'à moins qu'il ne change de nouveau de direction, la maison de Melissa serait miraculeusement épargnée ! Elle se tourna vers Norm, incrédule :

— Si je croyais encore en Dieu, je me dirais que mes prières ont été exaucées, mais les gens qui vivent sur la nouvelle trajectoire de l'incendie ne doivent pas voir les choses de la même façon...

— Moi, je crois quand même aux miracles, assura Norm. Je suis désolé pour votre petit garçon. J'avais vu les photos, je me demandais... Il était très beau.

Ils se laissèrent tomber sur les chaises de la cuisine. Melissa, les jambes flageolantes, parvenait à peine à réaliser ce qui venait de se passer. Peu lui importait que Norm connaisse son secret, désormais.

— Tout a changé quand Robbie est parti, poursuivit-elle. J'ai cru que je n'y survivrais pas. D'ailleurs, une bonne partie de moi a disparu ce jour-là. J'ai laissé tomber mon travail, mon couple, ma vie à New York. La seule chose qui me donne du sens et de la foi, c'est cette maison. Si elle avait brûlé, j'aurais voulu mourir avec elle. Je n'ai rien d'autre.

— Ça ne suffit pas, remarqua Norm d'une voix douce.

Elle esquissa un sourire las.

— Moi, ça me suffit.

— Et votre sœur, la religieuse ? Pourquoi est-ce que vous ne la voyez pas ?

— Je ne supporte pas les nonnes. Nous étions très proches jusqu'à ce qu'elle fuie la vraie vie et se coupe du monde. La dernière fois que je l'ai vue, c'était à l'enterrement de mon fils. Elle ne me manque pas. Elle a changé. Moi aussi, mais bon… C'est moi qui l'ai élevée à la mort de nos parents. J'avais à peine 18 ans. J'ai été obligée de mener une vie d'adulte très tôt. Je me suis occupée d'elle pendant toutes mes années de fac. À 25 ans, elle a vrillé et est entrée dans les ordres. J'étais furieuse. Après ça, nous nous sommes éloignées l'une de l'autre. Moi je me suis mariée, et puis j'ai eu Robbie. Nos vies étaient devenues trop différentes.

— Pourquoi est-ce que vous détestez autant les nonnes ? demanda Norm.

Il avait toujours deviné une certaine dureté en elle, mais il ne l'avait jamais vue exprimer une aversion aussi profonde à l'égard de quoi que ce soit.

— C'est une longue histoire que vous n'avez pas besoin de connaître. C'est comme ça, voilà tout. Ma mère était une bigote qui aurait adoré voir ses deux filles prendre le voile. Ma sœur l'a fait, même si ma mère était déjà morte. Avec moi, cela ne risquait pas d'arriver. Il y a longtemps que j'ai arrêté de croire à tout ça. À 16 ans, c'était fini pour moi.

Norm avait l'impression que Melissa avait tout abandonné : les gens, l'espoir, la vie de famille, Dieu.

Dès lors, il comprenait l'importance que revêtait la maison pour elle, et pourquoi elle avait érigé de telles barrières entre elle et les autres. Elle s'était murée dans sa solitude.

— Vous voulez manger un morceau ? proposa-t-elle.

Les premières lueurs de l'aube perçaient. Melissa ne voulait plus s'épancher sur le passé.

Norm opina et elle prépara des œufs brouillés. Ils mangèrent tout en surveillant les nouvelles de l'incendie, puis Norm repartit, bien décidé à apporter son aide aux pompiers, puisque Melissa était désormais tirée d'affaire. Finalement, il ne lui avait pas été d'un grand secours, mais il ressentait une curieuse joie d'avoir traversé ce moment avec elle. Il l'admirait encore plus, et en même temps la plaignait de tout son cœur. Il savait maintenant ce qu'elle fuyait, ce qui l'avait poussée à se retirer dans ces montagnes du Massachusetts.

Après le départ de Norm, tout en s'affairant dans la cuisine, Melissa repensa à ses confidences. Elle regrettait un peu de lui avoir parlé de Robbie. Cela ne le regardait pas... Elle entretenait avec lui une relation cordiale, mais ils n'étaient pas intimes. Les photos de Robbie étaient encore entassées dans la taie d'oreiller posée sur une chaise de cuisine. Peu après 7 heures, le téléphone sonna et Melissa sursauta au son d'une voix qu'elle n'avait pas entendue depuis des années.

— J'ai vu aux infos que ça brûlait par chez toi, Mellie. Est-ce que tu vas bien ? J'ai prié pour toi toute la nuit.

C'était Hattie. Les rares fois où elles communiquaient, c'était par courrier ou par e-mail. À 43 ans, Hattie avait encore une voix de jeune fille.

— Tu sais que je ne crois pas à tout ça, mais il semblerait que ça ait marché. Le vent a tourné tout d'un coup, il y a deux heures, et ma maison a été épargnée. Mais plein d'autres personnes ont perdu leur foyer. Le feu n'est pas maîtrisé, il a juste changé de direction pour le moment.

— Je suis soulagée, et je prierai également pour toutes les victimes. Est-ce qu'il y a des dégâts sur ton terrain ?

— Très peu. Je l'ai échappé belle. La police est venue m'évacuer, mais je suis restée.

— Oh, Mellie, tu n'aurais pas dû. Comment est-ce que tu vas ? À part cet affreux incendie, je veux dire...

— Je vais bien. Et toi ? Toujours à faire la sainte et à soigner les blessures par balle dans le Bronx ?

L'hôpital où travaillait Hattie était en effet situé dans l'un des quartiers les plus malfamés de New York.

— Oui, répondit-elle. Tu me manques. Je pense beaucoup à toi.

Il y eut un long silence, ni l'une ni l'autre ne savait plus quoi dire. Ce n'est pas par un coup de téléphone qu'elles auraient pu combler le fossé qui les séparait. La plaie était encore ouverte.

— Est-ce que tu me laisserais venir te voir un jour ? reprit Hattie.

Melissa marqua une nouvelle pause, avant de répondre :

— Je ne sais pas. Peut-être. Pourquoi voudrais-tu venir ?

— Parce que nous sommes toujours sœurs. Pour quelques heures seulement tu pourrais peut-être oublier la vie que j'ai choisie.

— Oublier ? Comment pourrais-je oublier ? Tu présumes de mon caractère, Hattie. Je ne suis plus la même qu'autrefois. Robbie a emporté cette personne avec lui. Plus j'avance en âge, plus je ressemble à notre mère.

— Tu seras toujours ma sœur et je t'aimerai toujours. Tu as fait tellement pour moi.

— C'était il y a très longtemps, lâcha Melissa. Merci d'avoir appelé. Après tout, pourquoi ne viendrais-tu pas ? Comme ça, tu pourrais découvrir ce qui m'occupe depuis quatre ans.

— Est-ce que tu es heureuse ?

— Je suis en paix, et je ne demande rien de plus. Je suis soulagée que tout ne soit pas parti en fumée cette nuit.

— Moi aussi. Je serais vraiment très contente de te voir, Mellie.

— Je vais y réfléchir, concéda Melissa. Prends soin de toi, Hattie.
Et très vite, juste avant de raccrocher, elle souffla :
— Moi aussi je t'aime.

Cette brève conversation avait suscité en elle autant d'émotions que les événements de la nuit. Qu'elle la fréquente ou non, et malgré leurs trajectoires divergentes, elle avait une sœur.

Melissa remit les photos de Robbie sur les étagères et monta se coucher en pensant à son fils et à Hattie. Aurait-elle la force de la revoir ? La nuit avait été longue et terrifiante, mais heureusement la maison était intacte. La vie lui avait déjà tellement pris... De tristes souvenirs remontaient à la surface. Mais elle repensa aussi à sa jeunesse avec Hattie, à tout ce qu'elles avaient vécu ensemble, et à la relation forte qui avait été la leur malgré les circonstances.

3

Le lendemain, le feu restait incontrôlable, mais il sévissait maintenant plus au nord, à bonne distance de la maison de Melissa, et le vent ne changeait plus de direction. Les pompiers appelés en renfort arrivaient en masse de Boston, des quatre coins du Massachusetts, et même des États voisins du Connecticut et du New Hampshire. Selon les communiqués de presse, seule une partie infime de l'incendie était maîtrisée.

Norm avait passé la nuit sur le front avec une équipe de bénévoles. Cela avait été aussi épuisant que terrifiant.

Melissa avait reçu un e-mail de Carson, lui demandant si tout allait bien. Elle y avait répondu brièvement pour le rassurer et le remercier de prendre de ses nouvelles. Avec le feu revenaient des souvenirs, mais aussi ceux qui avaient été ses proches…

Le troisième jour de l'incendie, les villes de Rochester et Buffalo, dans l'État de New York, envoyèrent à leur tour un contingent de pompiers, et les efforts conjugués permirent de venir à bout d'une grande partie des flammes en fin de journée. Le chef des pompiers du Massachusetts avait déclaré que l'origine criminelle de l'incendie était établie. Trois cents maisons étaient parties en fumée, près de deux mille personnes s'entassaient dans les écoles fermées pour l'été.

Le quatrième jour, les chaînes de télévision se mirent à diffuser en boucle la photo du pyromane. On venait de l'arrêter au domicile de sa mère. Il n'était âgé que de 17 ans et avait l'air d'un enfant terrifié. Les journalistes insistaient sur le fait que sa mère et lui avaient été SDF pendant quelque temps, et des témoins expliquèrent que le garçon montrait des signes de troubles psychiques depuis qu'il avait été victime de harcèlement scolaire. Compte tenu de la gravité du crime et de l'âge de l'accusé, alors à quelques mois de la majorité, il serait jugé comme un adulte. Melissa fixait l'écran de la télévision, le regard plein de haine. Dire que ce jeune garçon avait failli la priver de sa maison.

Norm et elle abordèrent le sujet lorsqu'il passa s'enquérir d'elle ce jour-là. Elle s'était aperçue que le pyromane était à peine plus âgé que Robbie, s'il avait survécu. Comment quelqu'un pouvait-il être assez dérangé et pervers pour déclencher volontairement un incendie ? Le reportage disait que le garçon avait déjà été arrêté pour des feux de moindre importance. Sur les images diffusées par les chaînes de télévision, il avait l'air totalement perdu.

— J'espère qu'ils vont l'envoyer en prison pendant un long moment, cracha Melissa.

— Ce n'est qu'un gamin, fit remarquer Norm.
— Comment pouvez-vous dire ça, après ce qu'il a fait ? Vous vous rendez compte de toutes les maisons qui ont brûlé à cause de lui ?
— Sa place est dans un hôpital psychiatrique, pas en prison.

Les journalistes ne faisaient aucune mention du père, mais avaient précisé que la mère était en cure de désintoxication. Le garçon vivait seul dans leur minuscule logement.

— Quelqu'un aurait dû agir bien avant pour lui venir en aide, poursuivit Norm. C'est notre système qui a échoué. Ce garçon n'a clairement pas eu une vie facile.
— Heureusement que toutes les victimes du système n'allument pas des incendies ! lâcha Melissa, sans une once de compassion.
— Avez-vous des nouvelles de votre sœur ? demanda Norm pour changer de sujet.
— Elle veut me voir. Je ne lui ai pas encore donné de réponse.
— Ce serait peut-être l'occasion de vous réconcilier ? suggéra doucement Norm, tandis que Melissa regardait par la fenêtre, perdue dans ses pensées.

Il lui semblait qu'il était trop tard pour tenter un rapprochement, et que cette tentative serait trop douloureuse.

— Nous n'avons plus rien en commun. D'ailleurs, nous avons toujours été très différentes. Elle était beaucoup plus extravertie que moi, et c'est d'autant plus fou de savoir qu'elle est bonne sœur maintenant ! Elle rêvait de devenir actrice. Mais quand la première porte s'est ouverte, elle s'est enfuie.

— N'est-ce pas ce que vous avez fait, vous aussi, à la mort de votre fils ?

Melissa resta un instant interloquée, puis elle secoua la tête.

— Cela n'avait rien à voir. Tout notre univers s'était effondré. Hattie, elle, venait à peine de commencer. Elle n'avait aucune raison de fuir. C'était juste de la lâcheté de sa part, de se réfugier dans un couvent au lieu d'affronter la vie.

— Tout le monde n'est pas aussi courageux que vous, Melissa.

— Je ne suis pas courageuse. Au fond, vous avez raison : moi aussi je me suis enfuie.

— Quel type de travail faisiez-vous, avant ?

— J'écrivais. Des articles, des livres. Après la mort de mon fils, je n'ai plus trouvé les mots. Plus rien n'avait de sens, la vie me semblait dérisoire sans lui.

— Et l'écriture ne vous manque pas ?

Maintenant que Melissa lui avait laissé entrevoir un peu d'elle-même, Norm avait envie de reconstituer tout le puzzle.

— Plus maintenant. C'est quelque chose qui restera lié à ma vie d'avant. Mes livres étaient plutôt sombres, c'est vrai, mais à l'époque ils m'ont aidée à vivre. C'est aussi grâce à l'écriture que j'ai rencontré mon mari. Il croyait tant en moi... Il est devenu mon agent, c'est comme ça que nous nous sommes connus. Aux dernières nouvelles, il travaille toujours à New York. Il a refait sa vie avec une autre femme, encore une auteure, d'ailleurs ! Il me semble que ses polars ont un peu de succès. Il a bien essayé de me convaincre de m'y remettre, mais je n'y arrivais plus. Et désormais, je préfère travailler de mes mains.

Norm ne doutait pas une seule seconde du talent de Melissa. Elle était intelligente et extrêmement cultivée. Mais il y avait dans son regard une résolution très ferme quand elle déclarait ne plus vouloir écrire.

— Se pourrait-il que j'aie lu certains de vos livres ? Des romans, à ce que je comprends ? Vous aviez un pseudonyme ?

— J'écrivais sous mon nom de jeune fille, Stevens. Des romans, oui, largement autobiographiques.

Norm n'en revenait pas.

— Melissa Stevens ?! C'est vous ? J'ai lu certains de vos bouquins, et même plusieurs fois. Ils sont très sombres, en effet, et ne laissent personne indifférent. Qui n'a jamais éprouvé les sentiments que vous y décrivez ? La rage contre l'injustice, le désir désespéré de se venger du passé, ou de le jeter aux oubliettes... Vous dites tout haut ce que tout le monde pense tout bas. Et avec quel style !

— J'avais besoin de coucher tout ça sur le papier. Mais à quoi bon ? Les gens contre lesquels j'étais en colère sont tous morts. Ma mère était une femme aigrie et colérique. Mon père un poltron doublé d'un ivrogne, qui n'a rien fait de sa vie. Il n'y a rien à ajouter à cela.
— C'est trop dommage, vous ne pouvez pas tirer un trait sur le talent qui est le vôtre !
Melissa haussa les épaules.
— J'avais besoin de changement, de faire d'autres choses. C'était très douloureux pour moi, de me mettre à nu comme je l'ai fait dans mes livres.
— Mais ce doit être aussi une forme de soulagement, de catharsis ?
Sans un mot, elle eut un bref hochement de tête. Elle n'avait clairement pas envie d'en parler. Norm changea de sujet et prit congé peu après.
Sur le chemin du retour, il pensait encore à leur conversation. Melissa avait un côté mystérieux qui le fascinait. Ainsi, elle n'était pas qu'une femme cultivée ayant décidé de se retirer à la campagne. Elle avait quitté son mari, sa vie d'avant, sa carrière, le succès, la grande ville, coupé les ponts avec sa famille. Norm voyait que c'était une femme profondément blessée, et pressentait que la mort de son fils n'était pas la seule cause de ce traumatisme. Il savait, après avoir lu ses livres, que son enfance et sa jeunesse avaient été marquées par l'emprise et la maltraitance émotionnelle d'une mère abusive.

Norm avait été frappé par la réaction extrême de Melissa envers le jeune pyromane : cette rage viscérale ne lui ressemblait pas. Elle se montrait généralement distante, taciturne – froide, disaient certains –, mais il ne l'avait encore jamais vue en colère. Aux yeux de Melissa, l'âge et les problèmes évidents du jeune homme n'atténuaient pas sa culpabilité. Ses actes avaient failli détruire sa maison, point final.

Melissa se rendit à la lecture publique de l'acte d'accusation à Boston. Voulait-elle voir de ses propres yeux le criminel ? En tout cas, quelque chose l'avait poussée à s'y rendre. Lorsque la police escorta l'accusé au sein du tribunal, elle eut un coup au cœur en découvrant ce jeune garçon, les mains menottées, les pieds entravés et le visage baigné de larmes.

Il s'appelait Luke Willoughby et était représenté par un avocat commis d'office. Comme Melissa, d'autres habitants de la région étaient venus assister à l'audience pour savoir quel sort lui serait réservé. Melissa soupçonnait que la plupart des personnes dans la salle avaient perdu leur maison. Elle avait donc moins de raisons qu'eux d'être présente, mais la curiosité et la colère l'avaient attirée jusque-là.

L'avocat de la défense demanda à ce que le juge renvoie l'affaire devant son homologue chargé de la délinquance juvénile, mais la requête fut refusée au vu de la gravité des faits. Le prévenu avait quitté le lycée au printemps. Il aurait 18 ans en septembre. Il plaida non-coupable et on l'envoya temporairement dans une institution psychiatrique pour majeurs, afin de déterminer s'il était suffisamment responsable pour être jugé.

De toute l'audience, les seuls mots que prononça le garçon furent « non-coupable, Votre Honneur », sur un ton soumis. Il paraissait brisé ; son avocat confirma que ses parents n'étaient pas présents. Son père avait disparu de la circulation quand Luke avait 7 ans. Sa mère, en cure de désintoxication par ordre du tribunal, n'était pas en mesure de se déplacer. Après plusieurs années à la rue, il vivait désormais seul dans un petit logement précaire. Le juge prit connaissance de ces informations en hochant la tête et sans montrer la moindre émotion.

Alors que les policiers le ramenaient à la prison, Melissa sentit sa colère fondre comme neige au soleil. Ce garçon au destin tragique était si dépassé par les événements qu'il était difficile de l'imaginer en train de commettre le crime qui avait causé tant de dégâts et de souffrance... Comme Norm l'avait dit, le fait qu'il puisse être incarcéré avec des adultes lui semblait soudain monstrueux. Il ne paraissait pas fou pour autant, juste totalement perdu. Si elle l'avait pu, elle aurait voulu lui tendre la main, et lui demander ce qui s'était passé, pourquoi il avait agi ainsi...

Le visage terrifié du jeune homme la hanta pendant tout le trajet du retour. Elle avait finalement honte d'être allée à l'audience. Ce garçon était maintenant enfermé, dans une solitude absolue, et, quelle que soit la décision de justice, rien ne s'arrangerait pour lui. Norm, lui, n'avait pas eu besoin de le voir pour comprendre que c'était une âme égarée, passée entre les mailles du système dès son plus jeune âge, et qu'il avait besoin d'aide. Si elle avait perdu sa maison, peut-être qu'il en aurait été autrement pour Melissa. Mais à présent, toute sa colère était retombée. Elle ne pouvait pas imaginer l'enfance qui avait dû être celle de ce garçon ni l'avenir qui l'attendait, que ce soit en prison ou à l'hôpital psychiatrique. Elle en avait le cœur brisé, et ressentait à nouveau de la compassion.

Elle repensa à l'âge du pyromane – l'âge qu'elle-même avait à la mort de sa mère, un an avant de devoir assumer l'entière responsabilité de sa petite sœur. Que se serait-il passé si sa rancœur contre sa propre mère avait trouvé un exutoire dans un comportement criminel et antisocial ? Au lieu de cela, elle avait utilisé son mal-être pour écrire des livres, et avait eu la chance de vivre de sa plume, et même très bien. Mais ce jeune homme n'était qu'un enfant déséquilibré et abandonné, incapable de soulager sa souffrance autrement qu'en allumant des feux et en saccageant la propriété d'autrui, semant la désolation au passage. Melissa avait le cœur serré en pensant à cette tragédie. Par comparaison, sa colère contre sa mère insensible et froide paraissait dérisoire. Il semblait clair que la vie du jeune pyromane irait de mal en pis. C'était vraiment à pleurer...

De fil en aiguille, alors qu'elle arrivait chez elle, Melissa en vint à penser à sa sœur. Le pire crime de Hattie, aux yeux de Melissa, avait été d'entrer dans les ordres... Mais il fallait croire que ce choix lui convenait, puisqu'elle y était encore dix-huit ans plus tard. Son métier d'infirmière et ses deux ans en Afrique, au service des orphelins, n'étaient-ils pas des accomplissements dignes d'admiration ? Tout à coup, Melissa sentit qu'elle était prête à la revoir, et même qu'elle en avait envie. Bien qu'elles n'aient plus rien en commun aujourd'hui, elles avaient traversé bien des choses ensemble et s'aimaient toujours en dépit de tout.

Melissa lui envoya aussitôt un e-mail pour l'inviter chez elle. La réponse arriva en moins d'une heure. Hattie acceptait l'invitation avec gratitude, précisant qu'elle ne resterait pas dormir, mais rentrerait à New York le soir même. Il y avait quatre heures de route, de sorte qu'elles ne passeraient pas beaucoup de temps ensemble. C'était sans doute préférable pour une première visite, après toutes ces années...

Hattie renvoya un message un peu plus tard, annonçant que l'hôpital lui accordait bientôt un jour entier de liberté ; la date convenait à Melissa. Après avoir envoyé sa réponse, elle resta assise un long moment. Son envie de voir Hattie était encore largement mêlée d'appréhension. Se retrouver en sa compagnie raviverait bien des souvenirs, mais elle ne pouvait nier que sa sœur lui manquait.

Hattie promettait d'arriver aussi tôt que possible ; le couvent mettrait l'un de ses véhicules à sa disposition. Avant cela, Melissa pensa à sa sœur presque jour et nuit. Dans ses rêves, elles étaient à New York : elle venait d'avoir 12 ou 13 ans et se sentait responsable de sa cadette. Et puis elle songeait à l'époque où elle avait dû s'occuper d'elle pour de bon, au moment de la maladie de leur mère, et encore plus après sa mort : elle l'avait prise sous son aile par nécessité, mais avec une tendresse toute maternelle. Dire qu'elles semblaient si proches... Pourquoi avait-il fallu que tout cela s'effondre, que Hattie disparaisse et se détourne du monde ? Melissa avait sa propre vie, un mari, un enfant. Et puis le temps avait passé. Il ne restait plus personne des gens qu'elles avaient aimés. Elles étaient, l'une pour l'autre, leur unique famille.

La nuit précédant la visite de Hattie, Melissa eut un sommeil très agité. À l'aube, elle se leva et descendit se préparer un café. Il faisait déjà chaud mais une petite brise agitait doucement les feuilles des arbres. Melissa avait fait des courses la veille, un peu au hasard ; elle ne savait même plus ce que sa sœur aimait manger.

Hattie était venue les voir quelquefois, quand Robbie était petit, quand Melissa était encore fâchée contre elle. Mais on ne la laissait pas quitter le couvent très souvent. Les religieuses préféraient garder les jeunes recrues au sein de la communauté, en leur assignant différents travaux et projets. Et Melissa se refusait à aller la voir au monastère puisque la seule idée d'y mettre un pied la révulsait. Ainsi, avec le temps, les deux sœurs avaient continué de s'éloigner l'une de l'autre. Puis les deux années de Hattie en Afrique avaient confirmé sa vocation. Pendant la maladie de Robbie, elle était venue veiller son neveu à l'hôpital, pour permettre à Melissa et Carson de souffler un peu. Mais après la mort de l'enfant, Melissa avait divorcé, s'était retirée dans les Berkshires et fuyait tout contact depuis. Leur dernière rencontre datait de l'enterrement de Robbie, où Melissa, dans un brouillard complet, avait à peine parlé à sa sœur. Ces retrouvailles s'annonçaient chargées d'émotion.

Hattie arriva sur le coup de 10 heures. Melissa fut surprise de la voir descendre de la voiture en jean, baskets et tee-shirt blanc. Elle ressemblait à n'importe quelle femme d'une quarantaine d'années, si bien qu'on aurait pu la prendre pour une maman qui venait de déposer ses enfants à l'école. Ses cheveux roux étaient coupés court, et s'ils avaient pris une teinte imperceptiblement moins vive, ils n'en restaient pas moins éblouissants. Dans sa jeunesse, Hattie considérait cette couleur comme un stigmate, un étendard qui signalait sa présence dès qu'elle entrait dans une pièce, mais il faut dire que de toute façon sa personnalité ne lui aurait pas permis de passer inaperçue.

Tous les enseignants qui l'avaient eue en classe se souvenaient de son espièglerie, de ses fous rires et de ses cheveux roux. Sa grande sœur, quant à elle, passait plus facilement sous les radars, ce qui suscitait la jalousie de Hattie.

Melissa remarqua qu'elle avait pris quelques kilos, et que cela lui allait très bien. Hattie semblait un peu sur la réserve en s'approchant de son aînée, malgré son sourire aussi radieux que par le passé. Elle la prit néanmoins dans ses bras.

— Tu es superbe, Mellie ! Comment fais-tu pour garder une ligne pareille ?

— Je bosse comme une dingue pour rénover cette baraque !

Melissa invita sa sœur à prendre place sur la galerie, pendant qu'elle allait chercher de quoi grignoter. Elle revint avec une assiette de petites brioches roulées à la cannelle, que Hattie adorait quand elle était enfant. Et elle remarqua cette délicate attention car son visage s'éclaira aussitôt.

— Mon Dieu, ça doit faire vingt ans que je n'en ai pas mangé ! Là-bas, nous avons droit à des flocons d'avoine tous les matins, et il y a des pommes de terre à chaque repas. Alors, forcément, on prend du poids. Enfin bref... Que c'est beau, ici ! dit Hattie en regardant autour d'elle.

Melissa, qui avait toujours été très soigneuse et attentive aux détails, avait apporté sa touche personnelle.

À l'époque, son appartement de New York était lui aussi très élégant – surtout quand ses livres figuraient en tête des meilleures ventes et que les revenus de Carson s'ajoutaient aux siens. Ils menaient une vie plus que confortable. Mais Melissa avait bien investi son capital, et elle était toujours à l'aise financièrement. Hattie fut heureuse et soulagée de le constater. Elle ne savait absolument rien des détails du divorce, mais la maison prouvait que Melissa ne manquait de rien, bien qu'elle n'ait pas travaillé au cours des sept dernières années.

— Cet endroit serait parfait pour nos retraites spirituelles ! déclara Hattie en prenant une brioche.

— Jamais de la vie ! répliqua Melissa du tac au tac.

Hattie éclata de rire, les lèvres couvertes du glaçage collant de la brioche. Cela fit sourire Melissa : par certains côtés, sa sœur n'avait pas changé depuis l'enfance.

— C'était juste une idée comme ça, au cas où tu te sentirais seule dans tes montagnes.

— Je ne me sens jamais seule. Je suis en très bonne compagnie avec moi-même, et je n'ai pas le temps de m'ennuyer, puisque je travaille sur la maison tous les jours depuis quatre ans.

— Ça se voit, confirma Hattie. Tu as vraiment fait du beau boulot.

— Merci. La maison était dans un sale état à mon arrivée, mais c'était justement ce dont j'avais besoin pour m'occuper. J'ai trouvé un maître d'œuvre génial, qui m'a aidée à réaliser toutes mes idées.

Melissa fit faire le tour du propriétaire à Hattie, après quoi elles revinrent s'installer sur la galerie avec un pichet de citronnade. Melissa remplit deux verres, puis observa sa sœur avant de déclarer :

— Tu n'as pas changé, Hattie.

Elle était aussi jolie et chaleureuse que par le passé.

— J'en doute fort, mais j'adore ce que je fais, ça doit aider à garder bonne mine. Je sais que ça ne t'a pas plu, d'autant que ç'a été très soudain, mais j'ai fait le bon choix en entrant au couvent. Je me suis tout de suite rendu compte que je n'étais pas assez forte pour la carrière d'actrice. Ce n'était vraiment pas pour moi.

— Tu aurais pu choisir un autre travail, répliqua tristement Melissa.

— Je me sens en sécurité, là où je suis. Et je savais que tu ne pourrais pas me protéger éternellement. Tu avais besoin de vivre ta vie.

Melissa s'était mariée à peine un an après l'entrée de Hattie au couvent. Hattie avait la sensation d'avoir été un poids pour elle : pendant quatorze ans, elle l'avait empêchée de vivre une vie normale de jeune femme de son âge.

— C'est un peu fou, mais j'ai parfois l'impression de ressembler de plus en plus à maman, confia Melissa. Il m'arrive de me montrer horriblement critique depuis

que je vis seule. Enfin, plutôt depuis la mort de Robbie, en fait. Quand je m'entends, c'est comme si c'était elle qui parlait. Quelle horreur ! Elle était si dure avec tout le monde... Ou du moins avec moi.
— Oui, ça ne s'est pas bien passé entre vous. Et les deux dernières années de sa vie ont été atroces.
Melissa hocha la tête, avant d'ajouter :
— Je ne lui ai jamais pardonné ce qu'elle a fait. Et je crois qu'elle aussi m'en voulait encore sur son lit de mort. Ils ont commis une terrible erreur en m'envoyant à l'étranger.
Sa voix était rauque, il lui semblait que tout cela venait de se produire la veille. Hattie ne s'attendait pas à ce que sa sœur aborde le sujet, mais elle s'y engouffra avec elle.
— Elle ne savait pas quoi faire d'autre. En tout cas, c'est ce que je me suis dit par la suite. À l'époque, je n'étais qu'une gamine, je ne mesurais pas tout ce que leur décision impliquait. Je n'ai compris qu'après, quand tu m'as tout expliqué.
— Ce n'était pas « leur » décision, c'était celle de maman, corrigea Melissa, bouillonnant encore de colère au souvenir de cet événement qui l'avait profondément bouleversée. Et papa n'a jamais pris ma défense. Je pense qu'il était bien content de la laisser décider. Je n'ai jamais eu l'occasion d'en reparler avec lui avant sa mort. Le sujet était tabou. Et j'en ai payé le prix fort.

— Je sais, répondit Hattie, compatissante. Je le vois bien, maintenant. Mais de leur point de vue, c'était l'unique option. Maman était trop catholique pour imaginer une seule seconde la possibilité que tu avortes. Et mettre au monde un enfant conçu en dehors des liens maritaux était purement et simplement impensable pour notre famille. C'était en 1987, les mentalités n'étaient pas les mêmes. Tu n'avais que 16 ans, tu étais trop jeune. Et puis ils avaient affreusement honte.

Melissa n'avait pas prévu de parler de ça mais, comme elle s'y attendait, ces retrouvailles avaient immanquablement fait remonter à la surface les souvenirs enfouis. Et finalement elles étaient toutes deux plutôt soulagées de réussir à en parler.

— Dire qu'ils ont trouvé que c'était une raison suffisante pour m'envoyer dans cette espèce de donjon sinistre en Irlande ! Maman m'avait clairement signifié que je ne pourrais pas rentrer à la maison tant que je n'aurais pas abandonné le bébé. Qu'est-ce que j'aurais pu faire d'autre, surtout à cet âge-là ?

— Si tu l'avais gardé, cela aurait fichu ta vie en l'air. Tu n'aurais pas pu rester dans un lycée catholique comme le nôtre.

— Eh bien je t'assure que ma vie a tout de même été gâchée. Je ne m'en suis jamais vraiment remise. Et dire que deux ans plus tard j'ai dû m'occuper de toi ! Cela n'a jamais été un problème pour moi. Quand tu es née, j'avais 6 ans, mais je t'ai toujours considérée comme mon bébé...

Melissa adressa un sourire nostalgique à sa petite sœur. Sous le vernis, il y avait chez elle un fond de colère et d'amertume quand elle pensait à son enfant abandonné. C'était donc là le secret de ses livres si sombres, dans lesquels elle avait tenté d'exorciser ses démons, sans succès.

— Est-ce que tu en avais parlé à Carson ?

Voilà longtemps que Hattie se posait la question, sans jamais avoir osé le demander. À l'époque, leur mère ne lui avait pas dit que si sa sœur quittait la maison pour une période de sept mois, c'était parce qu'elle était enceinte. Melissa le lui avait révélé quand Hattie avait eu à son tour 16 ans. Elle l'avait fait froidement, à titre d'avertissement : il ne fallait pas qu'il lui arrive la même chose. Hattie se souvenait comme si c'était hier du choc qu'elle avait ressenti ce jour-là en entendant toute l'histoire.

— Bien sûr, répondit Melissa. Je lui ai tout raconté quand il m'a demandée en mariage. Je ne l'aurais jamais épousé en lui cachant une chose pareille. Le comble, c'est que je n'ai jamais réussi à avoir un autre enfant après Robbie... Enfin, toujours est-il que Carson s'est montré très compatissant quand je lui en ai parlé. Il m'a dit qu'elle serait la bienvenue si elle voulait me rendre visite. J'ai essayé de la retrouver. J'ai appelé la communauté de Saint-Blaise, j'ai même pu parler à la mère supérieure. Mais elle m'a annoncé que c'était impossible, car toutes les archives avaient été détruites dans un incendie survenu un an après mon passage là-bas. Elle m'a dit qu'elle ignorait tout de la destination du bébé ou du nom des gens qui l'avaient adopté. J'ai entendu la même chose dans la bouche d'autres femmes depuis, et j'ai cherché à en apprendre davantage à ce sujet. J'ai lu l'essai d'une ancienne religieuse devenue journaliste, sur ces « foyers pour filles-mères » en Angleterre et en Irlande. L'Irlande regorgeait de ces établissements religieux. De véritables usines à bébés, en fait. Cela avait commencé après la Seconde Guerre mondiale. Saint-Blaise était sans doute l'un des derniers en fonctionnement. Quand de jeunes filles de bonne famille se retrouvaient dans l'embarras, l'Église leur offrait une solution charitable. Nous disparaissions de nos lycées pour aller passer le reste de la grossesse en Irlande, dont nous rentrions seules. Pour nos parents, le problème était réglé. Les religieuses faisaient adopter les enfants à des familles catholiques fortunées, souvent des couples d'Américains, et notamment des stars de cinéma. Les parents adoptifs versaient des dons conséquents à l'Église et tout le monde était content – sauf les filles, qui étaient trop jeunes pour avoir leur mot à dire. Les heureux parents se retrouvaient donc avec des bébés « sur mesure » : pas de mères porteuses toxicomanes ou à problèmes. Les parents des filles dépensaient une fortune pour que les religieuses nous gardent, puis les parents adoptifs payaient à leur tour de coquettes sommes pour avoir de beaux bébés – tous blancs, comme tu peux l'imaginer. Quand j'étais là-bas, la plus jeune d'entre nous avait 13 ans. Elle m'a raconté qu'elle avait été violée par son oncle, le frère de sa mère. Ses parents ont annoncé qu'elle était partie en pension pendant un an. Exactement ce qu'a fait maman avec moi. Elle disait à ses amis que mes notes chutaient parce que je ne pensais qu'aux garçons, et qu'ils m'avaient envoyée dans une bonne école en Irlande. À mon retour, j'étais douce comme un agneau. Mais il n'y en a eu qu'un seul, de garçon ! Et je l'aimais. Je n'ai couché avec lui qu'une seule fois. On avait trop peur pour recommencer, mais c'était déjà trop tard. Ses parents l'ont envoyé dans une école militaire du Mississippi, puis à l'Académie navale d'Annapolis. Je n'ai plus jamais entendu parler de lui. Après ça, j'étais complètement paniquée à l'idée de coucher avec quelqu'un. J'ai attendu d'être en troisième année à Columbia pour le faire. Même boire un verre avec un camarade me traumatisait. Le père du bébé et moi n'étions que des ados. Il avait encore plus peur de ses parents que moi des nôtres. Son père était officier de marine à la retraite. Ils l'ont envoyé en pension deux jours après avoir appris la nouvelle. Il a fait le mur pour venir me dire au revoir. De ce qu'il savait, l'école où il devait aller avait tout d'une prison militaire. Bref, on nous a traités comme des criminels. Nous, nous pensions juste que nous étions amoureux, mais qu'est-ce que ça signifie, à 16 ans ? Moi aussi, j'ai à peine eu le temps de faire mes bagages...

— Je me souviens, souffla Hattie, les larmes aux yeux.

— À Saint-Blaise, c'était l'horreur. Pire que tout ce que j'avais pu imaginer. Les religieuses avaient réglé le sujet de l'adoption bien avant mon accouchement. On n'a rien voulu me dire à propos de la famille d'accueil, sinon que c'étaient des gens « adorables » et qu'ils souhaitaient l'appeler Ashley. Ils sont venus attendre au couvent pendant que j'accouchais. La sage-femme avait à peine coupé le cordon qu'elle emmenait déjà le bébé. Les sœurs m'ont dit que ce serait un péché de me laisser la prendre dans mes bras et tirer du plaisir de ce que j'avais fait. Je l'ai aperçue quelques secondes, emmaillotée dans une couverture. J'en ai fait des cauchemars pendant des années. Les parents adoptifs ne sont restés avec elle qu'une semaine à Dublin, dans une chambre d'hôtel, et puis ils sont rentrés aux États-Unis. Je ne sais rien d'eux, pas même de quelle ville ils étaient.

Melissa laissa échapper un soupir et poursuivit :

— On était entre soixante-dix et quatre-vingts filles, venues des quatre coins des États-Unis. Je me souviens qu'il y avait aussi une Française, une Parisienne, qui pleurait tout le temps. Deux des nonnes étaient sages-femmes, donc on ne quittait même pas le couvent pour accoucher. Il fallait attendre des jumeaux, ou que quelque chose se passe vraiment mal, pour qu'on daigne nous envoyer à l'hôpital. Pour elles, on était des moins que rien, des mauvaises filles qui méritaient d'être punies. Pas de soutien psychologique, pas de travail de prévention... Et en plus, elles nous faisaient trimer comme des esclaves. Le matin, on avait des cours, mais tous les après-midi on devait participer à toutes les tâches tant que notre état nous le permettait. Deux semaines après l'accouchement, elles nous renvoyaient chez nous, le cœur en miettes.

Melissa marqua une nouvelle pause :

— J'ai lu quelque part que l'Église a commencé à craindre que ce type de pratiques soient dénoncées. Au bout de quarante ou cinquante ans d'adoptions contre des dons faramineux, les institutions devaient être à la tête d'une véritable fortune. Les nonnes ont fait disparaître leurs traces en brûlant toutes les archives. Il ne reste rien : ni l'identité des jeunes mères ni celle des parents adoptifs. Saint-Blaise existe encore, mais c'est désormais une maison de retraite pour les religieuses. On n'y fait plus d'adoptions. Personne dans l'Église n'a envie d'en parler, mais on entend quand même des échos de cette histoire de temps en temps. La plupart des filles avaient trop honte, et c'est encore largement tabou aujourd'hui. Je suppose que si elles se sont mariées ensuite, leurs époux n'ont rien su de tout ça.

Hattie était bouleversée d'entendre tous ces détails pour la première fois et de voir sa sœur aussi accablée, tant d'années après. Comment ne pas ressentir de la honte, étant elle-même devenue religieuse... ? Mais dans la vie, y compris dans l'Église, tout n'était pas toujours explicable, et encore moins justifiable. Hattie croyait sa sœur : il était fort probable que l'institution ait effectivement détruit ses archives pour éliminer les preuves. Elle avait déjà entendu parler de ces couvents et « lieux d'accueil » pour les jeunes mères et leurs bébés. Ils avaient peut-être eu leur utilité par le passé, mais semblaient une hérésie dans le monde moderne, plus ouvert d'esprit.

— Je n'ai jamais pardonné à maman de m'avoir fait ça, déclara Melissa, la voix brisée. Aujourd'hui encore, même si elle n'est plus là, je continue à lui en vouloir.

Hattie répliqua calmement :

— Les nonnes n'avaient sans doute que de bonnes intentions au départ. Ce qui me paraît condamnable, c'est qu'elles en aient tiré un profit, même si elles ne se l'appropriaient pas personnellement et qu'elles reversaient tout à l'Église. Sans parler de la destruction des archives... Mais à cette époque, les enfants adoptés ne recherchaient pas leur vraie famille, ni les parents les bébés confiés à la naissance. Tout cela est assez nouveau. Ce doit être également le cas avec les adoptions sociales. Autrefois, avant que la loi ne change, tous les dossiers étaient scellés et personne n'avait accès à ce type d'informations.

— Brûler les dossiers, voilà un moyen sacrément efficace de les sceller à jamais ! lâcha Melissa. Tu comprends maintenant pourquoi je suis allergique aux habits ecclésiastiques. Depuis mon retour d'Irlande, je ne crois plus en Dieu et je n'ai plus jamais mis le pied dans une église. Maman n'a pas osé me forcer à y aller. Papa, lui, a fait comme s'il n'était au courant de rien. Et puis maman est tombée malade quelques mois plus tard et nous n'avons jamais parlé de ce qui s'était passé. Carson et toi êtes les seuls à savoir.

— Est-ce que tu penses que cela aurait changé quelque chose si tu étais allée te renseigner sur place, en Irlande ? L'une des nonnes se souvient peut-être de quelque chose. Ce serait un coup de chance, mais ça vaudrait peut-être la peine d'essayer ? suggéra Hattie.

— Quand je les ai appelées, la mère supérieure m'a dit qu'il ne restait aucune des sœurs de l'époque. Cela remonte à trente-trois ans... Elles sont toutes mortes, parties à la retraite, ou se trouvent dorénavant dans d'autres couvents. Quatre abbesses se sont succédé. Et personne n'a envie d'en parler, encore moins de s'en souvenir. Au téléphone, cette femme s'est montrée à la fois compatissante et très méfiante. Je ne pense pas que le fait d'y retourner changerait quoi que ce soit. Voilà plus de trente ans que j'essaie de faire la paix avec cette histoire. J'y suis presque arrivée. Je n'ai toujours pas pardonné à maman, mais qu'est-ce que ça change ? Depuis que Robbie est parti, je me dis parfois que j'aimerais savoir où est ma fille, ne serait-ce que pour faire sa connaissance et m'assurer qu'elle va bien. En tant que mère, je n'ai plus grand-chose à lui apporter aujourd'hui. Elle est adulte... Et sans doute qu'elle ignore mon existence ou qu'elle non plus ne m'a pas pardonné de l'avoir abandonnée. J'ai perdu deux enfants. Robbie, et puis une petite fille prénommée Ashley, que je n'ai jamais connue. J'en suis désolée, et ça reste probablement incompréhensible pour toi, mais je n'ai jamais pu encaisser que tu deviennes religieuse. Chaque fois que je te voyais, tu me rappelais sans le savoir les nonnes de Saint-Blaise. C'était comme si tu avais rallié leur camp. D'ailleurs, j'apprécie le fait que tu ne sois pas venue en habit aujourd'hui. Je te retrouve telle que je t'ai toujours connue. Je ne comprends pas pourquoi tu as voulu faire partie de ce monde-là et je suis encore traumatisée quand je vois une bonne sœur portant le voile et la robe. Par chance, ça ne m'arrive pas souvent...

— La plupart des ordres ne portent plus l'habit monastique au quotidien. Je suis terriblement navrée que tu aies vécu tout ça, et que mon choix ait rendu les choses encore plus difficiles pour toi, assura Hattie avec émotion.

— Mais pourquoi ? Pourquoi as-tu fait ça ? Tu étais une gamine si pleine de vie. Tu priais, mais tu disais en avoir assez que maman te force à aller à la messe...

— Certaines choses se sont passées, à la suite desquelles cela me semblait le bon choix. Le seul choix, en fait. C'est difficile à expliquer.

— Tu avais du talent. Une carrière d'actrice t'attendait. Tu commençais à percer. Et du jour au lendemain, tu as pris la poudre d'escampette.

— Parfois, quand on est très jeune, on se trompe de voie. Tu as bien laissé tomber l'écriture, toi. Et tu avais bien plus de talent que moi. Pendant mon voyage à Los Angeles, j'ai compris que Hollywood et le milieu du cinéma n'étaient pas pour moi.

— Ce n'est pas la même chose. Moi, après la mort de Robbie, j'étais juste incapable d'écrire. Ressentir une émotion, n'importe laquelle, me faisait horriblement souffrir. Je ne voulais plus rien, à part me sentir comme anesthésiée. Or, pour être un véritable écrivain, il faut ressentir chaque chose. On ne peut pas fuir la réalité. Après la mort de Robbie, la réalité était trop dure : il était parti, plus jamais je ne le tiendrais dans mes bras. J'ai cessé d'éprouver des sentiments pour Carson, ou pour qui que ce soit d'autre. C'est pourquoi je ne lui en ai jamais voulu de me tromper. J'avais besoin de me retrouver, d'être seule avec moi-même, et ne plus rien ressentir.

— Et maintenant ? demanda Hattie, un peu inquiète.

— J'aime ma maison, et je suis heureuse de te revoir. D'ailleurs, on est assises là, toutes les deux, et je n'ai pas l'impression que tu es une religieuse. Juste la petite sœur avec laquelle j'ai grandi.
— Merci de m'avoir laissée venir, dit Hattie, très émue par la sincérité de son aînée.
— Je crois que j'avais besoin de te voir. Figure-toi qu'il vient de m'arriver quelque chose d'étrange. L'incendie qui a menacé ma maison est le fait d'un pyromane. Quand j'ai appris ça, j'ai éprouvé une haine et une colère terribles contre ce criminel. Je voulais qu'il moisisse en prison pour ce qu'il avait fait. Je suis allée au tribunal pour écouter la lecture de l'acte d'accusation comme si j'allais assister à une pendaison publique... Et tout ce que j'y ai vu, c'est un garçon de 17 ans qui a eu une enfance horrible et dont l'esprit est sans aucun doute détraqué. Il n'avait rien du monstre que je pensais trouver. En repartant du tribunal, je me suis aperçue que je lui avais pardonné. Ce gamin a des problèmes plus préoccupants que ma haine à son encontre, et il n'a pour ainsi dire pas de perspectives, entre la prison et l'hôpital psychiatrique. Le haïr, c'était trop lourd à porter. Là, j'ai compris que j'avais envie de te voir, et que je ne pouvais pas t'en vouloir toute ma vie. Tu n'y es pour rien dans ce qui m'est arrivé à Saint-Blaise. Et si tu es heureuse dans la voie que tu as choisie, je suis contente pour toi et je n'ai rien à dire là-dessus, même si je ne comprends pas.

Hattie prit ses deux mains dans les siennes et elles échangèrent un regard plein de tendresse retrouvée.
— Et n'oublie pas que je suis aussi très heureuse dans mon métier. C'est grâce au couvent que je suis devenue infirmière. J'adore mon travail à l'hôpital, mais mes meilleures années ont été celles que j'ai passées à l'orphelinat au Kenya. Je pense que cette mission a eu quelque chose de thérapeutique pour moi, un peu comme la rénovation de la maison pour toi. J'espère qu'on me proposera un jour de renouveler l'expérience. En attendant, je suis plus que satisfaite de mon sort. Peut-être que nous pourrions essayer de nous voir de temps à autre... ?
— Est-ce que tu veux rester dormir ce soir ? proposa Melissa.
— Je ne peux pas, répondit Hattie à regret. J'ai promis de rentrer et je suis de garde demain à l'hôpital. On manque de personnel.
Melissa hocha la tête, compréhensive. Elle était déjà heureuse du moment qu'elles venaient de passer ensemble.
— La prochaine fois, alors. Moi aussi, j'aimerais que tu reviennes. Par contre, je te préviens : ma maison ne sera jamais un centre de retraite spirituelle pour les bonnes sœurs !
Et toutes deux éclatèrent de rire. Cette journée était à marquer d'une pierre blanche. Hattie comprenait mieux certaines choses, maintenant qu'elle

avait entendu l'horrible récit de ce qui s'était passé en Irlande. Elle aurait aimé pouvoir aider sa sœur aînée, mais c'était trop tard. Melissa avait perdu ses deux enfants, il faudrait bien qu'elle apprenne à vivre avec cette réalité. En apparence, elle n'y arrivait pas si mal, mais restait profondément blessée. Tout comme certains événements de la vie de Hattie avaient laissé sur elle une empreinte indélébile. La vie était ainsi faite, elles le savaient bien. Les anciennes blessures finissaient par se refermer, mais laissaient des cicatrices. Pour Melissa, c'était la culpabilité d'avoir abandonné une petite fille prénommée Ashley, de l'avoir donnée aux religieuses qui l'avaient ensuite vendue à des inconnus. Tout cela parce que sa propre mère ne voulait pas se couvrir de honte devant ses amis et son entourage… Et Hattie aussi en avait pâti, puisque la haine de Melissa à l'encontre des religieuses les avait séparées pendant des années.

Elles passèrent le reste de la journée à se promener, et s'assirent au bord du ruisseau pour laisser leurs pieds se balancer dans l'eau fraîche. Melissa servit à sa sœur un repas copieux et réconfortant, et lui prépara un sandwich pour la route en y ajoutant des fruits et quelques gourmandises.

Au moment du départ, elles s'étreignirent chaleureusement, ce qui ne leur était pas arrivé depuis bien longtemps. Elles s'étaient confiées l'une à l'autre et ne se reprochaient plus les choses qu'elles avaient faites ou omis de faire par le passé. Mais elles ne maîtrisaient pas tout... Le catholicisme fanatique de leur mère les avait durablement marquées toutes les deux. En dépit de tout cela, elles éprouvaient encore l'une pour l'autre une profonde tendresse.

Melissa, debout dans l'allée, agita la main à l'intention de Hattie qui s'éloignait au volant de la voiture. La journée avait dépassé leurs espérances. Des mystères avaient été élucidés, et quelques fantômes avaient trouvé le repos.

Répondant à son au revoir, Hattie regardait Melissa dans le rétroviseur, plus grande, belle et forte que jamais, malgré ses blessures. Pour l'essentiel, elle n'avait pas changé. Elles étaient encore sœurs. Hattie n'avait qu'une idée en tête : venir en aide à Melissa, même si cela semblait impossible. Sur la route de New York, songeant à tout ce que son aînée avait fait pour elle dans leur jeunesse, elle se dit qu'elle n'avait pas le choix. Elle devait au moins essayer.

4

Au cours de la semaine suivant sa visite dans le Massachusetts, Hattie ne cessa de penser à Melissa. Elle lui envoya un e-mail pour lui dire à quel point elle avait apprécié leurs retrouvailles. Pour la première fois depuis des années, Melissa lui répondit par un message chaleureux. De son côté, la crainte de perdre sa maison dans l'incendie l'avait poussée à ouvrir son cœur. Elle ressentait à nouveau toute sa vulnérabilité.

Elle pensa également beaucoup à Hattie au cours des jours suivants, et se sentait aussi heureuse que libérée d'avoir finalement renoué avec cette sœur qu'elle avait rejetée pendant tant d'années. Cette journée, pleine d'émotions et de confessions, les avait rapprochées.

Hattie avait pris conscience de pas mal de choses au sujet de sa sœur et la comprenait beaucoup mieux maintenant. Cette dramatique histoire d'accouchement en Irlande... Elle n'avait jamais été vraiment informée des circonstances de cet épisode, et elle était alors trop jeune pour réaliser l'enfer qu'avait traversé Melissa. Elle ignorait tout des séquelles qu'elle avait gardées, de ses remords, de sa souffrance, même trente-trois ans après. Comment aurait-elle pu se douter que Melissa avait cherché à joindre le couvent, et que l'échec de cette démarche lui avait fait perdre tout espoir ? Et puis ce fonctionnement horrible, ces archives brûlées, ces preuves détruites... Tout cela faisait-il partie d'un système aussi malsain que le pensait sa sœur ? Si tel était le cas, c'était une page bien peu glorieuse de l'histoire de l'Église.

En fait, Hattie était si tourmentée par ce que lui avait appris Melissa qu'elle finit par aller en parler à sa mère supérieure. Elle avait une idée derrière la tête, mais doutait que sa hiérarchie la soutienne. Toutefois, elle était un membre sérieux et dévoué de la communauté, qui n'avait encore jamais demandé la moindre faveur. En entrant au couvent, elle avait cédé tous ses biens matériels à l'Église, ainsi que l'exigeait la règle monastique... et au grand dam de sa sœur. Elle avait même donné le peu qu'il lui restait de l'héritage de ses parents, après en avoir dépensé la plus grande partie pour ses études universitaires et ses cours de théâtre. Elle avait tout abandonné pour les vœux religieux de pauvreté, obéissance et chasteté. Ne subsistait qu'un tout petit fonds fiduciaire qu'elle ne pouvait légalement céder au clergé, et qui reviendrait à Melissa ou à ses héritiers quand Hattie viendrait à mourir. Il fallait que Melissa meure avant elle, et sans héritier, pour que ce fonds revienne à l'Église. Hattie avait d'abord rédigé un testament léguant cette petite somme à Robbie, puis l'avait changé après son tragique décès pour qu'elle revienne à sa sœur. Elle n'avait certes pas besoin d'argent, mais c'était tout ce que Hattie pouvait lui laisser. Elle n'avait jamais retiré un sou de ce fonds fiduciaire. Si la mère supérieure l'autorisait à l'utiliser, cet argent bien dépensé permettrait à Hattie de faire un très beau cadeau à sa sœur de son vivant.

La supérieure, mère Elizabeth, était sévère mais juste, et se préoccupait sincèrement du bien-être des religieuses dont elle était responsable. Les novices craignaient les sanctions qu'elle pouvait faire tomber en cas d'infraction aux règles. Mais les nonnes, qui avaient appris à la connaître, l'appréciaient beaucoup malgré ses airs un peu rigides. Femme traditionaliste, mais aussi pleine de compassion, elle représentait pour certaines un modèle. Hattie se demandait comment sa supérieure réagirait à sa requête. Elle sollicita une entrevue avec elle un matin de bonne heure, avant de prendre son service à l'hôpital.

Quand Hattie frappa à la porte de son bureau, la mère supérieure la fit entrer et l'invita à s'asseoir.

— Que la paix soit avec vous, dit-elle. Que puis-je faire pour vous, sœur Marie-Jo ?

Depuis dix-huit ans, Hattie s'appelait sœur Marie-Joseph. Au couvent, c'était Marie-Jo, et pour ses amies proches, seulement « Jo ». Melissa, elle, n'avait jamais cessé de l'appeler Hattie...

Ce matin-là, sœur Marie-Joseph avait l'impression d'être redevenue une novice, voire une simple postulante, face à sa supérieure. Les deux femmes se côtoyaient au quotidien, mais les religieuses travaillaient toute la journée, que ce soit comme infirmières ou comme enseignantes... De son côté, la mère supérieure ne se souvenait pas que sœur Marie-Joseph ait jamais sollicité de rendez-vous par le passé. Elle remarqua qu'elle ne cessait de tripoter le chapelet pendu à sa ceinture.

— Ma mère, j'aimerais faire un voyage, commença Hattie d'une voix tremblante.

Voilà bien des années que Hattie ne décidait plus elle-même de ses allées et venues. Elle savait que sa requête n'était pas anodine...

— Un voyage ? répéta mère Elizabeth. Vous voulez dire une sorte de retraite ?

Sachant à quel point sœur Marie-Joseph avait apprécié ses années passées en Afrique, la mère supérieure se demanda si elle souhaitait rendre visite aux personnes qu'elle y avait connues. En effet, sœur Marie-Joseph avait un don avec les jeunes enfants ; elle avait tissé des liens très forts avec ses petits patients de l'époque.

— Pas une retraite, ma mère. Je voudrais aller en Irlande.

— En Irlande ? Pas pour y passer des vacances, je suppose ?

Mère Elizabeth allait de surprise en surprise. Les sœurs avaient une maison de vacances dans les Adirondacks, au nord-est de l'État de New York, où elles passaient toutes ensemble deux semaines chaque été. Elles se baignaient dans le lac, jouaient au tennis et faisaient de longues promenades dans les montagnes. Mais qu'irait faire sœur Marie-Joseph toute seule à l'étranger ? Il ne s'agissait même pas d'un pèlerinage à Lourdes, Rome ou Jérusalem...

— Non, ma mère.

Hattie se rendit compte, le cœur lourd, qu'elle ne pourrait jamais convaincre la mère supérieure à moins de lui révéler la véritable raison de son voyage.

— C'est une longue histoire, reprit-elle. Quelque chose que je voudrais faire pour ma sœur. C'est elle qui s'est occupée de moi à la mort de nos parents. Je n'avais que 12 ans et elle, 18. Or il se trouve qu'elle était tombée enceinte deux ans plus tôt. Mes parents, ou plus exactement ma mère, l'ont envoyée accoucher en Irlande, dans un couvent, où elle a dû confier le bébé à une famille adoptive. Cela fait maintenant trente-trois ans. Bien plus tard, elle s'est mariée et elle a eu un enfant. Le petit Robbie est mort d'une tumeur au cerveau il y a six ans. Elle ne s'en est jamais remise et vit désormais coupée du monde. Il y a deux semaines, je l'ai revue après de nombreuses années de silence, et nous avons reparlé du bébé qu'elle a dû abandonner.

Devant sa mère supérieure, sœur Marie-Joseph prenait soin de ne pas dénigrer le couvent en Irlande. Mère Elizabeth était en effet une ardente défenseuse de l'institution ecclésiastique et des différents ordres à travers le monde. Telle fut sa réponse :

— En effet, beaucoup de jeunes filles disparaissaient en Irlande ou en Angleterre pendant quelque temps, dans l'un de ces foyers pour filles-mères, comme on les appelait alors. Les couvents leur offraient tout le confort nécessaire, prenaient soin d'elles et s'occupaient de tout pour les adoptions. C'était souvent la meilleure solution pour les filles et leurs parents. Elles laissaient leur bébé là-bas, rentraient aux États-Unis et reprenaient le cours de leur vie, sans que personne ne sache ce qui s'était passé. Les sœurs plaçaient les nourrissons dans de bonnes familles, d'après ce que j'ai entendu. En Angleterre, ces foyers étaient souvent des établissements privés, gérés de façon moins responsable.

— C'est à peu près ce qui est arrivé à ma sœur au couvent en Irlande. Sauf que maintenant, elle a perdu son fils, en plus du bébé qu'elle a dû abandonner. Elle a appelé le couvent, pour voir si elle pourrait retrouver sa fille devenue adulte. Mais on lui a dit que les archives avaient été détruites dans un incendie. Elle n'a aucun moyen de savoir où est sa fille. Tout ce qu'elle sait, c'est qu'elle a été adoptée par un couple d'Américains, et qu'ils voulaient la prénommer Ashley.

— Je ne doute pas que ces nonnes irlandaises lui ont choisi de bons parents. Votre sœur peut en être assurée, répéta la mère supérieure, lèvres pincées.

— La loi a changé, fit remarquer Hattie. Il n'est plus interdit aux femmes de rechercher un enfant qu'elles ont confié à la naissance. Beaucoup de gens ont retrouvé leurs parents biologiques grâce à Internet. Mais c'est peut-être impossible si toutes les archives ont brûlé.

Hattie ne suggéra pas que le feu ait pu être intentionnel, mais la mère supérieure prit les devants.

— J'ai entendu ces histoires d'archives détruites. Les religieuses qui géraient ces couvents ont peut-être pensé qu'il valait mieux enterrer le passé. En ce temps-là, de nombreuses personnes cachaient à leurs enfants qu'ils étaient adoptés. Et beaucoup des jeunes filles de l'époque n'ont jamais dit à leurs maris ni à leurs autres enfants qu'elles avaient abandonné un bébé au cours de leur adolescence. Imaginez l'onde de choc de telles révélations dans une famille : la vérité fait parfois plus de mal que de bien.

— En l'occurrence, ma sœur m'a dit qu'elle en avait parlé à son ex-époux avant leur mariage. Et elle est toute seule, maintenant. Je pense que si je pouvais découvrir ne serait-ce que le moindre indice au sujet de sa fille, cela apaiserait son esprit et lui permettrait de tourner la page. Ma mère, je voudrais aller en Irlande, me rendre dans le couvent près de Dublin où elle a accouché, et peut-être en visiter d'autres, pour voir si des dossiers ont survécu, ou si une des sœurs se souvient de quelque chose.

— Autant chercher une aiguille dans une botte de foin, sœur Marie-Jo. Et si malgré tout vous trouviez quelque chose, la vie de cette femme risquerait d'être bouleversée par l'apparition soudaine d'une mère biologique dont elle ne connaissait peut-être même pas l'existence... Voyez-vous, je ne pense pas que les archives aient brûlé par hasard. C'était à mon avis un acte justifié et réfléchi.

Hattie se demanda si Melissa avait raison... Les sœurs n'avaient-elles pas plutôt effacé les preuves d'un trafic peu glorieux, sur fond de maltraitance de jeunes filles mineures ? Melissa parlait de ces couvents comme d'« usines à bébés » conçues avant tout pour générer des profits plutôt que pour faire le bien. Elle affirmait que tous les parents adoptifs étaient riches et faisaient des dons conséquents à l'Église. Mais il n'était pas question pour Hattie d'évoquer cette interprétation des choses. D'abord, elle avait peur que mère Elizabeth ne rejette sa demande, et puis elle ne voulait pas incriminer les couvents. Tout ce qu'elle désirait, c'était aider sa sœur à retrouver ce bébé.

— Je ne me propose pas de contacter ma nièce, seulement de savoir qui elle est, où elle se trouve aujourd'hui. Le reste ne regarde que ma sœur. Il se peut qu'elle n'ait pas le courage de la rencontrer, mais au moins elle saura quelque chose sur elle : qui l'a adoptée, dans quel environnement elle a grandi...

— Je reste assez sceptique à l'idée de réveiller les fantômes du passé, répéta mère Elizabeth sans avouer à quel point elle était émue par la détresse de Hattie et par l'amour qu'elle portait à sa sœur. Et comment envisagez-vous de financer ce voyage ? Nous n'avons pas de budget pour cela, comment en rendrais-je compte à l'évêché ? Je suppose que votre sœur serait d'accord pour payer ?

Hattie secoua la tête.

— Elle ne sait pas que je veux aller en Irlande. Je ne souhaite pas lui donner trop d'espoir.

— Et vous avez raison sur ce point, lui rappela mère Elizabeth.

— Il me reste un petit fonds fiduciaire de l'héritage de mes parents, que je n'étais pas autorisée à céder à l'Église. Quand j'ai été consacrée, je l'ai mis au nom de mon neveu, et à celui de ma sœur en second lieu. Je n'ai jamais touché à ce compte. Il devrait couvrir largement les frais du voyage.

— Combien de temps vous faudrait-il ?

— Quelques semaines, je pense. Je profiterai du voyage des sœurs dans les Adirondacks pour entreprendre le mien, si vous me le permettez.

La mère supérieure resta silencieuse un long moment, pendant lequel Hattie pria pour qu'elle accède à sa demande.

— Ma fille, c'est une requête tout à fait inhabituelle, dit-elle enfin. Je n'ai d'autre choix que de vous envoyer seule, car je ne peux pas mobiliser une seconde personne pendant tout ce temps. Nous avons besoin de toutes nos jeunes sœurs pour prendre soin à tour de rôle de nos aînées dans la maison du lac. Et je tiens à vous rappeler que des individus sont toujours prompts à conspuer l'Église. De tristes rumeurs ont circulé au sujet de ces couvents, les dénigrant comme des entreprises lucratives. Je suis certaine qu'il n'en est rien, et que si les familles adoptantes ont fait des dons, c'était l'expression spontanée de leur gratitude. Pas question d'entraîner notre ordre dans je ne sais quelle polémique, ou de semer le doute sur nos motivations ou celles de ces couvents. Les sœurs se dévouaient avec amour pour fournir un service à toutes les personnes concernées : trouver un foyer à ces bébés non désirés, octroyer un refuge aux jeunes mères célibataires afin d'épargner leur réputation et celle de leurs parents. Et bien sûr, les couples qui ne pouvaient pas avoir d'enfant rentraient chez eux avec un bébé dans les bras, auquel ils pouvaient offrir une belle vie et un avenir serein. Mais je comprends aussi l'envie que vous avez d'aider votre sœur à apaiser une douleur très profonde. Perdre son fils a dû être terrible. Est-ce que son couple a survécu à cette épreuve ?

Hattie secoua la tête.

— Son mari l'a quittée pour une autre. Elle n'a rien fait pour le retenir. À l'époque, elle était paralysée par le chagrin, et elle est restée complètement seule depuis.

Hattie comprit que la solitude absolue de sa sœur pouvait peser dans la balance pour attendrir mère Elizabeth... Celle-ci marqua une nouvelle pause, pendant laquelle elle regarda Hattie d'un air sévère, avant de déclarer :

— Ma fille, je compte sur votre discrétion. Nous dirons que vous partez en mission pour notre ordre, et que vous devez pour cela vous rendre dans un couvent en Irlande. Quoi que vous appreniez sur place, n'en parlez pas avec nos sœurs à votre retour. Votre mission est personnelle, je fais une exception pour vous. Je sais combien vous travaillez dur à l'hôpital et tout ce que vous apportez à notre communauté au quotidien, sans compter les miracles que vous avez accomplis avec les enfants malades au Kenya. C'est la première mais aussi la dernière dérogation que je peux vous accorder. Est-ce bien clair ?

— Oui, ma mère, répondit docilement Hattie.

Son cœur battait la chamade. Aussi incroyable que cela puisse paraître, elle venait de convaincre sa supérieure de la laisser partir...

— Vous partirez quand nous prendrons nos quartiers à la maison du lac, indiqua mère Elizabeth, et je veux que vous soyez rentrée au bout de deux semaines, trois tout au plus. Pendant votre absence, vous me donnerez régulièrement de vos nouvelles. Il n'est pas question que vous vous promeniez librement en Irlande comme un feu follet. Bien entendu, vous serez hébergée dans les couvents auxquels vous rendrez visite, et non dans des hôtels. Je vais vous écrire une lettre pour attester que c'est moi qui vous envoie, sans toutefois révéler la nature de votre mission. N'oubliez pas qui vous êtes, ma fille, ni à qui doit aller votre loyauté. Nous sommes votre famille. Votre démarche est motivée par votre compassion envers votre sœur. Mais nous sommes maintenant vos véritables sœurs dans l'Évangile de Jésus-Christ, tout comme les religieuses que vous vous apprêtez à rencontrer. Envers elles également, vous vous devez d'être loyale. Vous n'êtes pas en reportage pour critiquer ce qui s'est passé autrefois. Vous recherchez des informations sur l'enfant que votre sœur a confié en ce temps-là, c'est tout.

— Oui, ma mère, je ne l'oublierai pas.

En dépit de l'aspiration des religieuses à la plus grande rectitude morale, les commérages allaient parfois bon train dans les couvents. Les foyers pour filles-mères avaient existé avant que la supérieure ne soit ordonnée, mais certains d'entre eux devaient encore être en fonctionnement dans sa jeunesse. Elle avait clairement entendu ici et là, depuis des années, des histoires peu reluisantes au sujet de ces institutions.

Quand mère Elizabeth la congédia, Hattie lui baisa la main et sortit du bureau, sur un petit nuage. Elle souriait encore dans la rame de métro qui l'emmenait à l'hôpital. Et dire qu'elle ne pouvait en parler à personne... Au cas où elle reviendrait d'Irlande bredouille, elle ne voulait rien dévoiler de son projet à Melissa. Et elle avait promis de ne pas en piper mot à ses sœurs du couvent. Seule la mère supérieure était dans la confidence.

Ce soir-là, à table, alors que les nonnes parlaient de leurs prochaines vacances au bord du lac, Hattie annonça d'une petite voix qu'elle ne pourrait pas se joindre à elles : la mère supérieure l'envoyait en mission pendant toute la durée du séjour. Ses compagnes la plaignirent, tout en louant son sens du sacrifice. Hattie était gênée de leur mentir, mais d'un autre côté elle jubilait intérieurement de pouvoir mener son enquête. Puis elle pria dans l'espoir de trouver quelque chose qui puisse apaiser le cœur meurtri de sa sœur.

Le lendemain, Hattie appela la banque, se présentant comme Harriet Stevens, ce qui lui sembla fort étrange : elle n'avait pas utilisé ce nom depuis dix-huit ans. Elle expliqua qu'elle devait effectuer un retrait sur son fonds fiduciaire. La somme disponible de son vivant avait fructifié au fil des années et Hattie fut stupéfaite du nouveau montant. Ce n'était pas une fortune, mais cela suffisait amplement à couvrir les frais du voyage. Le banquier lui demanda si elle voulait transférer le tout sur un compte courant ou sur un compte d'épargne... Or elle n'avait ni l'un ni l'autre. En tant que religieuse, elle n'en avait pas besoin, et n'était d'ailleurs pas autorisée à en avoir un. Elle accepta donc de venir en personne pour ouvrir un compte courant, sur lequel elle effectuerait le virement pour payer le billet d'avion et disposer d'argent liquide. Elle prévoyait de rester aussi frugale que de coutume, d'autant plus qu'elle serait nourrie et logée par les couvents.

Quand les sœurs se mirent en route pour leur lieu de villégiature, Hattie était fin prête pour son grand voyage. Le départ pour le lac était toujours une entreprise compliquée, plusieurs de leurs aînées étant en fauteuil roulant. Elles devaient donc être prises en charge par les plus jeunes, qui étaient tout excitées de pouvoir nager, pêcher à la ligne et jouer au tennis pendant deux semaines. Elles laisseraient même leur habit au placard.

Si Hattie avait elle aussi prévu de porter des vêtements civils en Irlande, elle avait tout de même mis deux robes réglementaires dans sa petite valise, au cas où les sœurs irlandaises seraient tatillonnes sur ce point. Pour le reste, c'était tee-shirts, jeans et baskets, ainsi qu'une veste légère pour les soirées fraîches.

Hattie aida ses compagnes à prendre place à bord des minibus, puis la mère supérieure la prit par les épaules pour la regarder longuement, avant de lui donner une chaleureuse accolade.

— Prenez soin de vous, sœur Marie-Jo. Et bonne chance.

— Merci de m'avoir laissée partir, ma mère, murmura Hattie.

D'une certaine façon, la vie au couvent ressemblait à un prolongement de son enfance – c'est même pour cette raison qu'elle y avait trouvé refuge après ses débuts malheureux à Hollywood. C'était le lieu le plus sûr auquel elle pouvait penser, et à présent que le départ devenait bien réel, elle était un peu effrayée à l'idée de se retrouver dans le vaste monde. Mais elle le faisait pour Melissa. Rien d'autre n'aurait pu lui donner le courage d'aller seule jusqu'en Irlande. À l'exception de quelques prêtres, tout son entourage était féminin, ce qui lui paraissait extrêmement confortable. Dans la blouse blanche amidonnée qu'elle portait à l'hôpital, et qu'elle avait emportée avec elle au Kenya, elle se savait pratiquement invisible aux yeux des médecins et des patients. Ils oubliaient qu'elle était une femme, qui plus est une femme séduisante. À l'aéroport ce soir-là, en jean, chemisier et blazer, ses cheveux roux coupés court, elle se sentait un peu nue. Elle n'avait pas l'habitude de ressembler aux autres femmes, et cela ne correspondait plus depuis longtemps à l'image qu'elle avait d'elle-même.

Sa place était réservée en classe économique, sur une ligne *low cost*. Ce serait la première fois qu'elle voyagerait seule en avion depuis ses 25 ans : au Kenya, elle faisait partie d'un groupe de religieuses, toutes infirmières, accompagnées par un prêtre. Sur place, elle avait été accueillie par une communauté chrétienne composée seulement de religieuses.

Après être passée au comptoir d'enregistrement, elle s'était sentie étrangement libre en déambulant dans l'aéroport. Elle avait appelé Melissa la veille, pour la prévenir qu'elle partait pour une retraite et ne serait pas joignable pendant quelques semaines. Melissa en avait paru chagrinée.

— Je ne te vois pas pendant six ans, et tu m'abandonnes pour une retraite alors que nous venons de nous retrouver ?

— Ce ne sera pas long, l'avait rassurée Hattie, heureuse de cette marque d'attachement.

Leur journée dans les Berkshires les avait définitivement liées et Hattie ne cessait de penser aux informations qu'elle pourrait rapporter de son voyage en Irlande. Oui, elle était vraiment en mission. Pas en retraite, comme elle l'avait dit à Melissa ; ni en mission pour le couvent, comme elle l'avait dit aux autres religieuses... Elle était en mission pour retrouver sa nièce, autant dire une aiguille dans une botte de foin, comme le lui avait rappelé la mère supérieure. Hattie priait pour qu'un miracle se produise, qu'elle revienne avec des éléments susceptibles de soulager la douleur de Melissa. Elle n'avait qu'une chose en tête : retrouver Ashley, ou du moins une trace de son existence, pour tenter de réunir la mère et la fille.

Alors que l'avion décollait en direction de Dublin, Hattie ferma les yeux et pria de tout son cœur, de toute son âme, pour que son enquête soit couronnée de succès.

5

Hattie n'eut pas besoin de se soucier de quoi que ce soit une fois arrivée à l'aéroport de Dublin. Avant de partir, elle avait fait changer une bonne somme en euros et n'avait emporté qu'une seule petite valise. Ainsi, l'avion à peine atterri, Hattie se mit en quête du car à destination de Portlaoise, situé à une heure au sud-ouest de la ville. La mère supérieure, au courant de sa venue, lui avait donné toutes les indications nécessaires.

À travers la vitre du bus, Hattie regarda défiler le paysage monotone – rien que des plaines à perte de vue. Elle songea soudain que sa sœur avait sans doute parcouru cette même route jusqu'à Saint-Blaise. Jeune fille enceinte, bannie de son foyer et forcée bientôt d'abandonner son bébé... Melissa avait dû être absolument terrifiée. À cette idée, Hattie avait envie de la prendre dans ses bras et de la serrer fort contre elle. À l'époque, elle n'avait que 10 ans, et ne pouvait pas comprendre ce qui se passait. Comment aurait-elle pu imaginer ce que vivait Melissa de l'autre côté de l'Atlantique ? Certes, les disputes étaient nombreuses à la maison et elle se souvenait que, la veille du départ, sa sœur avait pleuré et supplié ses parents de la laisser rester. Mais leur mère l'avait dévisagée presque avec dégoût, répétant à Melissa qu'elle leur faisait honte. Sa sœur partie, Hattie s'était réfugiée dans sa chambre et avait pleuré, elle aussi. Sept ou huit mois d'absence, lui avait-on dit, presque une année scolaire. D'autant que Hattie savait à quel point Melissa rêvait de faire ses études en Californie.

Ce rêve s'était définitivement envolé à la mort de leurs parents, quand Melissa avait dû rester à New York pour s'occuper de sa petite sœur. Leur mère était décédée d'un cancer de l'estomac foudroyant et leur père de ce que le médecin appelait pudiquement « un trouble hépatique ». C'est bien plus tard que Hattie avait appris qu'il était alcoolique. Mais Melissa savait, elle. Elle l'avait déjà surpris en train de boire, certaines nuits. Il se faisait licencier de tous ses emplois, son héritage fondait à vue d'œil et leur mère le traitait de raté. Pourtant, il leur restait encore assez d'argent pour vivre et payer les frais de scolarité des filles. Mais leur mère savait que cet argent ne durerait pas éternellement. Depuis l'enfance, Hattie avait pleinement conscience du fait que sa mère n'était pas une épouse facile à vivre. Elle ne cessait de critiquer son mari, de le dénigrer devant les enfants, ce que Melissa ne supportait pas. Leur père venait d'une famille aisée, mais n'avait jamais eu de succès dans les affaires. Son assurance-vie avait toutefois permis aux filles de joindre les deux bouts jusqu'à ce que Hattie entre au couvent et que Melissa touche ses premiers droits d'auteur.

Leur mère était issue d'un milieu moins fortuné. Elle avait dû abandonner ses études pour prendre un emploi de secrétaire. C'était alors une jeune femme très séduisante. Elle avait tout de suite tapé dans l'œil de leur père, rencontré dans la banque où ils travaillaient tous les deux. La famille de leur père désapprouvait cette union, ce qui avait suscité beaucoup d'amertume chez leur mère. Surtout, et bien qu'elle n'ait plus eu besoin de travailler jusqu'à la fin de ses jours, elle en voulait à son mari de ne pas lui offrir le train de vie qu'elle espérait en l'épousant.

Enfant, Hattie se réfugiait dans la chambre qu'elle partageait avec sa sœur pour ne pas entendre leurs disputes. Melissa, elle, était présente quand leur mère avait reproché à leur père de ne pas « tenir ses filles » : si au lieu de se saouler, il avait gardé un œil sur Melissa, cette gamine n'aurait pas été traîner Dieu sait où et ne serait pas tombée enceinte ! Par la suite, Melissa avait tenté d'essayer de dire à leur père qu'il n'y était pour rien, qu'elle était amoureuse de ce garçon, mais il avait fait la sourde oreille et laissé son épouse gérer la situation comme elle l'entendait. Il avait réglé tous les frais de son voyage en Irlande, et fait comme si de rien n'était à son retour. Peu après, leur mère avait dit à Melissa que c'était sa faute si elle souffrait d'un cancer de l'estomac : à cause de ses écarts de conduite, elle était rongée par la honte et se faisait du mauvais sang. Déjà que les gens parlaient dans leur dos du penchant de monsieur pour la bouteille... Jusqu'à son dernier souffle, elle avait reproché à sa fille aînée et à son mari d'être à l'origine de cette maladie qui allait l'emporter. Lui n'avait guère eu plus de chance. Il l'avait suivie un an plus tard, au terme d'un mois de coma induit par la beuverie de trop. Les filles ne purent jamais lui faire leurs adieux ni lui dire qu'elles l'aimaient. Melissa s'était épanchée dans ses livres sur la violence de sa mère et sur la faiblesse de son père – même si, comme sa sœur, elle le plaignait plus qu'elle ne lui en voulait. Le voir si démuni avait donné à Melissa l'envie de se battre et de ne jamais se laisser dicter sa conduite. Hattie, quant à elle, avait eu besoin d'un refuge après cette enfance chaotique, et elle l'avait trouvé en prononçant ses vœux définitifs. Au couvent, au moins, plus rien ne pouvait l'atteindre.

Quand le car arriva à la gare routière, Hattie dut encore prendre un taxi pour se rendre à Saint-Blaise. Lorsqu'elle aperçut au loin le monastère, elle ne put réprimer un frisson. On aurait pu croire qu'il s'agissait d'une prison plantée au milieu de nulle part. Elle se rappela la description que lui avait faite sa sœur, et n'eut aucun mal à comprendre ce qu'avait pu ressentir cette adolescente, loin de son pays, loin des siens, arrivant dans ce lugubre endroit. Elle craignit alors l'accueil que lui réservaient les sœurs...

Lorsque Hattie sonna la cloche, l'heure du dîner était passée depuis longtemps. Une sœur âgée, marchant avec une canne, vint lui ouvrir et lui adressa un sourire chaleureux. Hattie lui expliqua qui elle était et la vieille dame sembla surprise.

— Je croyais que vous étiez consacrée ?

— Je le suis, ma sœur. Toutes mes excuses pour la confusion. Notre ordre se passe de l'habit la plupart du temps. Il est dans ma valise.

— Vous autres, Américains, êtes toujours plus modernes, commenta la religieuse.

Et elle s'enfonça en claudiquant dans le couloir sombre, Hattie sur ses talons.

— On vous a installée au deuxième étage, première chambre à droite. La porte est ouverte. Les sanitaires sont au bout du couloir. L'office est à 5 h 30, le petit déjeuner à 6 h 30 dans le réfectoire.

— Merci, ma sœur, dit Hattie en montant l'escalier, qui aurait pu être le décor parfait d'une histoire de fantômes ou d'un film d'épouvante.

En ouvrant la porte de la cellule, elle découvrit une pièce sinistre aux murs nus, et referma sans bruit derrière elle. Les lieux étaient aussi glauques que Melissa les lui avait décrits, même si à l'époque les jeunes pensionnaires se trouvaient dans des dortoirs – jusqu'à vingt lits dans une même salle ! Hattie se demanda si ces pièces-là existaient encore... C'était peu probable, puisque le couvent abritait désormais des nonnes plus âgées. Ils avaient dû les transformer en cellules telles que celle de Hattie.

Après avoir dit ses prières et s'être couchée, Hattie pensa à Melissa. Elle comprenait maintenant pourquoi elle en voulait autant à leur mère, et pourquoi elle n'avait toujours pas digéré cette expérience traumatisante. Auparavant, c'était une fille comme les autres, quoique plutôt introvertie et sans cesse plongée dans ses livres. À son retour, elle était devenue une jeune femme aigrie, qui fulminait de rage contre sa mère.

Hattie avait réglé sur 5 heures l'alarme du réveil qu'elle avait apporté. Lorsqu'il sonna, elle se leva, se doucha et enfila son habit. Bien que l'on soit au mois d'août, l'air était froid et humide entre les murs du couvent. À son étage, il n'y avait que deux autres religieuses. Elle arriva à la chapelle à l'heure, prit place sur un banc et observa la communauté qui vivait là. Certaines sœurs avaient son âge, d'autres étaient bien plus vieilles et quelques-unes paraissaient fort jeunes. Elles devaient être environ trente-cinq. Les plus âgées étaient absentes, car dispensées de se lever si tôt pour le premier office du jour.

Selon l'ancienne règle, le petit déjeuner était pris en silence. Rien à voir avec les joyeuses conversations qui animaient ce moment au couvent de sœur Marie-Jo, avant que tout le monde ne parte à son travail dans les écoles et les hôpitaux de la ville.

Hattie avait rendez-vous à 9 heures avec la mère supérieure de Saint-Blaise. Entre-temps, elle se retira pour prier pendant deux heures dans sa cellule. Elle espérait glaner des bribes d'informations pour essayer de retrouver la trace de sa nièce. Hélas, l'entrevue fut décourageante. La mère supérieure devait avoir une petite soixantaine d'années et ne vivait là que depuis deux ans. Elle déclara ne presque rien savoir des adoptions qui avaient eu lieu si longtemps auparavant et confirma qu'il ne restait pas la moindre archive. Ce qui était aussi bien, dit-elle, y compris pour la sœur de Hattie.

— Vous comprenez, personne ne voulait ébruiter l'identité des jeunes filles, et les parents adoptifs tenaient eux aussi à la confidentialité. Les documents étaient sans doute détruits dès lors qu'ils n'étaient plus utiles aux personnes concernées, martela la religieuse.

— Mais pensait-on aux jeunes filles qui auraient voulu savoir ce que deviendrait leur bébé ? Ou aux enfants eux-mêmes, devenus adultes ? N'était-il pas cruel de les priver de ces informations ?

— En abandonnant leur bébé, elles signaient le renoncement à leurs droits parentaux, répliqua la mère supérieure.

— Étant elles-mêmes des enfants, les jeunes mères ne pouvaient pas imaginer de quelle façon cela les marquerait par la suite. Je crois même que cela a pu gâcher la vie de certaines d'entre elles. Ne reste-t-il pas ici quelques sœurs de l'époque, qui pourraient se souvenir de quelque chose ? demanda Hattie.

La mère supérieure resta polie, mais ferme, et ne lui laissa pas entrevoir le moindre espoir. L'image de l'aiguille dans la botte de foin se révélait aussi pertinente que l'avait suggéré mère Elizabeth à New York. En sortant du bureau, Hattie se changea et alla faire un tour pour mettre ses idées au clair. Après tout, il y avait encore trois couvents à visiter. Le premier n'était qu'à deux heures de route... Mais c'est à Saint-Blaise que Melissa avait séjourné, et Hattie rageait de ne rien trouver. Il n'y avait plus qu'un seul espoir : que l'une des religieuses de l'époque ait été transférée dans l'un des autres couvents, qu'elle y vive encore et se souvienne de Melissa, de son bébé ou des parents adoptifs. La probabilité était faible, mais c'était la seule chose à laquelle Hattie pouvait se raccrocher.

Sa balade l'emmena jusqu'au village voisin. Les magasins n'étaient pas encore ouverts, mais une employée était en train de balayer le perron de la bibliothèque, dont elle venait d'ouvrir les portes. Ne sachant quoi faire d'autre, Hattie entra et adressa un sourire à la bibliothécaire, qui s'était installée derrière son comptoir une fois le balayage terminé. C'était une femme grande et mince, au visage anguleux, qui jeta à

Hattie un regard soupçonneux en reconnaissant immédiatement qu'elle n'était pas de la région. Elle semblait assez âgée pour avoir connu l'époque où Saint-Blaise était un centre d'adoption. Hattie décida de prendre son courage à deux mains.

— Bonjour, madame. Excusez-moi de vous déranger... Vous travaillez ici depuis longtemps ?

— Assez longtemps, oui. Que voudriez-vous savoir ?

— Je m'intéresse à l'histoire de Saint-Blaise. Une amie de ma mère y a adopté un bébé.

— Elle n'est pas la seule. C'étaient surtout des Américains qui venaient, toujours assez riches, y compris des stars de cinéma. Ici, tout le monde sait cela, ce n'est pas un secret. Vous-même, vous êtes américaine... L'amie de votre mère était-elle une actrice célèbre ?

Hattie sourit en secouant la tête.

— Non, mais son mari et elle avaient de l'argent. De ce que je comprends, les parents adoptifs versaient des fortunes à l'Église pour obtenir ces bébés...

En prononçant ces paroles, Hattie sentit la bibliothécaire se crisper.

— Vous êtes journaliste ? demanda la femme.

— Ah non, pas du tout.

Hattie fut tentée de révéler qu'elle était nonne, mais décida que c'était une mauvaise idée.

— Ah... C'est qu'on ne manque pas de candidats pour lancer une chasse aux sorcières à propos de ces adoptions. Surtout depuis qu'une prétendue journaliste a trahi l'Église et ses sœurs en sortant un bouquin là-dessus.

— Ah bon, il y a un livre à ce sujet ? fit mine de s'étonner Hattie.

Melissa lui avait parlé de l'œuvre d'une journaliste ayant renoncé à ses vœux. Mais lorsque Hattie lui avait demandé des détails, Melissa avait oublié aussi bien le titre que le nom de l'auteur.

— Un ramassis de mensonges, d'ailleurs censuré par le Vatican, commenta la bibliothécaire. Cette femme était religieuse ici, à l'époque, mais elle s'est retournée contre son propre couvent. Vous n'êtes pas catholique, vous ?

— Si, je le suis.

— Alors vous ne devriez pas essayer de diffamer l'Église en fouinant dans des histoires qui appartiennent au passé et qui ne vous regardent pas. Le couvent se donnait bien du mal pour ces malheureuses petites pécheresses et plaçait les bébés dans de bonnes familles. C'est tout ce qui compte.

— Comment s'appelait ce livre ? insista Hattie.

— Quelque chose comme *Bébés à vendre*. Les catholiques ne sont pas autorisés à le lire. Et une bonne catholique ne devrait même pas y songer.

— Merci, madame. Bonne journée, dit poliment Hattie avant de sortir sous le regard hargneux de la femme.

En poursuivant son chemin à travers les rues du village, elle découvrit une petite librairie. À l'intérieur, une jeune fille était en train d'épousseter les livres. Hattie entra pour lui demander s'ils avaient à tout hasard le livre cité par la bibliothécaire. Depuis le temps, il était peut-être épuisé... La jeune fille dit qu'elle allait vérifier dans la réserve et revint quelques minutes plus tard avec un exemplaire poussiéreux. Elle adressa un sourire entendu à Hattie.

— Nous ne le mettons pas en rayon, parce qu'il est interdit par l'Église. On ne plaisante pas avec ça dans un petit village tel que le nôtre, expliqua l'employée. Mais ma patronne tient à garder des livres comme celui-là dans l'arrière-boutique. Je crois qu'il y est question d'un scandale local...

Hattie paya, mit le volume dans son sac et retourna au couvent. Pour le lire, elle s'assit dans le jardin, où de jeunes nonnes promenaient leurs aînées en fauteuil roulant. Toutes profitaient des rayons du soleil matinal. Hattie était si absorbée par sa lecture qu'elle ne leur prêta pas attention. Le livre était l'œuvre d'une certaine Fiona Eckles. D'après la quatrième de couverture, elle avait remis sa vocation en cause après avoir été infirmière et sage-femme à Saint-Blaise, et avait fini par quitter les ordres. Elle enseignait maintenant la littérature à Trinity College, l'université de Dublin. Sur la photo, elle semblait avoir environ 60 ans, et le livre n'était paru que depuis quelques années. En introduction, elle expliquait qu'il lui avait fallu plusieurs décennies pour réussir à écrire sur ce sujet sensible. Et dès les premières pages, son exposé de la situation corroborait ce que Melissa avait raconté.

Hattie téléphona aux renseignements avec le portable qu'elle s'était procuré à l'aéroport – elle n'avait cependant pas accès à Internet. Par chance, il n'y avait qu'une seule Fiona Eckles dans l'annuaire de Dublin. Elle lui laissa un message et l'auteure la rappela au moment où elle préparait sa valise. Hattie sollicita un rendez-vous pour parler de son livre et, après un instant d'hésitation, Fiona Eckles lui demanda si elle était journaliste. Hattie lui raconta l'histoire de Melissa, qui avait accouché à Saint-Blaise à la fin des années 1980.

— J'y étais à l'époque, mais je crains de ne pas pouvoir vous fournir beaucoup d'informations. Nous autres, sages-femmes, nous n'avions pas accès à l'identité des mères ni à celle des parents adoptifs.

Fiona expliqua qu'elle avait déjà reçu des appels de ce genre par le passé, de la part de femmes qui cherchaient désespérément à retrouver la trace de leur enfant.

— Mes sœurs de l'époque ont veillé à faire disparaître les preuves. Certains des couples adoptants étaient très connus et tous tenaient à leur réputation. Bien sûr, nous reconnaissions parfois une célébrité, mais nous ignorions tout des autres parents. C'est resté un commerce florissant pendant de nombreuses années. L'Église fait régner la loi du silence. Si je n'étais pas partie de mon propre chef, ils m'auraient sûrement excommuniée.

Elle eut un petit rire amer, avant de conclure :

— Après ce que j'avais vu, je ne pouvais pas rester.

Hattie dit qu'elle souhaitait à tout hasard lui montrer une photo de Melissa à 16 ans. Fiona accepta de la rencontrer le soir même, à Dublin, dans le hall d'un hôtel. Après avoir raccroché, Hattie fit le tour des bâtiments conventuels pour se faire une idée de l'atmosphère qui y régnait en plein jour. Hélas, l'endroit était aussi sombre et déprimant que de nuit. Elle déposa sur la table de sa cellule une enveloppe à l'intention de la mère supérieure, avec un mot de remerciement et un don de quelques dizaines d'euros pour le couvent. Puis elle appela un taxi pour la conduire à la gare routière. Arrivée à Dublin, elle descendit dans un petit hôtel où elle laissa sa valise, et se rendit à l'heure dite dans le hall de l'hôtel Harding. Elle trépignait d'impatience à l'idée d'entendre ce que Fiona Eckles aurait à lui dire, mais se culpabilisait un peu d'avoir pris une chambre en ville et non dans un couvent, comme elle l'avait promis à mère Elizabeth.

Hattie reconnut tout de suite la femme d'après sa photo au dos du livre. Fiona Eckles avait des cheveux courts, d'un blanc de neige, et des yeux d'un bleu intense. Son sourire dessina de belles pattes-d'oie au coin de ses yeux. Cette femme n'avait rien d'une âme torturée, elle avait l'air d'une personne épanouie et bienveillante. On aurait dit une grand-mère élégante, vêtue d'un tailleur en lin bleu marine qui soulignait une silhouette élancée. Elle devait maintenant approcher les 70 ans. Rien dans son attitude ni dans son allure ne pouvait laisser deviner qu'elle avait été religieuse. Elle aurait pu être banquière ou cadre dans une grande entreprise... Elle était l'auteure de quatre livres ayant tous déclenché une polémique. Le dernier en date, au sujet des abus sexuels dans l'Église, était arrivé en tête des ventes en Irlande. Elle écrivait dans un style simple, clair et direct.

— J'espère pouvoir vous aider, déclara Fiona alors qu'elles prenaient place à une table basse. Mais j'en doute. À Saint-Blaise, j'ai vu passer des centaines de bébés, peut-être près d'un millier. Et cela ne représente que les naissances dites « faciles ». On envoyait les cas plus compliqués à l'hôpital. Je n'avais pratiquement aucun contact avec les filles avant qu'elles ne m'arrivent en salle de travail, et je ne croisais presque jamais les parents adoptifs. Bon, sauf les acteurs connus... Leur venue créait l'événement et nous les reconnaissions toujours, même quand ils donnaient de faux noms.

Hattie se présenta à son tour et elles commandèrent chacune un verre de vin.

— Ma sœur Melissa était là-bas en 1988.

— J'y étais aussi, à faire les trois-huit en salle d'accouchement.
— Melissa dit que c'était une usine à bébés.
— Je ne peux pas lui donner tort, soupira Fiona Eckles. C'est aussi l'impression que j'avais, à la fin. Les filles arrivaient, on leur faisait suivre des cours le matin, le reste du temps elles devaient travailler. Et pourtant leurs parents payaient de coquettes sommes au couvent pour qu'elles y résident plusieurs mois. Puis on leur prenait leur bébé et les sœurs récoltaient encore des frais d'adoption faramineux de la part des nouveaux parents. Le tout finissait directement dans les poches de l'Église, bien sûr. Ensuite, on renvoyait les filles chez elles, deux semaines après l'accouchement, comme si rien ne s'était passé. Pas de thérapie, pas de soutien psychologique : les pieds dans les étriers, et bon vent pour la suite ! Beaucoup d'argent était en jeu. On peut supposer que chacun y trouvait son compte... En fait, les filles me parlaient, entre deux contractions, et elles étaient nombreuses à ne pas vouloir abandonner leur bébé. Mais elles n'avaient pas le choix, car sinon leurs parents ne les auraient pas laissées rentrer à la maison. L'une d'entre elles a même fait une grève de la faim et a failli mourir. Mais elle a fini par signer les papiers, comme toutes les autres. Au bout d'un moment, je n'ai plus supporté de voir leurs visages quand on emmenait le bébé quelques minutes après sa venue au monde. J'essayais au moins

de les laisser voir l'enfant, ou même de le leur mettre un peu dans les bras, quand personne ne me surveillait. Nous avions ordre de les emmener tout de suite : aucun contact autorisé entre mères et enfants, en plus de tout ce qu'elles avaient déjà enduré... Nous prenions en charge uniquement les naissances naturelles et sans complications, ce qui nous permettait de limiter notre responsabilité. En général, les parents adoptifs attendaient dans la nurserie. À partir de là, c'était terminé pour les filles. Elles n'avaient même pas le temps de dire au revoir à leur petit. C'était très traumatisant pour elles.

Fiona secoua la tête, avant de reprendre :

— Je n'ai plus supporté de voir ça. Ce moment-là était pire que les douleurs et l'accouchement. À la fin, je n'y arrivais plus. Je suis partie en laissant tomber à la fois l'Église et le métier de sage-femme. Dans un sens, cette expérience m'a brisée, moi aussi. Je me suis rétablie, mais cela a mis longtemps, et je ne me suis jamais vraiment pardonné d'avoir participé à ce système. Nous suivions des protocoles très stricts, difficiles à remettre en question. C'est pour cette raison que j'ai écrit le livre. Je voulais que les gens prennent conscience de ce qui s'était passé... et aussi trouver l'absolution, sans doute. L'Église affirmait que nous rendions un service précieux, mais ne parlait jamais d'argent. Je pense que nous aurions été encore plus horrifiées si nous avions eu connaissance des montants en jeu. C'était vraiment un commerce, sans aucun rapport avec la charité chrétienne.

— Est-ce que Saint-Blaise prenait en charge les jeunes filles de la région ? voulut savoir Hattie.

— Très peu. La plupart des parents ne pouvaient pas se le permettre. Il y avait quelques filles d'aristocrates ou de la haute société londonienne, de temps à autre une Française, une Espagnole ou une Italienne, mais principalement des Américaines. Les parents des filles avaient les moyens, et les parents adoptifs préféraient des bébés américains comme eux.

— Et pourquoi fallait-il qu'ils brûlent les registres ? demanda tristement Hattie.

— À votre avis ? Pour éviter tout contact, pour faire régner le silence. Les parents des filles voulaient cacher ces grossesses hors mariage. Et nombre des parents adoptifs affirmaient que les bébés étaient les leurs. Ils disparaissaient pendant six mois, et à leur retour ils formaient une famille. La destruction des documents protégeait tout le monde, y compris les autorités ecclésiastiques, qui ont soutenu ce système pendant des dizaines d'années... J'ai réussi à me faire affecter dans un autre couvent, et puis il m'a fallu encore un an pour décider de rompre mes vœux. Cette expérience a pollué toute la vision que j'avais de la sainteté et de l'innocence de l'Église. Je ne voulais plus y être associée. A posteriori, j'ai l'impression d'avoir fait plus de mal que de bien, comme si toutes mes années de vie monastique n'avaient été qu'une mascarade. J'ai fait partie d'une cabale pour forcer ces filles à abandonner leur enfant contre leur gré. Leurs parents ne venaient même pas les chercher eux-mêmes, après tout ce qu'elles avaient vécu. Deux semaines après l'accouchement, nous leur disions de libérer leur chambre et nous les mettions dans l'avion pour faire de la place à la suivante. C'était une entreprise cruelle et vénale. Je vous préviens... à force de lire des choses sur le sujet, il risque de vous arriver la même chose qu'à moi, le même dégoût d'une institution capable d'une telle insensibilité par appât du gain. À la rigueur, s'ils l'avaient fait bénévolement, par ignorance et sur la base de croyances archaïques, j'aurais pu leur pardonner. Mais pas avec l'argent qu'ils brassaient. Certaines personnes innocentes n'en avaient peut-être pas conscience. Les sœurs responsables de Saint-Blaise, en revanche, savaient très bien ce qu'elles faisaient. Elles n'agissaient absolument pas dans l'intérêt des filles, et voyaient les bébés comme une marchandise à vendre à des couples fortunés en mal d'enfant.

Fiona Eckles avait parlé d'un ton factuel, mais ses yeux exprimaient une grande tristesse quand elle évoquait les jeunes filles.

Quand Hattie lui montra la photo de Melissa à 16 ans, elle secoua la tête.

— Non, désolée, mais je ne me souviens pas d'elle. Ce que je peux vous dire, c'est le nom des célébrités qui sont venues adopter à Saint-Blaise cette même année. Je revois très bien trois actrices hollywoodiennes. La probabilité est très faible que l'une d'entre elles ait adopté votre nièce, mais je n'ai pas mieux pour vous aider... Les nonnes responsables des couvents de l'époque sont maintenant très âgées et dispersées dans d'autres couvents – quand elles sont encore en vie. J'ai cherché à les retrouver quand j'ai écrit le livre, et les rares que j'ai rencontrées ont refusé de me parler. L'Église a tenté de me discréditer, de faire croire que j'étais psychologiquement déséquilibrée, mais cela ne les a pas menés bien loin. La vérité, c'est que si jamais il y a eu un jour de bonnes intentions derrière tout cela, il n'en restait plus rien à mon époque. Désormais ils veulent enterrer toute l'affaire et ne tolèrent pas qu'on en parle. Voilà pourquoi ils ont détruit les archives.

Cette politique de la terre brûlée s'était révélée sacrément efficace... Les preuves qui auraient pu guider Hattie jusqu'à la fille de Melissa étaient réduites en cendres.

Elles parlèrent ensuite un moment de l'avenir de l'Église et du travail de Hattie en Afrique. Deux heures après leur rencontre, Hattie remercia Fiona, qui lui souhaita bon courage dans ses recherches.

— Cherchez du côté des actrices. Qui ne tente rien n'a rien...

— Oui, c'est ce que je vais faire, promit Hattie.

En effet, sur le chemin de son hôtel, elle s'arrêta dans un cybercafé, s'installa à un ordinateur et chercha les noms des trois célébrités mentionnées par Fiona. La première était morte depuis quinze ans, mais l'encyclopédie en ligne indiquait que sa fille était elle-même actrice, et d'ailleurs à l'affiche d'un film récent. Et elle avait pile le bon âge. Les deux autres stars étaient encore en vie : l'une avait annoncé sa retraite depuis peu, et l'autre travaillait encore, mais on ne trouvait rien au sujet de leurs enfants. Hattie imprima plusieurs articles et rentra à l'hôtel.

Cette nuit-là, elle fit d'horribles cauchemars : elle y vit sa sœur adolescente, criant de douleur pendant l'accouchement, et des nonnes qui s'enfuyaient avec son bébé pendant qu'elle essayait de les poursuivre en rampant par terre. Hattie se réveilla en panique, le visage baigné de larmes. Tout comme Fiona, elle commençait à se sentir complice de tout cela. Comment des religieuses pouvaient-elles agir de la sorte ? Sidérée par un tel manque d'humanité, Hattie avait soudain honte d'être nonne. Elle se sentait écartelée par deux envies contraires : celle de se débarrasser de son habit et celle de courir se réfugier à l'abri de son couvent. Mais d'abord, il lui restait une mission à accomplir. Peut-être n'oserait-elle jamais parler à Melissa de tout ce qu'elle avait appris. Mais une chose était sûre : elle l'aimait plus que jamais. Le moment n'était pourtant pas encore venu de rentrer à New York. C'était à Los Angeles qu'elle devait se rendre maintenant, pour enquêter sur les deux actrices et les trois enfants adoptés.

Au matin, Hattie échangea son billet d'avion. Après deux escales, à Londres et Chicago, elle atterrirait à Los Angeles, ville qu'elle détestait depuis son premier voyage à Hollywood. Mais peu importait. Elle serait allée au bout du monde pour Ashley et sa sœur. Fiona Eckles lui avait fourni la seule piste qu'elle avait, mais sa rencontre avec l'ancienne religieuse découlait d'une série de coups de chance extraordinaires : le fait que la bibliothécaire lui ait parlé du livre, que la librairie en ait eu un exemplaire et que Fiona ait accepté de la voir.

Hattie envoya un message à mère Elizabeth pour lui dire que même s'il faudrait un miracle pour retrouver l'enfant, son voyage à Dublin avait déjà porté ses fruits. Elle s'envolait pour Los Angeles afin de récolter davantage d'informations. Puis Hattie ferma les yeux, et se mit à prier ardemment alors que l'avion décollait.

6

Hattie essaya tant bien que mal de se reposer pendant le voyage de Dublin à Los Angeles. Mais entre les correspondances, les pleurs d'un bébé pendant presque toute la durée du vol transatlantique et un état nauséeux de Chicago à Los Angeles, autant dire qu'elle était littéralement épuisée en arrivant. Elle prit le bus pour se rendre dans le centre et descendit dans un hôtel de Sunset Strip. Le quartier n'était guère reluisant, les personnes à la rue y étaient nombreuses, mais la chambre était bon marché. Ne connaissant aucun des couvents de la ville, c'était la solution la plus simple. Elle sortit dîner dans un petit restaurant avec son habit religieux, qui lui donnait la sensation d'être protégée et en sécurité. L'identifiant comme une bonne sœur, la serveuse lui offrit le café et refusa même le pourboire que Hattie voulait lui laisser.

De retour à l'hôtel, sonnée par le décalage horaire et la fatigue du voyage, Hattie s'installa à l'ordinateur à disposition des clients dans le hall. En approfondissant ses recherches sur les trois actrices, elle trouva finalement que celle qui venait de prendre sa retraite avait un enfant de 33 ans, ce qui corroborait les dires de Fiona. Mais c'était un garçon.

La jeune comédienne dont la mère était morte habitait quant à elle à Beverly Hills, et vivait avec le chanteur d'un groupe de rock. En quelques clics, Hattie dénicha son numéro de téléphone et son adresse personnelle. Elle n'en crut pas ses yeux. Ces gens n'avaient donc aucune vie privée ! Sur les photos, Hattie découvrit une très belle jeune femme, mais qui ne ressemblait en rien à Melissa.

La troisième actrice dont Fiona lui avait donné le nom était très célèbre, bien vivante, et en plein tournage d'un nouveau film. Elle avait une fille, elle aussi âgée de 33 ans. Selon l'un des sites, cette fille était assistante sociale dans une organisation qui prodiguait une aide médicale et juridique d'urgence aux mineurs victimes de violences. Son mari était avocat dans le monde du show-business et ils avaient deux enfants. Il n'y avait aucune photo d'elle et la courte notice biographique donnait l'image d'une personne simple, dotée d'un cœur généreux, et qui avait fait de bonnes études. Elle était diplômée de la faculté de sciences sociales de Columbia, l'université que Melissa avait fréquentée pour ses études de lettres. Mais ni l'assistante sociale ni la jeune actrice ne se prénommaient Ashley. Hattie était décidée à les rencontrer malgré tout.

Elle nota les deux numéros de téléphone, toujours aussi ébahie par la facilité avec laquelle elle était tombée sur cette liste de numéros de célébrités, et décida d'appeler les deux jeunes femmes le lendemain. Puis Hattie monta à sa chambre, s'effondra sur le lit, s'endormit avant d'avoir pu ôter son habit et ne se réveilla qu'à 9 heures du matin. La lumière du soleil éclairait chaleureusement la pièce et, l'espace d'un instant, elle se demanda où elle se trouvait. Elle se crut à Dublin, avant de se souvenir qu'elle était à Los Angeles.

Hattie alla prendre son petit déjeuner dans le café de la veille, cette fois en jean et tee-shirt, sans cesser de penser aux appels qu'elle s'apprêtait à passer. Elle avait pourtant promis à mère Elizabeth qu'elle n'essaierait pas de rencontrer les jeunes femmes. Mais maintenant qu'elle était sur place, la tentation était trop grande.

La jeune actrice s'appelait Heather Jones. Hattie composa le numéro, sans trop espérer plus que tomber sur une boîte vocale, ou sur une assistante... Une voix jeune répondit d'un simple « Allô ? ». Après un instant de surprise, Hattie raconta sans l'avoir prémédité qu'elle était journaliste et sollicitait une interview.

— Pour qui ? demanda la voix d'un ton de profond ennui.

Elle n'avait pas raccroché immédiatement, ce qui était déjà bien. Hattie improvisa qu'il s'agissait d'un média pour ados (dont elle inventa le nom dans la foulée), et déclara à l'actrice que tous leurs lecteurs étaient « super fans » d'elle.

Heather Jones eut un petit rire de contentement, avant de demander :

— Je vous laisse m'envoyer une série de questions ?

— J'aimerais mieux vous rencontrer en personne. Cela ne devrait pas prendre très longtemps.

La jeune femme accepta sans hésiter, et lui donna rendez-vous à 16 heures à sa résidence de Beverly Hills. Hattie n'aurait jamais imaginé que cela puisse être aussi facile ! En revanche, elle ne savait absolument pas ce qu'elle allait lui dire, ou plutôt comment elle amènerait le sujet qui l'intéressait. Mais elle ne pouvait plus faire machine arrière, et elle était bien décidée à aller au bout de sa démarche.

Elle arriva à Beverly Hills en taxi, pile à l'heure. Le quartier semblait tout droit sorti d'un film et lui rappela son bref séjour à Los Angeles, dix-huit ans plus tôt. Une employée de maison vint lui ouvrir le portail. Le compagnon de Heather, que Hattie reconnut comme la rock star de la photo, se prélassait sur une chaise longue au bord de la piscine ; il ne leva même pas les yeux vers elle. Hattie suivit la domestique au salon, tremblant à l'idée qu'on lui demande ses références. Lorsqu'elle entra, Heather était au téléphone, à demi allongée sur le canapé. Elle mit fin à l'appel dès que Hattie se présenta à elle. Elle l'invita à s'asseoir dans un fauteuil face à elle et lui proposa un rafraîchissement, que Hattie refusa.

— Vous utiliserez une photo déjà existante ? demanda Heather d'un ton léger. Je viens de faire un shooting, mon assistante vous enverra les clichés qui vous plaisent.

— Oui, ce sera parfait, merci, répondit Hattie sans rien montrer de son trouble.

Elle avait fui ce monde-là et était maintenant religieuse, pas journaliste ! Mais elle se donna du courage en se rappelant qu'elle faisait tout cela pour sa sœur. Elle réfléchit donc à des questions qui pourraient intéresser les jeunes internautes et demanda à Heather si elle avait toujours rêvé d'être comédienne, quel était le film qui avait le plus compté pour elle et quel serait le conseil qu'elle pouvait donner à ses fans. L'actrice adorant visiblement parler d'elle, il ne fut pas difficile de lui délier la langue. Enfin, Hattie glissa comme en passant la seule question qui l'intéressait vraiment :

— Comment l'envie de devenir actrice a-t-elle influencé votre relation avec votre mère, sachant que vous avez été adoptée ? Est-ce que cela vous a rapprochée de cette maman célèbre, ou bien est-ce qu'au contraire cela a instauré une forme de compétition entre vous ?

L'actrice resta figée un moment, comme si Hattie lui avait parlé une langue inconnue.

— Adoptée ? Mais de quoi parlez-vous ? Vous avez lu ça sur Internet ? Écrivez plutôt que je suis née en Italie. Ma mère avait pris là-bas un congé de six mois, à l'abri des caméras entre deux tournages.

Mince, alors ! Heather faisait partie des enfants à qui l'on n'avait jamais avoué qu'ils étaient adoptés. Elle poursuivit :

— Je ne sais pas où vous avez lu cette histoire. Tout le monde dit que je ressemble à ma mère, même si nous avons toujours été très différentes. Comme vous le savez sans doute, elle souffrait de plusieurs addictions. C'est ce qui m'a décidée à ne pas suivre sa voie. Je voulais son talent, mais pas ses problèmes. Elle est morte d'overdose dans notre piscine alors que j'avais 17 ans. C'est moi qui l'ai trouvée, et c'est pourquoi je ne bois pas. Par ailleurs, je n'ai jamais touché à la drogue. Et j'ai quitté mon premier mari, Billy Zee, à cause de son addiction à l'héroïne. Voilà donc un nouveau conseil à vos lecteurs : écrivez qu'il ne faut jamais, jamais s'approcher de cette saleté. C'est la chose la plus importante que j'aie à dire.

Hattie fut touchée par sa sincérité. A priori, ce n'était pas un personnage très intéressant, et elle pouvait sembler superficielle avec son joli minois et sa silhouette parfaite moulée dans une combinaison blanche, mais elle possédait une candeur émouvante.

— Bien sûr, je vais l'écrire, je le mettrai même en grand dans l'article, promit Hattie. Je vous remercie pour le temps que vous m'avez accordé, et pour le message adressé à nos lecteurs.

— Quand est-ce que ce sera en ligne ? demanda Heather en se levant.

— Je ne sais pas encore exactement. Sans doute le mois prochain.

Hattie n'arrivait pas à croire qu'elle ait pu lui mentir en la regardant en face pendant tout ce temps. D'un autre côté, cela lui avait laissé l'occasion de l'observer à loisir. L'année et le mois de naissance de Heather coïncidaient, mais Hattie ne croyait pas un instant qu'elle puisse être la fille de Melissa. Elle était probablement née à Saint-Blaise et ne saurait jamais qu'elle avait été adoptée, puisque sa mère adoptive était morte depuis longtemps.

Le rocker entra alors dans la pièce, enlaça Heather et l'embrassa. Une seconde plus tard, la domestique arriva pour raccompagner Hattie. Heather la salua d'un signe de la main et d'un sourire de starlette. L'employée appela un taxi et Hattie sortit l'attendre dans la rue. Elle avait l'impression qu'elle venait de dévaler les chutes du Niagara dans un tonneau, mais doutait fort d'avoir trouvé Ashley.

Elle fut réveillée de sa sieste par la sonnerie du téléphone : c'était l'autre jeune femme, assistante sociale, qui la rappelait. Elle dit qu'elle venait de trouver le message en rentrant du travail. À moitié endormie, encore sous le coup du décalage horaire, Hattie décida de réitérer la ruse de l'interview, qui avait si bien fonctionné la première fois. La femme s'appelait Michaela Foster. C'était la fille de l'immense Marla Moore, que Hattie admirait tant à l'époque où elle voulait devenir actrice. Hattie lui demanda si elle pouvait lui accorder une interview sur son travail auprès des enfants défavorisés.

— Vous devez faire erreur, répondit poliment Michaela. Je ne donne pas d'interviews, je suis assistante sociale. Vous cherchez sans doute ma mère, Marla Moore. Elle est en tournage au Québec, mais vous pouvez appeler son attachée de presse, qui arrangera un rendez-vous à son retour.

Elle était sur le point de raccrocher quand Hattie l'arrêta.

— Non, non, c'est bien avec vous que nous souhaitons nous entretenir. Ce que vous faites est passionnant. J'écris un article sur les enfants de femmes célèbres et sur les carrières qu'elles ont choisies. Avez-vous déjà songé à emprunter la même voie que votre mère ? demanda-t-elle pour l'inciter à continuer de parler.

— Jamais. Je sais que c'est beaucoup de travail et je n'ai jamais eu envie d'être sous le feu des projecteurs. Ma mère et moi sommes très différentes. D'ailleurs j'ai été adoptée, précisa-t-elle d'un ton léger.

Elle était clairement très à l'aise avec son histoire personnelle.

— J'aimerais vraiment vous rencontrer, insista Hattie, qui avait l'impression de passer pour une harceleuse.

— Si vous vous intéressez à notre travail, vous feriez mieux de parler à mon chef et au reste de l'équipe, en plus de moi, avertit Michaela en marquant une pause. Pourquoi ne viendriez-vous pas à notre bureau demain après-midi ? Le public doit prendre conscience des besoins des enfants dans les quartiers défavorisés du centre-ville. Trop de gens vivent bien en dessous du seuil de pauvreté, à Los Angeles.

Le franc-parler de Michaela lui rappela tout de suite Melissa... Mais Hattie se raisonna : il était trop tôt pour conclure avec certitude que c'était bien sa nièce.

— Merci, souffla-t-elle, toujours aussi gênée de parvenir à ses fins par un mensonge.

La jeune femme au bout du fil, quant à elle, avait tout l'air d'être une personne adorable et sincère. Et elle assumait franchement son statut d'enfant adopté. Cela faciliterait grandement la tâche de Hattie, qui jouerait franc jeu plutôt que de lui imposer une fausse interview comme à Heather.

Hattie ne put fermer l'œil de la nuit, ruminant ce qu'elle trouverait à dire et comment amener les choses. Au matin, elle était épuisée et malade d'anxiété quand, à l'heure dite dans l'après-midi, elle se retrouva à l'adresse indiquée par Michaela. Un immeuble moderne hébergeait les locaux de son association. Ce quartier, qui avait tout d'un ghetto quelques années auparavant, était en pleine gentrification. Hattie donna son nom à la réceptionniste et, quelques minutes plus tard, Michaela vint à sa rencontre avec un sourire chaleureux. Hattie resta sans voix : Michaela ressemblait étonnamment à sa propre mère, quoique dans une version plus jeune, plus aimable et visiblement plus épanouie. Sa beauté naturelle respirait le charme, l'humilité et l'intelligence.

— J'ai demandé aux membres de mon équipe de se tenir à votre disposition, si vous souhaitez échanger avec eux, dit-elle en faisant entrer Hattie dans son bureau.

— Ce ne sera pas nécessaire, murmura cette dernière, d'autant plus coupable qu'elle s'apprêtait à bafouer la promesse faite à mère Elizabeth. Madame Foster... Je peux vous appeler Michaela ? Voilà... J'ai une histoire à vous raconter et elle vous semblera peut-être complètement folle, mais je suis on ne peut plus sérieuse. Si vous êtes la bonne personne, alors c'est un miracle. Ma sœur est à votre recherche depuis de nombreuses années. Si c'est bien vous, vous êtes celle que l'on appelle Ashley...

— C'est mon deuxième prénom, s'étonna la jeune femme. Ma mère voulait m'appeler Ashley, mais mon père préférait Michaela. Ils ont trouvé un compromis en mettant Ashley comme deuxième prénom. Où donc m'avez-vous cherchée, et pourquoi ?

— Principalement en Irlande. J'en reviens tout juste.
— En effet, je suis née en Irlande... Mes parents m'y ont adoptée, avant de me ramener ici. Je crois qu'il était plus facile d'adopter à l'étranger, à l'époque. C'est plus compliqué de nos jours.

Hattie se jeta à l'eau :

— Ma sœur, Melissa, a donné naissance à une petite fille là-bas alors qu'elle n'avait que 16 ans. Mes parents l'y avaient envoyée pour cacher sa grossesse entre les murs d'un couvent. Elle l'a toujours regretté. Elle s'est mariée et a eu un fils. Il est mort d'une tumeur au cerveau à l'âge de 10 ans. Son mariage s'est délité et elle se retrouve seule au monde. Son mari était au courant, pour la naissance de ce premier bébé. Elle a contacté le couvent pour rechercher l'enfant, connaître l'identité des parents qui l'avaient adopté... Tout ça dans l'espoir de rencontrer un jour sa fille. Les religieuses lui ont dit que les registres avaient brûlé et que l'on n'avait plus aucune trace de cette époque.

À présent, c'est Michaela qui fixait Hattie comme si elle avait vu un fantôme.

— Moi aussi, j'ai appelé là-bas. Le couvent Saint-Blaise... Ma mère a toujours été transparente sur mon adoption. Mon père et elle étaient déjà assez âgés au moment de ma naissance : 40 ans pour ma mère, 62 pour mon père. Il est mort quand j'avais 3 ans. C'était un producteur célèbre, mais je ne me souviens pas du tout de lui. Ma mère est une personne formidable, incroyablement talentueuse et entière. Elle m'a avoué depuis longtemps que, pour elle, l'adoption avait peut-être été une erreur. C'était au départ une idée de mon père... Puis il est mort subitement... Elle s'est aperçue après coup qu'elle se sentait trop vieille pour assumer ce rôle comme elle l'aurait voulu. Elle menait une superbe carrière, se trouvait tout le temps par monts et par vaux. Aujourd'hui encore, à 73 ans, elle tourne environ deux films par an, et même davantage quand elle peut. Bref, elle se reproche de ne pas avoir été assez présente quand j'étais plus jeune... Mais en réalité elle s'est débrouillée beaucoup mieux qu'elle ne le pense. Il y a beaucoup d'amour entre nous. C'est une mère formidable. Quant à ma mère biologique, j'ai eu envie de la retrouver dans mon adolescence et Marla m'y a encouragée. Elle savait juste qu'elle était américaine, d'une bonne famille de New York. À mes 18 ans, j'ai appelé Saint-Blaise, et alors ils m'ont dit à moi aussi que les dossiers n'existaient plus. À la suite de cela, j'ai baissé les bras...

— Ma sœur aussi s'était résignée, rebondit Hattie. Elle m'a dit avant mon départ que t'abandonner était l'une des pires choses qu'elle ait vécues. Je peux te tutoyer, n'est-ce pas ? Dans un sens, cela a brisé sa vie. Ce sont ses parents qui l'avaient forcée à le faire. Elle ne le leur a jamais pardonné. Elle a appelé le couvent plusieurs fois, et a obtenu les mêmes réponses. J'ai voulu l'aider, alors je me suis rendue là-bas il y a quelques jours. C'est un endroit épouvantable. Le pire dans cette histoire, c'est que la destruction des archives était délibérée de la part des religieuses et de leur hiérarchie. L'idée était de protéger toutes les parties impliquées... Je n'ai obtenu ton nom que parce que j'ai réussi à retrouver une ancienne couventine, qui a été sage-femme à Saint-Blaise. Elle a quitté les ordres depuis, mais elle se souvenait que ta mère avait adopté un bébé l'année où ma sœur a accouché. Les chances étaient faibles, mais j'ai décidé de venir jusqu'ici pour en avoir le cœur net. Si vraiment tu es ma nièce, comme je veux le croire, c'est un miracle ! Ma sœur ne sait pas que je suis ici. Elle n'imagine même pas que je puisse avoir l'idée d'aller seule à Dublin et à Saint-Blaise. En fait, cela fait très peu de temps qu'elle s'est confiée sur cette période de sa vie, très douloureuse pour elle, et j'ai compris que le plus beau cadeau que je pouvais lui faire était de retrouver sa fille. Et me voilà ! Tu ressembles incroyablement à notre mère... J'espère de tout cœur que tu es le bébé que nous recherchons !

Hattie avait les larmes aux yeux en parlant, et Michaela aussi en écoutant son histoire. Pour cette dernière, ce n'était pas un choc, mais un soulagement. Une part qui manquait à sa vie venait à sa rencontre, c'était magique !

— Et au fait, j'ai encore une surprise par-dessus le marché... puisque je suis moi-même une nonne !

— Une bonne sœur, vous ? Enfin, je veux dire : toi ? s'exclama Michaela avant d'éclater de rire. Tu n'en as pas l'air ni les manières !
— Pourtant c'est vrai. J'ai laissé mon habit à l'hôtel, car mon ordre ne m'impose pas de le porter au quotidien. Et puis si je voulais me faire passer pour une journaliste, ça n'aurait pas été très pratique !
— Oui, sans doute, dit Michaela avec un sourire amusé.
— Alors, je me demandais... Est-ce que tu accepterais de te soumettre à un test ADN ?
Michaela hocha la tête, pensive, avant de répondre :
— Comme je te l'ai dit, Marla m'a toujours encouragée à retrouver ma mère biologique si je le désirais. Mais je n'ai pas envie de lui parler de notre rencontre tant que nous ne sommes sûres de rien. Je pense que ce sera un choc pour elle, malgré tout, si celle qu'elle appelle ma « vraie » mère surgit tout à coup. Marla est ma mère, aussi loin que je me souvienne. Néanmoins, il y a de la place dans ma vie pour la femme qui m'a donné le jour. Je ne peux qu'imaginer le traumatisme qu'a dû être, pour elle, le fait d'avoir un bébé et de devoir l'abandonner...
— Je crois qu'elle ne s'en est jamais remise, confirma Hattie. Elle qui était une jeune fille pleine de vie, elle a depuis une certaine dureté... Et perdre son petit garçon a failli l'achever.
— Où vit-elle ? À New York, comme toi ?

— Dans les Berkshires, une chaîne de montagnes du Massachusetts. Elle est partie y vivre en ermite il y a quatre ans, deux ans après la mort de son fils.
— Quel est son métier ?
— C'est une écrivaine très talentueuse. Elle publiait sous le nom de Melissa Stevens. Mais elle a arrêté dès que son fils est tombé malade et a juré de ne plus jamais reprendre la plume.
Michaela eut un nouveau coup au cœur.
— Ça, alors ! J'ai lu tous ses livres ! Ils sont géniaux. Terriblement durs, mais je les adore !
— Ce qui n'est guère étonnant quand on sait tout ce qu'elle a vécu. De mon côté, je ne vais rien lui dire non plus pour le moment. Si tu le souhaites, j'accepte volontiers de me soumettre moi-même à un test ADN. En attendant les résultats, nous devrions garder tout cela pour nous. Je ne veux pas lui faire une fausse joie.
— Je veux la rencontrer et lui présenter mes enfants, déclara Michaela. J'avais perdu tout espoir de la retrouver, après la disparition des archives. Pourquoi supprimer les dossiers ? Protéger l'anonymat des uns et des autres ? Mais ma mère à moi ne m'a jamais caché qu'elle m'avait adoptée.
— D'autres l'ont fait, remarqua Hattie, songeant à Heather Jones. Et puis..., commença-t-elle en prenant une profonde inspiration. Et puis l'Église a gagné beaucoup d'argent grâce à ces adoptions, ce que les autorités ecclésiastiques voudraient maintenant cacher

au grand public. Pendant des décennies, c'était un commerce prospère. Les filles qui accouchaient là-bas venaient de familles qui pouvaient se permettre de leur payer le voyage, la pension et les frais médicaux, tandis que tous les parents adoptifs étaient très riches et payaient comptant la somme qu'il fallait pour adopter ces bébés. Quantité de couvents prenaient soin des jeunes filles pauvres qui avaient des enfants hors mariage. Mais certains d'entre eux, en Irlande notamment, se sont transformés en véritables entreprises rentables, ce que beaucoup de gens condamnent. C'est dans ce système-là que ma sœur, mes parents et tes parents adoptifs se sont retrouvés. Les sœurs étaient particulièrement fières des célébrités qui venaient adopter chez elles. C'est ainsi que j'ai pu suivre la trace de Marla. Si tu avais été adoptée par une anonyme, l'ex-religieuse à qui j'ai parlé ne se serait pas souvenue d'elle et je ne t'aurais jamais retrouvée. Donc on peut dire que nous avons eu de la chance ! Penses-tu que cela risque de contrarier ta mère ?

— Sans doute plus qu'elle l'aurait imaginé, au début, mais je suis certaine que cela ne durera pas. Elle m'a donné tout ce dont j'avais besoin, une éducation dans les meilleures écoles, des nounous triées sur le volet pour s'occuper de moi quand elle partait en tournage, de belles résidences et des vacances de rêve. Je n'ai jamais manqué de rien. Elle n'était pas très présente, mais je n'étais pas malheureuse. C'est comme ça, quand on a une mère célèbre, voilà tout. Je n'ai jamais été maltraitée ni même négligée. Après la mort de mon père, elle ne s'est jamais remariée, et nous nous sommes retrouvées un peu plus soudées, toutes les deux.

— Je suis sûre que c'est une personne extraordinaire, commenta Hattie.

— En effet. Et elle sera très heureuse pour moi, aussitôt qu'elle se sera faite à l'idée. Alors, quand pouvons-nous faire ce test ADN ?

Hattie expliqua que la procédure consistait seulement à se frotter l'intérieur de la joue avec un écouvillon, et que n'importe quel médecin généraliste pouvait fournir le matériel.

— Pourquoi pas dès demain ? suggéra-t-elle.

— Parfait, je vais appeler mon médecin, répondit Michaela. C'est vrai, tu veux bien faire le test, toi aussi ? Ainsi nous aurons un début de preuve pour pouvoir en parler à Melissa. Mais pour ma part, je n'ai aucun doute. J'aimerais que tu rencontres demain mon mari et mes enfants. Combien de temps restes-tu ?

— Aussi longtemps que nécessaire ! affirma Hattie, qui commençait à flotter sur un petit nuage, portée par l'espoir d'avoir réellement trouvé Ashley.

L'aiguille dans la botte de foin étincelait maintenant au soleil ! N'était-ce pas un véritable miracle ? Il lui restait à remercier Fiona de l'avoir mise sur la bonne piste.

Après avoir promis de venir dîner le lendemain, Hattie rentra à son hôtel et appela Fiona. Il était déjà tard, à Dublin, mais Fiona avait précisé qu'elle travaillait beaucoup le soir pour ses recherches et la préparation de ses cours. Hattie lui expliqua les rebondissements de son enquête.

— Que retirez-vous de cette aventure ? demanda l'ancienne religieuse.

— Euh… une nièce, si le test montre qu'elle est l'enfant de ma sœur, répondit Hattie, se demandant ce qu'elle entendait par cette question.

— Et quel est maintenant votre sentiment envers l'Église ? précisa Fiona.

— Je ne sais pas trop. Je n'ai guère de respect pour les nonnes qui ont participé à tout ça, surtout celles qui ont brûlé les registres, gâchant la vie d'un grand nombre de personnes. D'autres familles n'ont pas eu autant de chance que nous. D'abord, j'ai bénéficié de votre aide, et puis le hasard a voulu que Marla soit célèbre, ce qui a grandement facilité mes recherches.

— N'oubliez pas que ces nonnes avaient la bénédiction de l'Église. Les autorités ne cherchaient pas tant à préserver l'anonymat qu'à effacer les preuves et passer sous silence leurs profits indécents.

— Où voulez-vous en venir ? s'alarma Hattie.

— Je veux dire qu'une vocation ne tient parfois pas à grand-chose. Elle peut être fragile comme du verre filé. La mienne a été brisée en mille morceaux par ce que j'ai vu à Saint-Blaise.

— Je crois que la mienne est intacte, déclara calmement Hattie. C'est plus facile pour moi, dans la mesure où tout cela concernait ma sœur et non moi-même.

Contrairement à Fiona, Hattie n'avait nullement l'intention de se livrer à une chasse aux sorcières contre le clergé.

— Nous sommes toutes et tous concernés, Hattie. C'est une question d'intégrité, de pureté des intentions. L'Église elle-même est un colosse aux pieds d'argile. À la fin, je ne pouvais plus accepter. J'avais l'impression de vivre dans le mensonge, de servir les bénéfices financiers de l'Église et non d'aider ce bébé qui venait au monde dans de telles circonstances. N'est-ce pas la souffrance de votre sœur qui a motivé votre démarche ?

— Ma vocation est solide, répéta Hattie, pour s'en convaincre elle-même autant que Fiona.

— Alors tant mieux. La mienne ne l'était pas. Peut-être que je n'ai jamais été faite pour le voile. Je suis entrée au couvent pour de mauvaises raisons, à la suite de fiançailles rompues. Mon fiancé a fui le jour du mariage. Ce n'était sans doute pas suffisant pour une vocation à la vie consacrée...

Hattie espérait que les raisons qui l'avaient poussée à entrer dans les ordres étaient bien plus profondes. Ce qu'elle avait appris sur Saint-Blaise avait peut-être ébranlé sa confiance dans l'institution, mais certainement pas sa foi. Hattie avait trouvé au couvent un véritable refuge.

Elle remercia à nouveau Fiona pour les informations inestimables qui l'avaient conduite à Michaela, et raccrocha en songeant à tout ce que l'ex-religieuse lui avait dit. Hattie soupçonnait que la vocation de Fiona était dès le début des plus instables. Sœur Marie-Jo, elle, n' était pour rien dans tout ça. Et puis son ordre lui avait permis d'apprendre le métier de soignante. Elle se sentait sincèrement utile au quotidien. Mais les mots de Fiona continuaient de résonner dans sa tête... *Une vocation ne tient parfois pas à grand-chose... Elle peut être fragile comme du verre filé...* Et au fond de son cœur, Hattie savait à quel point c'était vrai.

7

Le lendemain, les deux femmes effectuèrent un test ADN. Michaela alla chez son médecin et Hattie au laboratoire d'analyses de l'hôpital universitaire. Hattie tenait absolument à faire ce test avant de parler à sa sœur. Melissa avait assez souffert, pas question de lui donner de faux espoirs.

Comme promis, Hattie se rendit chez Michaela pour le dîner. Elle fit la connaissance de son mari, ainsi que de ses enfants, Andrew et Alexandra. À bientôt 40 ans, avec ses yeux noirs, ses cheveux bruns et sa fossette au menton, David Foster avait la beauté d'un acteur de cinéma. Et en effet, Michaela expliqua qu'il avait un peu travaillé dans le cinéma et la mode avant d'entrer en fac de droit. Il était maintenant avocat dans un cabinet spécialisé dans la défense des intérêts des stars. Hattie vit qu'il était très amoureux de sa femme, et qu'il participait avec bonheur à l'éducation des enfants.

Andrew et Alexandra, 6 et 4 ans, étaient polis et fort mignons. Tous ensemble, ils formaient une famille exemplaire. Michaela était aussi brune, grande et mince que sa mère biologique. Ses traits étaient plus proches de ceux de sa grand-mère, mais le moindre de ses mouvements rappelait Melissa. Pour Hattie, ça ne faisait aucun doute : elles étaient de la même famille.

Les enfants furent ravis de rencontrer Hattie et de jouer avec elle. Elle commençait à adorer l'idée de devenir grand-tante, même si elle se sentait trop jeune pour mériter ce titre – Hattie n'avait que dix ans de plus que Michaela !

Michaela avait tout expliqué à David la veille au soir. Ayant eu vent de toutes les tentatives de son épouse pour retrouver sa mère biologique, il était heureux pour elle de savoir qu'elles feraient peut-être bientôt connaissance.

Pour Hattie, l'heure de rentrer avait sonné et elle pensa à eux pendant toute la durée du vol qui la ramena à New York. Les deux femmes avaient promis de se donner des nouvelles en attendant les résultats des tests ADN. D'ici là, pas un mot à Melissa ni à Marla. De toute façon, Michaela n'avait aucune envie d'annoncer cela par téléphone et Marla était en plein tournage. Hattie revint de ce voyage avec énormément d'émotions contradictoires. Elle ne cessait de repenser à sa nouvelle famille, à ce que lui avait dit Fiona Eckles, ainsi qu'à ce qu'elle-même avait vu de Saint-Blaise, qui venait confirmer tout ce que lui avait raconté Melissa.

Hattie ressentait désormais beaucoup de honte à l'idée d'appartenir à une Église capable d'exploiter ainsi la détresse humaine. Cela contrevenait à tout ce en quoi elle avait cru en prononçant ses vœux, et elle avait besoin de passer un moment seule pour réfléchir.

Elle n'était partie qu'une semaine, mais après tant de révélations marquantes elle avait l'impression d'être une tout autre personne en atterrissant à New York. Ses sœurs se trouvaient encore dans le chalet au bord du lac et n'allaient pas rentrer avant huit jours. Hattie aurait pu les y rejoindre, mais elle n'en éprouvait pas l'envie. Elle avait besoin de temps pour digérer tout ce qu'elle venait de voir et d'entendre. Et elle n'était pas prête non plus à voir Melissa : comment aurait-elle pu lui cacher qu'elle avait très probablement trouvé sa fille ? Tout ce qu'elle désirait, c'était la tranquillité du couvent.

De retour dans ses quartiers, elle envoya un e-mail à mère Elizabeth pour lui dire qu'elle restait à New York afin de se remettre de son voyage. La supérieure en conclut que l'expédition se soldait par un échec, ce qui ne la surprenait guère, mais pour elle sœur Marie-Joseph avait déjà fait tout son possible pour tenter de venir en aide à Melissa...

Hattie passa le reste de la semaine à prier et à rendre grâce au Dieu miséricordieux qui l'avait mise sur la bonne voie. Elle était si persuadée d'avoir trouvé sa nièce que le résultat du test ADN lui paraissait presque superflu. Ce qui la tourmentait, en revanche, c'était la souffrance de toutes ces jeunes filles, et le fait que la plupart d'entre elles ne pourraient jamais retrouver leur enfant. Cela lui semblait absolument ignoble.

Le soir où les sœurs rentrèrent des Adirondacks telles des écolières de retour de classe verte, Hattie resta très silencieuse. Elles étaient toutes bronzées et détendues et débordaient d'anecdotes sur les bons moments passés ensemble. Ces jeux innocents et ces saines distractions, au soleil et au grand air, auraient aussi fait le plus grand bien à Hattie, si elle avait été d'humeur à se joindre à elles.

Après le dîner, mère Elizabeth l'invita dans son bureau.

— À ce que je comprends, ce voyage n'a pas été couronné de succès, dit-elle, pleine de compassion.

— Au contraire, ma mère, répondit Hattie en laissant un sourire s'épanouir sur son visage.

Elle avait dans le regard une lueur de joie tranquille que la mère supérieure ne lui avait encore jamais vue.

— Je crois que je l'ai trouvée, poursuivit Hattie. C'est un véritable miracle. Nous avons fait un test ADN pour voir si nous sommes apparentées, et nous attendons les résultats.

— Dieu du ciel, comment avez-vous fait pour y arriver ? demanda mère Elizabeth, à la fois surprise de ce résultat et choquée que sœur Marie-Jo n'ait pas tenu sa promesse.

— L'une des sages-femmes de l'époque a quitté Saint-Blaise et a écrit un livre sur son expérience là-bas. Ce qu'elle y a vu l'a poussée à renoncer à ses vœux. Son livre montre sans fard la cruelle vérité. Je l'ai rencontrée. Elle ne se souvenait pas de ma sœur, mais il se trouve que presque tous les parents adoptifs étaient américains, et certains originaires de Hollywood. Trois célébrités sont venues adopter à Saint-Blaise cette année-là, cette femme en gardait un souvenir précis. L'une des actrices avait adopté un garçon, et les deux autres des filles. J'étais persuadée que l'une d'entre elles devait être Ashley, le bébé de ma sœur. Et en effet. Sa mère adoptive est l'actrice Marla Moore. J'ai l'impression qu'elle n'a pas été une mère très présente, mais la jeune femme a eu tout ce dont elle avait besoin pour devenir une adulte épanouie. Elle est maintenant assistante sociale à Los Angeles auprès des jeunes des quartiers défavorisés. Son mari est avocat de stars, il est connu dans le milieu artistique. Ils ont deux enfants adorables, que j'ai rencontrés, en dépit de ce que je vous avais promis. Car sans lui parler, je n'aurais pas pu savoir si c'était bien elle...

Mère Elizabeth opina silencieusement, incitant sœur Marie-Jo à continuer.

— Il y a quinze ans, elle-même a contacté le couvent pour retrouver la trace de sa mère biologique. Elle l'a fait avec le soutien et la bénédiction de sa mère adoptive. Les sœurs lui ont parlé de l'incendie, de la disparition des dossiers. Cela l'a découragée de poursuivre ses recherches, tout comme ma sœur. Sans l'auteure du livre, je ne l'aurais jamais retrouvée. Mes chances d'y arriver étaient vraiment très minces, mais le jeu en valait la chandelle.

— Quelle aventure ! Je suis ravie pour vous. En avez-vous déjà parlé à votre sœur ?

— Je veux attendre les résultats du test. Si mon ADN correspond à celui de cette jeune femme, il correspondra à celui de ma sœur aussi.

— Alors pourquoi semblez-vous troublée ? Vos yeux me disent que vous gardez quelque chose pour vous. Avez-vous peur d'être déçue ? Craignez-vous que le test ne vous apporte pas le résultat escompté ?

— Non, c'est juste que... Tout ce que j'ai entendu et vu en Irlande m'a profondément affectée. Comment ces gens ont-ils pu se comporter ainsi ? Gagner de l'argent en exploitant la détresse d'autrui, et consciemment éliminer les preuves qui auraient pu aider les mères et les enfants à se retrouver un jour. Ils auraient pu, au moins, laisser les mères savoir ce que devenaient leurs petits...

— Je suis certaine que les sœurs pensaient bien faire. On ne parlait pas d'« adoptions ouvertes » ni rien de ce genre à l'époque. Et avant Internet, les recherches étaient bien plus difficiles. L'identité des jeunes mères était hautement confidentielle, et on savait que la fuite de telles informations pouvait ruiner la vie de ces femmes.

— Pourquoi alors toutes ces jeunes filles étaient-elles issues de familles ayant les moyens de payer grassement l'Église ? Il n'y avait pas de pauvres, à Saint-Blaise, et pas de filles de la région. De même, tous les adoptants étaient de riches Américains. Les religieuses profitaient de la situation. C'était un commerce lucratif.

— C'est une impression que l'on peut avoir à présent, mais on peut aussi penser que l'établissement était bien géré, pour le bien de toutes les personnes impliquées, ce qui est tout à leur honneur.

— « Bien géré » ne suffit pas à décrire la situation, ma mère. C'était une source de revenus colossale. Ma sœur parle d'usine à bébés, et après m'y être rendue, je pense qu'elle a raison. Depuis que j'ai parlé à l'auteure du livre, je me pose beaucoup de questions au sujet de l'Église et des responsables du couvent. Elles ne laissaient pas les mères toucher ni même voir leur bébé à la naissance. Ces pauvres jeunes filles devaient en avoir le cœur brisé.

Mère Elizabeth poussa un soupir, avant de rappeler à sœur Marie-Jo :

— Les femmes qui ont été libérées de leurs vœux monastiques ne sont jamais une source propre à renforcer la foi...

Hattie hocha la tête, pensive.

— Mais c'est ce qu'elle a vécu là-bas qui l'a poussée à partir...

— Peut-être aurait-elle fini par quitter le voile même si elle était allée dans un autre couvent, fit remarquer mère Elizabeth. Une vocation qui n'est pas sûre dès le départ ne peut durer toute une vie. Un jour ou l'autre, elle s'écroule, c'est certain. A-t-elle tenté de vous influencer ?

— Non, pas du tout, répliqua Hattie, sachant pertinemment que ce n'était pas tout à fait exact. Elle m'a juste dit que son expérience avait mis sa foi à rude épreuve.

— En l'occurrence, elle a échoué dans cette épreuve...

— J'imagine qu'elle est profondément marquée par ce qui s'est passé, et le rôle qu'elle a joué dans cette histoire.

— Nous devons tous apprendre à pardonner, à nous-mêmes autant qu'aux autres. Notre Église n'est pas infaillible et ceux qui la composent ne sont pas parfaits, ni plus ni moins que nous... Je veux croire que les nonnes qui dirigeaient Saint-Blaise ou n'importe quel autre foyer pour filles-mères étaient animées des meilleures intentions du monde. Qui pourrait leur reprocher de n'avoir accepté que des parents stables, capables d'assurer aux enfants de bonnes conditions matérielles, afin qu'ils soient toujours à l'abri du besoin ? Celle qui pourrait être votre nièce en est la preuve vivante, d'après ce que vous me dites : en tant que fille de star, elle a bénéficié d'une vie très enviable. Quelle maman refuserait un tel sort à un enfant qu'elle est obligée de confier ? Vous oubliez aussi que les jeunes mères, à l'instar de votre sœur, étaient elles-mêmes à peine plus que des enfants. Quelle vie auraient-elles pu offrir à leur bébé ? Une vie de honte et de disgrâce, au sein même de leur village, voire de leur propre famille. Je sais que les nonnes de Saint-Blaise faisaient ce qu'elles pensaient être le mieux dans une situation difficile et qu'elles ne s'en sortaient pas si mal, y compris au bénéfice de l'Église. Vous devez maintenant laisser tout cela derrière vous, sœur Marie-Joseph, et remercier Dieu si la jeune femme que vous avez trouvée est bien votre nièce. Je suis sûre que votre sœur sera très reconnaissante, d'autant que sa fille a été adoptée par des gens qui ont bien pris soin d'elle, et qu'elle a tout ce qu'elle peut désirer dans la vie.

Décidément, la mère supérieure refusait de voir le côté sombre de l'affaire qui avait tant choqué Fiona Eckles et Hattie.

— Vous ne devriez pas laisser ceci ébranler votre foi ni les valeurs auxquelles vous avez dédié votre vie. Votre vocation est solide. Dans la vie de tout religieux, il y a des moments de doute, de vacillement. Vous devez résister à ces forces contraires pour en ressortir meilleure, plus forte et plus dévouée que jamais.

Après cette réprimande, Hattie ne put qu'opiner et baiser l'anneau de la mère supérieure. En quittant le bureau, elle avait l'impression d'être une écolière à qui on venait de faire la morale sur les valeurs de l'institution...
Le lendemain, mère Elizabeth lui suggéra de prier davantage jusqu'à ce qu'elle se sente mieux. Ce jour-là, elle passa en prière le temps de sa pause-déjeuner à l'hôpital, et resta à la chapelle plus longtemps que ses sœurs à la fin de la journée. Elle recommença le jour d'après : elle resta après la messe et sauta le petit déjeuner pour se confesser. Mais Hattie avait beau faire, cette crise de doute la dévorait. Jamais elle n'avait autant lutté pour se raccrocher à sa foi et la fortifier. Elle se sentait comme agrippée au bord d'une falaise, avec l'abîme en dessous, prêt à l'engloutir.

— Vous êtes en proie au diable lui-même, lui dit la mère supérieure lorsqu'elle retourna la voir à son bureau.

Sœur Marie-Jo ne souriait pratiquement plus depuis son retour de voyage, et elle passait tout son temps libre en prières dans la chapelle. En guise de pénitence, elle se chargeait de frotter le carrelage de la cuisine tous les soirs, mais rien n'y faisait. Ni l'oubli de soi ni la prière ne lui apportaient de soulagement. Hattie se demanda si la supérieure n'avait pas raison : peut-être était-elle véritablement aux prises avec le diable lui-même. Mais le seul diable qu'elle voyait était incarné dans les sœurs de Saint-Blaise à l'époque de « l'usine à bébés ».

Un jour, alors qu'elle continuait de prier assidûment, les résultats du test ADN arrivèrent. Il n'y avait aucun doute : elle était de la même famille que Michaela Ashley Moore Foster. Hattie et Michaela sautèrent de joie. C'est Michaela qui, la première, appela sa tante à son couvent. Elles avaient reçu les résultats par e-mail toutes les deux en même temps. Michaela exultait, et Hattie retrouva immédiatement le sourire, ce qui n'était pas arrivé depuis plusieurs semaines.

— Quand est-ce que je peux la voir ? demanda Michaela avec fougue.

— Je vais chez elle dès que possible pour lui en parler, promit Hattie.

Dire que Melissa ne se doutait de rien... Michaela avoua qu'elle avait pleuré en découvrant les résultats. Marla était toujours en tournage, et Michaela avait décidé de ne rien lui dire avant d'avoir rencontré Melissa. Elle souhaitait d'abord découvrir qui était sa mère biologique.

— Je vais essayer d'aller la voir ce week-end, si je ne suis pas de garde à l'hôpital, précisa Hattie. Et s'il le faut, j'échangerai mon service avec une collègue. Je peux faire l'aller-retour dans la journée.

— Merci, souffla Michaela, profondément émue par tout ce qui lui arrivait. Alors... est-ce que je peux t'appeler tante Hattie, désormais ?

Il était étrange pour elle d'avoir dû demander sœur Marie-Joseph au téléphone pour parler à celle qui

s'était présentée à elle comme Hattie Stevens, habillée de vêtements ordinaires. Michaela n'arrivait toujours pas à concevoir que cette sympathique petite dame rousse – sa tante, de surcroît ! – soit une religieuse.
— Tu peux m'appeler comme tu veux ! répondit Hattie.
Et elle promit de la contacter dès qu'elle aurait parlé à Melissa. Hattie savourait pleinement ce moment. Elle allait enfin pouvoir aider sa sœur à panser ses blessures enfouies.
Après avoir raccroché, elle croisa mère Elizabeth dans le couloir. La supérieure remarqua aussitôt son sourire radieux.
— Le test est concluant, annonça Hattie.
— Félicitations ! Eh bien, vous voyez... Cela devrait aller mieux, maintenant !
— J'aimerais aller chez ma sœur ce week-end..., avança Hattie, pleine d'espoir.
— Bien sûr, mon enfant. Vous avez ma permission. Passez la nuit là-bas, si vous le souhaitez. C'est un si long trajet.
— Merci, ma mère.
Tout ce que voulait Hattie, à présent, c'était voir la tête que ferait Melissa. Ce serait la récompense ultime de tout le mal qu'elle s'était donné, et de la crise sans précédent qu'elle était en train de traverser.

Melissa ponçait une énième porte lorsque Norm arriva en fin de journée, muni du papier de verre à grain fin qu'il lui avait promis. Il lui en restait encore sept à décaper, elle en était maintenant à la moitié de son projet. Norm rentrait tout juste d'un tour en voilier dans le Maine avec des amis, et ses visites improvisées avaient manqué à Melissa pendant ces quelques jours. Il passait plus souvent la voir depuis l'incendie.

— Alors, comment était la mer ?

— Géniale. Un vent parfait pour naviguer, et du homard frais tous les soirs !

Norm savait que Melissa n'avait quant à elle pas pris de vacances depuis qu'elle vivait là, et il se demandait bien pourquoi elle ne partait jamais. Elle n'avait en fait nulle part où aller, personne à rejoindre, si bien qu'elle préférait rester chez elle et travailler à la rénovation de sa maison.

— Quand je retournerai à Boston, je te rapporterai des homards, promit-il.

— Je ne saurais pas comment les faire cuire ! répondit Melissa en riant.

— Alors c'est moi qui cuisinerai !

C'était la première fois en quatre ans qu'il lui faisait une telle proposition. D'ordinaire, ils partageaient un verre de citronnade ou de thé glacé sur la galerie, une tasse de café en hiver. Il ne l'avait encore jamais invitée à dîner... Mais depuis l'incendie, elle avait quitté son armure. Désormais, ils se tutoyaient.

— Et toi, qu'as-tu fait de beau ce week-end ?
— Deux portes de plus, répondit-elle avec un sourire.
— Tu ne crois pas que toi aussi, tu devrais prendre le large de temps à autre ? avança-t-il.
— Pourquoi ? Je suis très bien ici.
Ils s'assirent un moment sur la galerie et elle lui offrit un verre de vin. Elle portait un short ; il ne put s'empêcher de remarquer ses longues jambes et la façon élégante qu'elle avait de se mouvoir.
Dans ce secteur épargné par l'incendie, tout était revenu à la normale. Melissa et Norm avaient lu dans le journal que le pyromane avait été examiné par les psychiatres et déclaré apte à être jugé comme un adulte, ce qui était légal, mais néanmoins tragique. Le jeune homme avait gâché sa vie en même temps que celles des victimes. À 17 ans, il était presque certain qu'il irait en prison et Melissa se sentait envahie d'une immense tristesse chaque fois qu'elle y pensait. Ce garçon n'avait jamais eu la moindre chance de mener une vie normale, ce n'était pas maintenant que cela allait s'améliorer.
Norm repartit sur le coup de 18 heures, après avoir annoncé qu'il était attendu par des amis pour dîner à l'auberge du village. Sachant qu'elle aurait refusé, il ne proposa pas à Melissa de se joindre à eux. Elle avait tout d'un cheval sauvage, elle était toujours ombrageuse. Il lui avait fallu des années pour se détendre

vraiment en compagnie de Norm, du temps où ils travaillaient ensemble sur le chantier de la maison.

Melissa était en train de laver les verres à vin quand elle reçut l'appel de sa sœur. Elles ne s'étaient plus parlé depuis la soi-disant retraite de Hattie.

— Quoi de neuf depuis la dernière fois ? lui demanda Hattie, comme si elles avaient eu pour habitude de s'appeler tous les quatre matins.

— J'ai poncé des portes et débroussaillé le terrain en cas de nouvel incendie...

— Tu n'as pas d'ouvriers pour s'en occuper ?

— J'aime faire les choses moi-même. Comment était ta retraite ?

— Intéressante. Je te raconterai tout quand je te verrai.

— Oh là là, j'ai vraiment hâte..., fit Melissa, sarcastique.

— Moque-toi, c'est de bonne guerre ! Justement, je suis libre ce week-end, suggéra Hattie.

— Tu veux venir ?

— Avec grand plaisir. J'ai la permission de rester pour la nuit.

Melissa se demanda comment sa sœur supportait de vivre une vie aussi encadrée, où elle avait besoin d'une permission pour le moindre de ses mouvements. Mais c'était la vie que Hattie avait choisie... Melissa, pour sa part, n'avait jamais toléré qu'on lui dise ce qu'elle avait à faire.

— Je te prépare un bon lit, alors.

— Je partirai de bonne heure, je serai là pour le déjeuner, annonça Hattie, trépignant d'impatience. Tu as besoin que j'apporte quelque chose ?

— Juste toi.

Melissa ignorait encore que Hattie viendrait avec la meilleure nouvelle possible. Elle ne pouvait lui rendre Robbie, mais elle avait trouvé Ashley. Michaela Ashley. Hattie avait tellement hâte d'être dans les Berkshires... Elle comptait les heures.

8

Le samedi matin, Hattie se leva à l'aube, impatiente de retrouver sa sœur. Elle partit du couvent sur le coup de 7 heures. Il n'y avait quasiment pas de trafic sur les routes, si bien qu'elle put conduire vite. Il faisait un peu frais, et Hattie avait enfilé un jean et un pull. L'été touchait à sa fin – et quel été ! Elle avait retrouvé le moral. Michaela avait appelé tous les jours pour lui demander si elle avait parlé à sa sœur, et Hattie avait dû lui rappeler qu'elle ne verrait pas Melissa avant le samedi.

Elle arriva dans les Berkshires en moins de quatre heures, un temps record. Melissa était en train de pousser une brouette chargée de branchages quand Hattie se gara devant la maison, sauta hors de la voiture et la prit dans ses bras. Sa sœur semblait heureuse de la voir.

— Une vraie fermière ! se moqua-t-elle.

— Et fière de l'être, confirma Melissa en souriant de bonne grâce. J'ai préparé six caisses de pommes pour que tu les rapportes au couvent. J'ai aussi des tomates, si vous en voulez.

— Ce sera très apprécié, merci beaucoup.
— Je te sers une tasse de café ?
— À vrai dire, je meurs de faim, avoua Hattie en suivant sa sœur dans la cuisine.
L'odeur des brioches à la cannelle vint lui chatouiller les narines. Melissa savait comment lui faire plaisir. Elle en sortit deux du four, les posa sur une assiette et les deux sœurs s'assirent devant leurs tasses de café fumantes.
— Tu as l'air heureuse, commenta Melissa.
Hattie savourait sa brioche après en avoir avalé la première bouchée.
— Je le suis. Mellie, j'ai quelque chose à te dire, dit-elle avec une étincelle dans les yeux tandis que Melissa haussait un sourcil, intriguée. À vrai dire, j'ai inventé cette histoire de retraite... Je suis allée en Irlande, à Saint-Blaise.
À ces mots, le visage de Melissa s'assombrit.
— Pourquoi ? Nous en avons déjà parlé, tu sais bien qu'ils ont brûlé les dossiers. Pourquoi as-tu fait ça ?
— Parce que je n'ai pas supporté la tristesse dans ton regard quand tu m'en as parlé le mois dernier. Je me suis dit que, étant moi-même religieuse, je pourrais peut-être parler à certaines des nonnes et retrouver quelqu'un qui était là-bas en même temps que toi.
— Et ça a marché ?
— Pas à Saint-Blaise. Elles ont une nouvelle mère supérieure, qui m'a servi le discours officiel. Seigneur,

quel endroit épouvantable ! J'ai pleuré en pensant à ce que tu y avais vécu. C'est maintenant une maison de retraite pour les religieuses. J'ai fait un petit tour des bâtiments, mais tout le monde y est muet comme une tombe. Et de ton époque, il n'y a plus personne. Elles sont toutes mortes ou éparpillées dans d'autres couvents. En revanche, j'ai rencontré la femme qui a écrit le livre sur le couvent et le système des adoptions. Il s'intitule *Bébés à vendre*, je te le donnerai, si tu le souhaites. L'auteure est une ancienne religieuse, elle s'appelle Fiona Eckles. Elle est maintenant professeure de lettres à Trinity College, mais autrefois elle était sage-femme à Saint-Blaise, sous le nom de sœur Agnès. Je lui ai montré une photo de toi à 16 ans, mais ton visage ne lui disait rien.

— Ce nom ne me dit rien non plus, répondit Melissa en fronçant les sourcils. Il devait y avoir deux ou trois sages-femmes. Quel souvenir abominable... Comme elles ne voulaient prendre aucun risque avec les péridurales, nous accouchions toutes dans la douleur. Pendant mon séjour là-bas, je me souviens d'un incident tragique. Une jeune fille est morte d'hémorragie. Elle n'avait que 14 ans. C'était affreux. Je connaissais peut-être cette sœur Agnès de vue, mais je ne pense pas que ce soit elle qui m'ait assistée pendant l'accouchement. De toute façon, je ne me souviens de rien, à part que j'avais envie de mourir tellement je souffrais. À côté de ça, la naissance de Robbie s'est déroulée comme un rêve : tout le personnel était aux petits soins, j'ai eu droit à une péridurale... À Saint-Blaise, il n'y avait personne pour te soutenir et t'accompagner ; une fois que tu avais expulsé le bébé, on l'emportait aussitôt, et dès que tu tenais debout, on te remettait dans l'avion. Et donc, qu'as-tu appris de sœur Agnès ?

— Ma pauvre chérie... Sœur Agnès m'a raconté exactement la même chose que toi. Elle a d'abord changé de couvent, puis a demandé à être libérée de ses vœux et a cessé d'exercer comme sage-femme. Elle ne se souvenait pas de beaucoup des jeunes filles. Comme toi, elle dit que c'était une véritable usine. Son livre est très critique vis-à-vis de l'Église. Je pense qu'elle la méprisera jusqu'à la fin de ses jours. En revanche, elle se souvenait des noms de certaines mères adoptives, notamment parce qu'elles étaient célèbres. Il semblerait que de nombreuses stars hollywoodiennes aient adopté leur enfant là-bas. Elle m'a donné le nom de trois d'entre elles, qui sont venues la même année que toi. Les probabilités étaient infimes, mais c'était la seule piste que je pouvais explorer. Alors je me suis accrochée à cet espoir. Après avoir parlé à Fiona Eckles, je suis allée à Los Angeles. L'une des stars était morte depuis longtemps. La jeune femme, actrice également, ignorait qu'elle était adoptée, et je suis ravie de t'annoncer qu'elle n'est pas ta fille. Je me suis fait passer pour une journaliste qui voulait l'interviewer : plus narcissique, tu meurs. Et elle vit avec un drôle de chanteur de rock.

Cette anecdote arracha un petit rire à Melissa.
— Oh mon Dieu ! Mais tu es complètement folle ! Et quand as-tu fait tout ça ?
— Quand tu me croyais en retraite. En réalité, je jouais les Sherlock Holmes ! J'ai eu une permission de deux semaines.
— Pourquoi ne m'en as-tu pas parlé ? J'y serais allée avec toi !
Hattie n'en était pas certaine, mais elle ne releva pas et reprit son récit.
— Je ne voulais pas que tu sois déçue. Les probabilités que le voyage se solde par un échec étaient si élevées... Bref. La deuxième actrice a adopté un garçon, donc ça ne pouvait pas être Ashley. La troisième actrice n'est autre que Marla Moore en personne. Elle avait 40 ans quand elle est venue à Saint-Blaise, son mari en avait 62. Il est mort trois ans plus tard. Ils étaient trop âgés pour adopter aux États-Unis, c'est pourquoi ils se sont tournés vers Saint-Blaise. Ils y ont adopté une petite fille, qui est aujourd'hui assistante sociale, mariée à un grand avocat. Ensemble, ils ont deux enfants adorables, Alexandra, 4 ans, et Andrew, 6 ans. Cette jeune femme s'appelle Michaela, et son deuxième prénom est... Ashley. Comme ce nom ne plaisait pas au mari de Marla, ils l'ont mis en seconde position.
Les deux sœurs pleuraient de concert.
— Oh, Mellie... Elle ressemble comme deux gouttes d'eau à notre mère, ça fait peur. Mais ce qu'elle est

belle ! Nous avons fait un test ADN et les résultats sont clairs. C'est elle, Mel, c'est ton bébé ! Elle aussi a essayé de te retrouver, et on lui a dit la même chose qu'à toi, que les registres avaient été détruits lors d'un incendie. Cela l'a découragée, mais elle désirait toujours autant te retrouver. Et elle veut te rencontrer.

Melissa s'était levée d'un bond. Le visage très pâle, ruisselant de larmes, elle fixait sa sœur du regard.

— Tu as trouvé Ashley, souffla-t-elle, tremblant si fort qu'elle dut bientôt se rasseoir.

Hattie la prit dans ses bras et la serra contre elle.

— Michaela Ashley, précisa Hattie dans un sanglot. Elle est si belle et adorable, tu verras ! Elle te ressemble. L'allure et les mimiques, c'est tout toi, et elle a les mêmes yeux, les mêmes cheveux.

— Est-ce qu'ils l'ont bien traitée ?

— Marla Moore n'a peut-être pas été la mère la plus présente, elle était toujours en tournage à droite à gauche. Mais Michaela affirme qu'elle a eu tout ce qu'elle pouvait désirer, et qu'elle n'a été entourée que de personnes bienveillantes. Marla était d'ailleurs très favorable à ce que sa fille te retrouve, si tel était son choix, mais la destruction des archives a anéanti tout espoir. Quand je pense à tous ces gens qui ont dû faire la même démarche et se sont retrouvés face à un mur...

Melissa hocha la tête, avant de demander :

— Quand est-ce que je pourrai la voir ?

— Elle est prête à venir à New York, et peut emmener ses enfants. Si tu le souhaites, tu peux aussi les inviter ici.

— Est-ce qu'elle m'en veut beaucoup ?

Les yeux de Melissa semblaient immenses tandis qu'elle adressait cette question à sa sœur.

— Non, bien sûr que non ! Je lui ai expliqué que tu avais 16 ans quand tu l'as eue. Elle n'est pas en colère. C'est une femme très équilibrée et compréhensive. Elle travaille auprès des enfants des quartiers défavorisés de Los Angeles. Son mari et elle mènent une vie tranquille et confortable, dans une belle maison. Ce sont des personnes responsables, ils forment un très beau couple. Je pense que Marla s'est très bien occupée d'elle, même si elle ne se sentait pas très maternelle. Michaela l'aime beaucoup.

— C'est fou ! Je n'arrive pas à croire que tu aies fait tout ça pour moi, déclara Melissa, éperdue de gratitude. Tu as parcouru la moitié de la planète pour la chercher !

— Autrefois, c'est toi qui faisais tout pour moi. Mon tour était venu de te rendre la pareille. Je pensais trouver des informations en tant que membre du clergé, mais impossible d'apprendre quoi que ce soit à l'intérieur de l'institution. C'est Fiona qui m'a donné un début de piste en se souvenant des trois actrices qui avaient adopté en 1988. Je pense que vous étiez vouées à vous retrouver, Mel ! Tu peux téléphoner à Michaela tout de suite ou attendre un peu. C'est comme tu voudras. Elle sait que je suis ici aujourd'hui. Elle m'a appelée toute la semaine.

— Et si elle me détestait, quand elle me rencontrera ? dit Melissa, soudain prise de panique. Je ne suis pas aussi glamour que la grande Marla Moore. Comme tu dis, je ne suis qu'une fermière, qui passe son temps à déplacer des souches avec son tracteur, à ramper sous la maison pour examiner le vide sanitaire et à grimper sur le toit pour y remettre des tuiles... Je n'ai même plus de chaussures à talons ! Je les ai toutes jetées. Mon Dieu, Hattie, je ne suis pas présentable...

Melissa riait et pleurait en même temps, de façon incontrôlable. Comme Hattie accueillait patiemment ce flot d'émotions, Melissa finit par la regarder d'un air sérieux, avant de lui avouer :

— J'ai peur, Hattie.

— Elle aussi, tu sais..., la rassura sa sœur. Et moi de même, quand je suis allée la voir la première fois. Mais crois-moi, elle ne t'en veut pas du tout.

— Est-ce qu'elle est au courant, pour Robbie ?

— Je le lui ai dit, acquiesça Hattie. Elle a eu énormément de peine pour toi. Tu dois juste décider quand tu veux la voir. Je pense que ce serait mieux à New York. La faire venir ici risquerait d'être un peu trop intense pour une première rencontre. Vous voir en terrain neutre serait plus facile.

— New York n'a rien de neutre. Je n'y suis plus retournée depuis le divorce. J'ai juré de ne plus y remettre les pieds. J'y ai trop de souvenirs de Carson et Robbie. C'est trop dur pour moi.

— Tu vas retrouver ta fille, Mel ! C'est une occasion joyeuse. Voilà trente-trois ans que tu attends ce moment. Tu vas y arriver.

— Tu dois avoir raison... Mais qu'est-ce que je vais bien pouvoir me mettre ? Il faut que j'achète des vêtements ! Je n'ai plus que les vieilles nippes que je porte ici.

— Eh bien, si tu veux, tu peux venir un jour ou deux à l'avance pour faire du shopping. Mais très franchement, je ne pense pas qu'elle fasse attention à ça. Ce n'est pas du tout son genre. Elle est très simple et naturelle, alors reste toi-même. Et elle adore ses enfants, qui sont très mignons. Elle a hâte de te les présenter.

— Seigneur ! Je n'étais plus mère depuis longtemps, et me voilà grand-mère !

À nouveau, elle s'effondra dans les bras de Hattie, laissant libre cours à ses larmes. Elle avait l'impression qu'on venait de lui offrir l'univers tout entier.

— Bien sûr que si, tu es une mère. Tu as Michaela désormais, lui rappela doucement Hattie.

— Je l'ai abandonnée, dit Melissa, étranglée de culpabilité.

— Tu n'avais pas le choix, Mel.

— Et son autre mère... Elle va me détester, non ? Est-ce qu'elle est au courant ?

— Michaela ne veut rien lui dire tant qu'elle ne t'a pas rencontrée.

— Pour voir si elle me trouve à son goût ?

— Mais non. Pour rassurer Marla, lui dire que vous vous êtes vues, que tu es quelqu'un de respectable et que tout va bien.

— Non, tout ne va pas bien. Je l'ai abandonnée. Que vais-je lui dire quand je la verrai ? « Désolée de t'avoir confiée et d'être partie en courant » ?

— Tu n'es pas partie en courant, Mel. Tu avais 16 ans, maman ne t'a pas laissé le choix. Tu l'aurais gardée, si tu avais pu. Aujourd'hui, c'est peut-être ce qui se serait produit. Mais pas il y a trente-trois ans. C'était impossible. Tu as fait ce que tu avais à faire. Ce qu'on t'a obligée à faire. Elle le comprend très bien. Et elle aussi, elle a le trac. Je t'assure qu'elle ne t'en veut pas. Ce n'est pas une personne colérique ou rancunière. Elle veut te donner une place dans sa vie. Être parvenue à la retrouver représente une chance extraordinaire. Ne te torture pas avant même de l'avoir rencontrée !

— Peut-être que je vais faire un infarctus et mourir avant ce jour-là..., bougonna Melissa, ce qui fit rire Hattie.

— Mais non, voyons. Tu vas surtout passer un moment agréable et gagner deux petits-enfants en cours de route. Tu as une famille, Mellie. Une fille, un gendre et deux petits-enfants !

— Est-ce qu'elle sait que j'étais écrivain ?

— Elle a lu tous tes livres et les a adorés. Tu as même eu de la chance sur ce coup-là ! Maintenant, essaie de te détendre un peu et de profiter de tout ça.

Hattie n'avait jamais vu sa sœur aînée aussi terrifiée.

— Est-ce que tu pourras venir avec moi ? supplia Melissa.

— Si tu y tiens, bien sûr. Mais je pense que vous vous entendrez très bien. Moi, j'étais une parfaite inconnue quand j'ai débarqué dans son bureau pour lui raconter mon histoire à dormir debout. Et malgré tout ça, elle s'est montrée adorable avec moi.

Hattie et Melissa continuèrent à parler pendant des heures, jusque tard dans la nuit. Melissa remercia sa sœur des dizaines de fois, considéra les choses sous tous les angles et souleva toutes les craintes qui la traversaient. Hattie passa la soirée à la rassurer. Elles s'endormirent au milieu de leur conversation sur le lit de Melissa, qui se réveilla complètement épuisée le lendemain matin. Manquant encore plus de courage que la veille pour appeler sa fille, elle demanda à sa sœur d'organiser la rencontre et Hattie promit de s'en charger. Melissa accepta cependant de se rendre à New York, en dépit des souvenirs qu'elle avait peur de voir resurgir.

Elle était épouvantablement nerveuse quand Hattie reprit la route en direction du couvent. Le lundi,

Norm vint lui apporter quelques-unes des délicieuses poires de son verger, ainsi que des épis de maïs tout frais. Il lui trouva un air hagard.

— Quelque chose ne va pas ? lui demanda-t-il.

— J'ai eu un week-end un peu dingue, admit-elle, les yeux dans le vague.

— Est-ce que tu te sens bien ?

— Non... Oui... Je viens de découvrir que je suis sur le point de retrouver quelque chose que je voulais très fort, depuis mon adolescence, et maintenant que ça va arriver, je suis morte de peur.

Norm ne pouvait imaginer quoi que ce soit susceptible d'effrayer une femme telle que Melissa, mais elle semblait vraiment ébranlée.

— Tu veux que je te laisse seule ? demanda-t-il, se sentant soudain intrusif. Ou bien... Est-ce que je peux t'aider d'une façon ou d'une autre ?

Elle était si différente... Pour une fois, elle ne se réfugiait pas derrière un de ces commentaires sarcastiques qui avaient le don de le faire sourire. Melissa semblait tout à coup très jeune, humble et presque intimidée.

— C'est... quelque chose que tu ignores. Je n'en ai d'ailleurs jamais parlé à personne d'autre qu'à mon mari.

Ils s'assirent à la table de cuisine. Norm sentait qu'elle s'apprêtait à partager un nouveau secret avec lui.

— J'ai eu un bébé quand j'avais 16 ans, lâcha-t-elle tout de go. Une petite fille. Mes parents m'ont envoyée accoucher anonymement en Irlande et m'ont forcée à la confier. Par la suite, tous les dossiers ont été détruits. Cela fait des années que j'essaie de la retrouver, mais ce n'était pas possible. Or ma sœur vient tout juste d'y arriver ! Ma fille habite à Los Angeles. Elle est assistante sociale, mariée, elle a même deux enfants. Elle veut me rencontrer, mais je meurs de trouille. Elle aurait plus que raison de me reprocher de l'avoir abandonnée !

Norm ne savait quoi dire. Il contemplait cette femme qu'il admirait au plus profond de lui depuis quatre ans. Il fit alors la seule chose qui lui vint à l'esprit pour la réconforter et pour calmer ses propres nerfs : il passa un bras autour de ses épaules et la serra fort contre lui. Il la sentit trembler et l'embrassa tout doucement.

Elle ouvrit de grands yeux et, l'espace d'un instant, il craignit qu'elle le gifle ou le repousse. Au lieu de quoi elle accueillit tendrement le baiser, et y répondit. Jamais il n'aurait osé imaginer cette situation ! Bouleversée, elle fondit en larmes et Norm la serra encore un peu plus fort. Elle se cramponna à lui, secouée de sanglots, les larmes ruisselant le long de ses joues. Melissa avait perdu deux enfants, un mari, une sœur, elle avait tout abandonné et vécu dans la solitude pendant quatre ans... Et soudain, cette période semblait révolue. Sa sœur était de retour dans sa vie, elle avait une fille et, pour couronner le tout, un homme dans les bras ! C'était à la fois merveilleux et terrifiant. Elle ne savait pas si elle avait envie de rire ou de pleurer.

Une fois de retour au couvent, le dimanche soir, Hattie appela Michaela en Californie, où ce n'était encore que la fin d'après-midi. Elle lui raconta la réaction de Melissa, et son souhait que Hattie organise la rencontre. Michaela et elle tombèrent d'accord sur un rendez-vous à New York deux semaines plus tard. David devait justement s'y rendre pour une réunion de travail, et les enfants avaient un week-end de trois jours. L'affaire fut rondement menée. Dès qu'elle eut raccroché, Hattie appela Melissa, mais celle-ci ne répondit pas. Trop épuisée par les émotions des derniers jours, elle était étendue en travers de son lit, tout habillée. Elle n'avait même pas eu la force d'éteindre les lumières et dormait à poings fermés.

9

Le lendemain, Norm décida de faire les choses dans les règles de l'art. Il y avait eu un premier baiser non prémédité entre Melissa et lui, mais il ne voulait pas qu'elle considère cela comme un simple moment d'égarement. Norm voyait bien que tout évoluait rapidement dans la vie de sa voisine et amie. Quatre ans déjà qu'il attendait patiemment... Il désirait marquer le coup, lui donner de la solennité.

Il appela Melissa dans la matinée. Quand le téléphone sonna, elle était encore en train d'essayer de digérer tout ce que Hattie lui avait dit, et tout ce qu'elle avait fait pour elle...

— J'aimerais te cuisiner un bon petit dîner ce soir, proposa Norm sans évoquer le baiser.

Pour sa part, Melissa était un peu gênée de ce qui s'était passé, même si d'un autre côté c'était fort agréable. Son intention initiale avait été de faire comme si de rien n'était. Tout était en train de lui échapper, et elle n'avait pas envie de perdre en plus son amitié avec Norm. Avec toutes les émotions qu'elle avait à gérer en ce moment, il n'y avait pas de place dans sa vie pour une relation avec un homme. D'un autre côté, Norm était vraiment touchant.

— Et si tu venais pour 19 heures ? proposa-t-elle.

— Parfait ! Je te prépare un petit repas. Avec tout ce qui t'arrive, j'ai peur que tu ne manges rien si personne ne s'occupe de toi.

Melissa éclata de rire. Il avait vu juste. Elle s'était couchée sans dîner après le départ de Norm, et n'avait toujours pas faim. Elle avait tant de choses plus importantes auxquelles penser !

— Merci beaucoup, Norm, c'est très gentil de ta part, mais tu n'es pas obligé de cuisiner pour moi...

— Certes, mais cela me fait plaisir. Allez, je te promets un truc facile, sans prise de tête. On gardera les soufflés et les recettes à risque pour un autre jour.

Melissa rit à nouveau.

Pour Norm, il y avait dans la cuisine – comme dans son métier – quelque chose de quasi scientifique qu'il adorait. À l'école, il avait toujours été doué pour les maths et les sciences, mais il avait du mal avec les lettres et les concepts abstraits.

Melissa erra dans la maison toute la journée, déboussolée. Elle mourait d'envie d'appeler Hattie, mais il était impensable de la déranger à l'hôpital. La perspective de bientôt rencontrer sa fille ne lui laissait pas de répit. Qui était donc la jeune femme à laquelle elle pensait comme « Ashley » depuis plus de trente ans ? Melissa serait-elle la mère biologique que Michaela avait espérée ? Lui en voudrait-elle ? Ce serait plus que justifié de sa part. Melissa savait qu'elle devrait se présenter à elle en toute honnêteté, et cela impliquait de regarder en face ses propres actes. Comment expliquer qu'elle ne se soit pas donné plus de mal pour la retrouver ? Michaela comprendrait peut-être que Melissa ait perdu espoir après avoir découvert que les dossiers étaient détruits. Auparavant, elle était trop jeune pour pouvoir entreprendre de telles recherches. Et puis elle n'y était pas encore prête.

Toutes ces pensées l'assaillaient, et voilà que Norm voulait cuisiner pour elle ! Il n'était pas très sage d'aller plus loin.

Bien qu'elle n'ait bu qu'un verre de vin la veille, elle garda toute la journée une impression de gueule de bois. *Tous ces changements me font tourner la tête*, se dit-elle en prenant sa douche. L'eau tiède lui fit du bien et la réveilla un peu.

Elle enfila un jean et un sweat blanc, puis se maquilla légèrement. Elle se sentait fraîche et un peu plus alerte lorsque Norm sonna. Il entra les bras chargés de sacs de courses, ainsi que d'un grand carton noué par une ficelle, avec une poignée et des trous sur le dessus. Norm posa le tout dans la cuisine et on entendit comme un tapotement en provenance de la caisse, qui sentait les algues et le poisson frais. Il l'ouvrit pour en montrer le contenu à Melissa : deux énormes homards vivants, aux pinces entravées par des élastiques. Norm avait fait l'aller-retour jusqu'au port de Boston pour les acheter. Il apportait en outre une bonne bouteille de vin blanc, ainsi qu'une salade de crabe pour l'entrée. Norm se retroussa les manches pendant que Melissa mettait le couvert, avec sets de table et belles serviettes en tissu.

Elle regarda Norm préparer les homards d'une main experte. Elle avait ouvert une bouteille de chardonnay et elle en servit deux verres qu'ils burent pendant qu'il cuisinait, en bavardant de façon aussi détendue qu'à l'accoutumée sans faire aucune mention du baiser de la veille. Melissa espérait vaguement qu'il avait oublié cet instant gênant ainsi que la vulnérabilité qu'elle avait laissé entrevoir.

Norm s'aperçut cependant que Melissa restait troublée et distraite. Les deux homards encore fumants, servis avec des petits quartiers de citron et du beurre fondu aromatisé à la truffe, semblaient énormes sur les assiettes qu'il avait dressées. Melissa alluma des bougies et il en profita pour tamiser la lumière. Elle sourit en se rappelant à quel point Norm avait travaillé à la rénovation de cette maison : il récoltait pour ainsi dire les fruits de son labeur ! Tout fonctionnait à merveille, notamment cette cuisine – bien que Melissa ait refusé la plupart des équipements qu'il avait alors suggérés. C'était simple, fonctionnel, avec une salle à manger confortable. Rien à voir avec celle que Norm avait installée chez lui, si pleine d'appareils sophistiqués qu'elle ressemblait à un vaisseau spatial.

— On dirait qu'il se passe des choses intéressantes dans ta vie en ce moment ? avança Norm alors qu'ils dégustaient les succulents homards.

— Ce n'est rien de le dire, répliqua Melissa en laissant échapper un sourire.

Elle leva les yeux vers lui. C'était vraiment un type bien. Et elle adorait son allure de baroudeur. Mais en même temps, elle ignorait tout de lui. Il n'avait pas toujours été l'homme qu'elle connaissait. Originaire de Boston, il avait fréquenté l'université de Yale, qu'il avait quittée avant la fin de son cursus. Il s'était marié, n'avait pas eu d'enfants, mais c'était tout ce qu'elle savait. Il n'en parlait jamais et elle ne posait pas de questions, elle-même n'étant guère encline à partager son histoire. Mais désormais, Norm connaissait l'existence des deux enfants qu'elle avait eus. Alors que Melissa ne s'était plus considérée comme mère après la mort de Robbie, elle s'apprêtait de nouveau à endosser ce rôle, avec la réapparition d'Ashley. Enfin, de Michaela...

Comme s'il avait pu lire en elle, Norm se livra ce soir-là plus qu'il ne l'avait jamais fait.

— Il y a longtemps que je n'ai pas eu de relation sérieuse, commença-t-il. J'ai divorcé il y a huit ans. Nous avons été mariés pendant neuf ans, et j'avoue que nous avons été tous les deux surpris que cela tienne tout ce temps. Mon ex est une femme ambitieuse. Ma famille, tout comme la sienne, a été engagée en politique et je pense qu'elle espérait me voir suivre cette voie. Mon grand-père a été gouverneur du Massachusetts. Mon père sénateur. Or il se trouve que je déteste la politique et tout ce qu'elle représente. Aujourd'hui, mon ancienne épouse est remariée avec un sénateur texan. Je lui avais pourtant annoncé d'emblée la couleur, mais elle ne m'a pas cru. Moi, je voulais juste mener une vie simple à la campagne. Nous avons emménagé ici moins d'un an après notre mariage, et j'ai monté mon entreprise. Elle a détesté cette vie-là, elle allait de plus en plus souvent à Boston. Elle devait se sentir prise au piège avec un charpentier rustaud. Nous ne nous sommes presque pas vus au cours des quatre dernières années de notre mariage. Elle passait la plupart de son temps entre Boston et New York. Avant cela, nous avions tout essayé pour avoir des enfants... Autant dire que c'était assez déprimant pour elle. Au début, elle rejetait la faute sur moi, jusqu'au jour où le médecin lui a annoncé qu'elle était infertile. J'avais accepté ce coup du destin. De son côté, elle voulait adopter, mais je n'étais pas d'accord. J'aime les enfants, mais je n'ai pas besoin d'en avoir à moi. Mon frère Ted a cinq garçons que j'adore, je me contente très bien de mon statut d'oncle !

Norm marqua une pause, un petit sourire sur les lèvres, puis reprit :

— Mon frère et ma belle-sœur sont avocats à Boston. Ils ont fait toutes leurs études à Yale, comme le reste de ma famille... et je suis le seul à en être sorti sans diplôme. Il faut dire que je suis franchement dyslexique. Quand j'étais petit, j'avais beaucoup de mal à l'école. Je me débrouille mieux en maths et dans les travaux manuels. Ma femme détestait mon manque d'ambition politique. Pour elle, la menuiserie n'était pas une occupation sérieuse. Elle me voyait comme un plouc et avait honte de moi. Pour ma part, je suis fier de toutes les maisons que j'ai construites ou rénovées.

Melissa lui rendit son sourire : elle aussi était fière du travail qu'ils avaient accompli ensemble.

— Bon, et toi alors ? Est-ce que l'écriture te manque ? demanda-t-il, toujours aussi impressionné depuis qu'il la savait auteure.

— Jamais, répondit Melissa sans l'ombre d'une hésitation. Pour avoir un tant soit peu de succès, il faut vendre son âme. Je l'ai fait pendant dix ans. Et dans mon cas, il fallait que je sois furieuse pour écrire. Ma colère est retombée, alors à quoi bon prendre la plume ? Ce sont mes livres, en plus de mon fils, qui apportaient de la cohésion à mon couple, puisque mon mari était aussi mon agent. J'ai obtenu de très beaux contrats grâce à lui. Mais tout cela appartient au passé. Je n'ai plus besoin de l'écriture ni de tout ce que je devais faire pour rester en tête des ventes. Ma vie est bien plus saine aujourd'hui.

C'était un point commun : tous deux avaient tourné le dos à la grande vie qu'ils auraient pu mener sous les feux des projecteurs. Melissa avait profité de tout cela pendant un moment, et puis la maladie de Robbie l'avait poussée à y mettre un terme. Cela avait représenté pour elle une forme de soulagement.

— Contre quoi étais-tu en colère ? demanda Norm.

Melissa prit un instant de réflexion.

— Contre tout et tout le monde, je crois. Mes parents, ma mère, surtout... C'était une femme dure, aigrie, qui ne mâchait pas ses mots. Je lui ressemble plus que je ne le souhaiterais depuis la mort de mon fils. Pour sa part, c'est à mon père qu'elle en voulait. C'était un homme fragile, mais qui venait d'une famille très aisée. Il a littéralement bu presque tout son héritage, et il était incapable de garder un emploi plus de quelques mois. Certes, il était alcoolique, mais pas violent pour deux sous. Au contraire, il laissait ma mère faire tout ce qu'elle désirait pour avoir la paix. Elle est morte quand j'avais 17 ans, moins d'un an après mon retour d'Irlande. Et lui est parti d'une cirrhose un an plus tard. Après quoi j'ai dû m'occuper de ma petite sœur. Elle a six ans de moins que moi. Je l'ai élevée pendant toute son adolescence. Et puis elle a suivi des études de théâtre et de cinéma, mais au lieu de faire une carrière d'actrice, elle a tout envoyé balader pour devenir religieuse. Je n'ai jamais compris ce choix, d'autant que je détestais viscéralement les nonnes... De sorte que j'étais aussi en colère contre elle ! Et pour finir, j'ai été furieuse contre la vie, qui m'a pris mon petit garçon. Il n'y a guère que contre mon ex que je ne sois pas fâchée. Je ne le blâme pas de m'avoir quittée. J'étais complètement vide, à ce moment-là, et lui aussi souffrait terriblement. Il s'est remarié avec une femme discrète – écrivaine, bien sûr. C'est quelqu'un de bien, qui lui convient. J'espère qu'il est heureux. Nous ne nous parlons plus du tout depuis des années. Donc voilà : je ne veux plus de cette colère qui produisait des livres si sombres. Et je ne sais pas pourquoi ils avaient tant de succès ! Ce n'étaient que les ruminations d'une femme aigrie.

— J'ai lu tes livres et ils sont bien plus que cela. C'est vrai, ils sont très sombres, mais ils contiennent une part de tendresse et de fragilité. J'ai pleuré en lisant chacun d'entre eux.

— Tu as pleuré sur le sort des personnages ? Certains d'entre eux ne sont pourtant pas très recommandables !

— Non, j'ai pleuré par empathie pour l'auteure, parce que je sentais toute la souffrance cachée derrière cette dureté. En tout cas, je suis heureux que, comme moi, tu sois venue te réfugier dans ces montagnes... Mais pour ma part, je ne me cache pas.

— Je ne me cache pas non plus ! affirma Melissa, avant de se raviser. Enfin, peut-être que si, du moins au début. Mais plus maintenant. De toute façon, la

vie a toujours le chic pour vous rattraper... Je n'arrive pas à croire que ma sœur ait retrouvé ma fille. Elle ne m'avait même pas dit qu'elle menait l'enquête ! Nous avons eu beaucoup de chance.
— Il y a des choses comme ça, qui doivent arriver. Bonnes ou mauvaises, on n'y peut rien.
— C'est vrai, et je suis heureuse d'avoir réussi à me rapprocher de ma sœur. Elle m'a manqué. C'est juste que je ne comprenais vraiment pas pourquoi elle tenait tant à être religieuse plutôt qu'actrice...
— Ce sont sûrement les mêmes raisons qui te poussent à vivre pratiquement en autarcie à la campagne, plutôt que d'être écrivaine en ville. Et moi à être charpentier plutôt que politicien. Pour construire notre identité, nous avons fait des choix. Pour ma part, je préférerais encore aller en prison que d'être dans la politique !
— L'un n'empêche pas l'autre, remarqua Melissa.
Et tous deux éclatèrent de rire. Même quand les reparties de Melissa se dirigeaient contre lui, Norm avait toujours apprécié leurs conversations. Il y avait bien un fond de vérité dans ses piques ; quand elle était en colère, ses mots touchaient souvent là où ça faisait mal. Mais elle savait aussi être douce et prévenante, et Norm appréciait encore plus leurs échanges depuis qu'ils se livraient de façon plus intime. Ils apprenaient à se connaître et se découvraient même de nouveaux traits de caractère. Si Norm avait le don

d'estimer les gens à leur juste valeur et de leur pardonner leurs petits défauts, Melissa, elle, n'avait pas la même souplesse d'esprit.

Elle ne cachait guère le fait qu'elle détestait la bêtise – au même titre que le mensonge et l'hypocrisie. Melissa avait ses principes, et attendait cette même exigence des autres. Elle savait que Norm n'avait jamais rechigné devant le travail et que, comme elle, il se satisfaisait d'une vie simple. La maison de Melissa n'en était pas moins d'un confort absolu, en partie grâce aux travaux de rénovation dirigés par Norm. Elle ne le remercierait jamais assez pour le système de climatisation, surtout lors des canicules. Si, au début, elle avait estimé que c'était une dépense superflue, elle lui en était maintenant très reconnaissante.

Ils débarrassèrent et Norm servit une tarte briochée qu'il avait faite lui-même avec les quetsches de son verger.

— C'est une recette allemande trouvée sur Internet, expliqua-t-il.

L'acidité des prunes se mariait admirablement avec la douceur et la légèreté du gâteau.

— Tu devrais ouvrir un restaurant, déclara Melissa.

— Oh, je crois que je suis surtout doué pour retaper des maisons !

— Moi aussi. En tout cas, cela me réussit mieux que les relations humaines. Autrefois, j'enviais ma sœur qui était si extravertie, à l'aise avec tout le monde. Elle aurait pu faire la conversation à un arbre. Elle est plus discrète maintenant. Mais avant d'être bonne sœur, c'était une vraie boute-en-train. Moi j'étais plus timide, plus sérieuse. C'est sûrement pour cela que je suis devenue écrivaine. Il m'est plus facile de communiquer de cette façon.

— Eh bien, pas moi. Je sue sang et eau si je dois rédiger une simple lettre, et je préfère parler aux gens que leur envoyer des e-mails. Je trouve ces rapports virtuels très déshumanisants.

— Sans doute, mais c'est la solution de simplicité pour beaucoup de personnes.

Ils finirent leur dessert arrosé d'un petit verre du sauternes que Norm avait apporté et emportèrent la bouteille au salon. La soirée était fraîche, et Norm alluma un feu dans la cheminée. C'était lui-même qui l'avait installée : il avait remplacé le manteau d'origine par une superbe antiquité en marbre provenant de l'un des domaines de la dynastie Vanderbilt, acquise lors d'une vente aux enchères à Newport, dans l'État de Rhode Island.

— Ce dîner était vraiment somptueux, le remercia Melissa.

Rassasiée et détendue, elle avait complètement oublié son inquiétude à l'idée de faire la connaissance de Michaela. Norm avait le chic pour apaiser toutes les situations.

— J'ai le trac depuis que je sais que je vais rencontrer ma fille, avoua-t-elle quand le silence retomba, alors qu'ils savouraient le vin moelleux tous deux assis sur le canapé.
— Elle va t'adorer, c'est sûr, affirma-t-il.
— Comment pourrais-je faire le poids face à Marla Moore ? C'est une actrice fabuleuse, et terriblement glamour !
— Cela ne fait pas d'elle une bonne mère pour autant. Vous avez toutes les deux votre place dans la vie de Michaela. Surtout que tu es plus jeune, tu pourras lui apporter quelque chose de différent. De plus, la plupart des artistes sont complètement narcissiques, j'imagine que ce n'est pas facile pour leurs enfants.

Melissa hocha la tête : ces paroles la rassurèrent quelque peu, car elle n'avait encore jamais envisagé les choses de cette façon. Elle ne regrettait pas de s'être confiée, et appréciait ce que Norm avait révélé de lui, de son mariage, de sa carrière et de sa famille. C'était une personne vraiment intéressante. Le fait qu'il ait lu ses livres et qu'il ait si bien senti tout ce qu'elle y avait mis la touchait au plus haut point. Melissa n'était pas certaine que Carson lui-même ait aussi bien décelé la souffrance sous-jacente qu'ils contenaient. Son ex-mari n'y voyait que la violence, et les coups de théâtre narratifs qui assuraient leur succès en librairie. Norm y avait lu davantage : il l'avait percée à jour.

Ils étaient en train de contempler le feu quand Norm se tourna légèrement pour passer un bras autour des épaules de Melissa. À côté de sa large carrure, elle se sentait presque petite. Il en imposait par sa seule présence, promesse de sécurité et de protection. Sa relation avec Carson reposait d'abord sur une collaboration professionnelle, ce qui n'était pas vraiment un problème pour elle à l'époque ; elle y trouvait son compte. Mais ce temps-là était révolu. Carson voulait toujours avoir un coup d'avance, à l'affût d'un contrat plus juteux. Il avait essayé de reproduire le même schéma avec Jane, son épouse actuelle. Mais si Jane était suivie par un certain nombre de lecteurs fidèles, c'était sans comparaison avec le succès de Melissa.

Norm resta un moment sans rien dire, puis il se pencha pour l'embrasser. Avec lui, Melissa ne ressentait aucun besoin de bavarder ou de dégainer une de ses reparties pour meubler le silence. Ils échangèrent un long baiser, dont elle ressortit tout essoufflée. Et la douceur de sa barbe (toujours parfaitement taillée) n'était pas pour lui déplaire ! Il y avait en lui quelque chose de si purement masculin… Elle fut surprise de constater à quel point il l'attirait. Alors que, jusqu'à présent, elle ne l'avait jamais considéré que comme un ami, elle entrevoyait soudain une ouverture vers quelque chose de tout à fait différent.

— Tu crois que nous savons dans quoi nous nous embarquons ? interrogea-t-elle en cherchant son regard.

— Oui, je crois. En tout cas, je sais vers quoi j'ai envie d'aller. Cela fait quatre ans que j'attends ça... J'ai l'impression que c'est le bon moment.

Elle opina, n'ayant absolument pas le cœur à le contredire. Ils s'embrassèrent à nouveau.

— Et que se passe-t-il, ensuite ? demanda-t-elle avec une telle candeur qu'il éclata de rire.

— On verra bien. Nous ne sommes pas pressés. Et si on commençait juste par en profiter ?

À regret, Norm se décida à partir aux environs de minuit. Il aurait préféré passer la nuit avec Melissa. Mais il ne voulait pas la brusquer, ni qu'elle pense qu'il avait cuisiné pour elle dans le seul but de la séduire. Il ne l'avait fait que pour elle – ou plutôt pour eux deux, pour le plaisir de partager un excellent moment ensemble.

Ils s'embrassèrent sur le pas de la porte, puis elle le remercia encore pour le dîner gastronomique. Cerise sur le gâteau, il avait même sorti la poubelle pour éviter que la cuisine sente le homard le lendemain. Il pensait vraiment à tout !

— Je t'appelle, promit-il.

— D'accord. Tu sais que je vais à New York le week-end prochain...

— Oui, et je compte sur toi pour tout me raconter à ton retour !

— Bien sûr. Merci encore, Norm. Merci pour tout.

— Pas de souci !

Il l'embrassa une dernière fois, descendit les marches et lui adressa un signe de la main alors qu'il s'éloignait en voiture. Melissa resta quelques minutes sur le perron, à se demander pourquoi elle ne s'était pas aperçue plus tôt combien il était beau, ni à quel point il lui plaisait. *Chaque chose en son temps*, songea-t-elle avant de rentrer dans la maison, le sourire aux lèvres.

10

Melissa partit pour New York une semaine après son dîner avec Norm. Elle se sentait si nerveuse qu'elle dût redoubler de concentration sur la route pour éviter un accident. Il ne manquerait plus qu'elle se tue avant d'avoir pu rencontrer sa fille ! Elle ne cessait d'imaginer les pires catastrophes, comme par exemple que l'avion de Michaela allait s'écraser avec toute sa famille à son bord. Melissa avait du mal à réaliser ce qu'elle s'apprêtait à vivre. Elle ne pouvait croire que ce moment puisse être simple et joyeux. Quelque chose allait forcément tout gâcher... Mais jusque-là, tout allait bien.

Elle descendit dans un petit hôtel de Midtown qu'elle aimait bien et qu'elle recommandait autrefois, quand des amis venaient la voir à New York. La réception était décorée avec goût et les chambres étaient confortables. Melissa avait préféré arriver deux jours avant la date du rendez-vous pour faire des emplettes, de façon à être vêtue comme il se doit pour sa rencontre avec Michaela.

Elles étaient convenues de se retrouver au Mark Hotel, sur la 67ᵉ Rue Est, où Michaela séjournerait avec son mari et ses enfants. Melissa tenait en effet à ce qu'elles ne résident pas au même endroit – sans doute au cas où la rencontre ne se passerait pas bien. Hattie ne cessait de lui répéter qu'il n'y avait pas de raison. La mère et la fille étaient toutes les deux impatientes de se connaître. Il était prévu qu'elles se voient un moment toutes les deux, avant que David et les enfants ne les retrouvent et qu'ils dînent tous ensemble.

Hattie se joindrait à eux le deuxième soir. Et le troisième jour, tout le monde rentrerait chez soi, avec l'espoir que cette première rencontre soit suivie de nombreuses autres. Michaela souhaitait déjà inviter Melissa à venir passer Thanksgiving en Californie pour lui présenter Marla Moore, et cette idée terrifiait Melissa. Pour sa part, elle tenait à les convier tous les quatre pour les fêtes de Noël ou pendant l'hiver. Les Berkshires étaient féeriques sous la neige : il y avait même une station de ski toute proche, avec des pistes accessibles aux enfants et aux débutants.

Melissa entra dans le très chic magasin Bergdorf Goodman avec l'impression de faire un voyage dans le temps. Cela faisait quatre ans qu'elle n'avait plus remis les pieds à New York, et les souvenirs se bousculaient dans sa tête. Elle se rappela son quotidien, ses journées de travail, les après-midi où elle emmenait Robbie au parc, les soirées entre amis et la vie avec

Carson. Elle avait tout laissé derrière elle. Les gens, les lieux. Elle ne supportait pas les témoignages de compassion ni la lueur de panique dans le regard de ceux qui comprenaient qu'eux aussi pouvaient très bien perdre un enfant en bas âge. Ils la plaignaient, mais savouraient leur chance. Melissa savait que tout cela était humain, seulement elle ne voyait pas la nécessité de s'infliger une telle souffrance. Puisque son enfant à elle était mort, Melissa n'avait rien à dire à ces gens-là, ils n'avaient plus rien en commun. Pendant deux ans, elle avait tenu le coup, mais dès l'instant où Carson l'avait quittée, elle s'était enfuie.

Carson s'était installé avec Jane, tandis qu'elle se mettait à chercher une maison dans les Berkshires. Et tout à coup, voilà qu'elle était de retour à New York ! Cela lui infligeait une douloureuse sensation de déjà-vu. Pendant une bonne minute, elle se retrouva comme pétrifiée au milieu du magasin, incapable de bouger. Elle se força à avancer en direction des escalators. Elle allait la trouver, cette tenue. Elle ne voulait surtout pas laisser croire à Michaela qu'elle se négligeait ou se désintéressait de son apparence, ce qui était pourtant vrai depuis son installation dans les Berkshires. Mais pour l'occasion, elle avait à cœur de faire bonne impression.

Melissa essaya des vêtements pendant deux heures, au terme desquelles elle se sentit encore plus perdue qu'en arrivant. Elle se trouvait ridicule dans ces robes qui la vieillissaient et ces petits tailleurs sages qu'elle ne remettrait jamais, pour la simple raison qu'ils ne lui correspondaient pas. Elle ne savait absolument pas à quoi Michaela s'attendait, et elle avait si peur de la décevoir ! Par chance, Hattie l'appela à la fin de son service à l'hôpital, alors que Melissa était au bord des larmes dans une cabine d'essayage où s'entassaient tout un tas d'articles qui ne lui plaisaient pas.

— Je vais te demander de me prêter ton habit ! J'ai oublié comment on fait du shopping. Je me trouve moche dans tout ce que j'essaie. On ne pourrait pas dire que nous sommes nonnes toutes les deux ?

— Non. Tu serais frappée par la foudre sur-le-champ, après tout ce que tu as dit de mon engagement !

Melissa eut un petit rire nerveux.

— Non, sans blague, rien ne me va.

— Pourquoi pas un pantalon noir et un très beau pull ? C'est ce que tu mettais la plupart du temps, autrefois.

— C'est vrai, j'avais oublié. Est-ce que ça convient aussi pour le dîner ?

— C'est à moi que tu demandes conseil ?! Je te signale que ma garde-robe provient des dons que les gens déposent chez nous. J'ai quatre pulls Mickey et deux avec le blason de Harvard.

Toutes deux éclatèrent de rire. Melissa savait que c'était vrai.

— Si vraiment je ne trouve rien ici, tu m'en prêteras un de Harvard ?
— Franchement, tu n'as qu'à acheter un pantalon à pinces et trois pulls noirs. Elle ne fera pas attention à la façon dont tu es habillée, Mel.
— J'espère que non. J'ai vu Marla Moore en robe Chanel à la cérémonie des Oscars. Je ne vois pas comment je pourrais faire le poids.
— Personne ne te le demande. De toute façon, les actrices empruntent leurs tenues de soirée, si cela peut te rassurer. Et tout ce que veut Michaela, c'est rencontrer sa mère.
— Oh, Hattie, je ne sais plus qui je suis, dit Melissa, la voix étranglée par les larmes. Je ne suis plus ni écrivaine, ni mère, ni épouse... Je vis au milieu de la pampa, je ne vois jamais personne, je ne vais jamais nulle part. Je n'ai pas de job, pas de vie, rien qui puisse l'impressionner...
— Suis ton instinct et tout va bien se passer. Ce qui compte, c'est que tu te sentes bien.
En l'écoutant, Melissa eut un déclic. Elle réalisa qu'elle désirait également une jolie tenue si jamais, ainsi qu'elle l'espérait, elle avait de nouveau l'occasion de dîner avec Norm...
— Mais oui, tu as raison. Je vais faire simple. Un beau pantalon et quelques pulls chics. Merci, Hattie !
Après avoir raccroché, quelque peu rassérénée, elle descendit à l'étage inférieur où se trouvaient des

vêtements plus décontractés, et y choisit un pull en cachemire rose, un autre de couleur bleue, deux noirs à la coupe élégante, et un col roulé rouge. Elle prit aussi deux pantalons, un noir et un gris, puis découvrit un chemisier qui lui plut, dans une dentelle douce et féminine. Enfin, elle acheta un manteau en cachemire noir tout simple qui semblait plus approprié pour se promener dans les rues de New York que la parka grise et élimée dans laquelle elle était arrivée. Puis elle passa au rayon chaussures et choisit deux paires d'escarpins, une en cuir noir et une en daim, ainsi que des ballerines et de très jolies bottines. Elle était maintenant parée pour son séjour new-yorkais – mais c'est en pensant à Norm qu'elle avait acheté le chemisier en dentelle.

Lorsqu'elle sortit du magasin, les bras chargés de sacs, elle eut l'impression d'être redevenue elle-même. Elle était venue avec les boucles d'oreilles en perles fines héritées de sa mère, ainsi qu'un sac Chanel qu'elle adorait autrefois. Elle l'avait retrouvé avant de partir, prenant la poussière sur une étagère de son placard. En se regardant dans le miroir, avec ces vêtements qui soulignaient sa silhouette mince et élancée et son sac fétiche pendu à son épaule, elle avait cru voir celle qu'elle était avant.

Mais pouvait-elle vraiment redevenir la même que par le passé ? En dépit de ce qu'affirmait Hattie, Melissa savait que le temps avait laissé son empreinte sur son visage au cours des quatre dernières années.

Le lendemain, elle se rendit dans le salon de coiffure et de beauté dont elle était auparavant une cliente régulière. Elle put garder son anonymat car tout le personnel avait changé. Elle fit juste égaliser ses longs cheveux, puis elle s'offrit un soin du visage et une manucure. Elle ressortit du salon avec la sensation d'être redevenue une New-Yorkaise distinguée... ou presque. Mais au moins ne ferait-elle pas honte à Michaela lors de leur rencontre !

Melissa ne pouvait s'en douter, mais Michaela était passée par les mêmes angoisses au moment de faire ses bagages pour New York. Elle ne possédait que des vêtements simples et informels qu'elle portait pour exercer son métier d'assistante sociale ou pour sortir avec ses enfants. Ni David ni elle n'avaient besoin de faire des efforts vestimentaires particuliers. Comme beaucoup de Californiens, leur mode de vie était plutôt détendu sous ce climat qui ne connaissait pas l'hiver. Michaela portait des sandales presque toute l'année, et des tongs le week-end. Marla se lamentait sans cesse qu'une jolie fille comme elle ne se mette pas davantage en valeur. Elle lui achetait même des vêtements de créateurs, que Michaela ne mettait jamais, faute d'occasions. Ces pièces hors de prix restaient donc dans la penderie de la jeune femme jusqu'à ce qu'elle se résigne à les vendre ou les donner. Marla, toujours vêtue à la dernière mode et tirée à quatre épingles, en éprouvait une profonde frustration. Et puis tout à coup, voilà que Michaela paniquait, ne sachant que porter pour avoir l'air présentable au moment de faire connaissance avec sa mère biologique.

Le jour de la rencontre, Melissa avait les nerfs en pelote au moment de monter dans son taxi en direction de Midtown. Vêtue du pull bleu, du pantalon et du manteau noirs, ainsi que des ballerines, elle se savait présentable. La circulation était dense et elle craignit d'être en retard, mais arriva pile à l'heure au Mark Hotel.

Le hall de l'établissement ressemblait à un décor de cinéma, avec son superbe carrelage en damier. Melissa passa devant le bar et pénétra timidement dans le restaurant. Michaela lui avait envoyé une photo d'elle par e-mail. De son côté, Melissa n'en avait pas de récente, mais s'était décrite en quelques mots. Elle jeta un regard circulaire sur la salle et repéra aussitôt sa fille. Assise à une table, Michaela tripotait nerveusement une paille en carton. Elle leva les yeux et, en une poignée de secondes, elles se rejoignirent au milieu de la salle, où Melissa prit sa fille dans ses bras. Elles restèrent longtemps enlacées, et certains des clients sourirent à cette image : leur amour rayonnait autour d'elles. Les années manquées et toutes les difficultés s'étaient envolées. Elles souriaient à travers leurs larmes en s'asseyant.

— Je ne pensais pas que ce soit possible un jour, bégaya Michaela d'une voix étranglée.

Melissa lui prit la main. Elle n'avait pas imaginé témoigner de la tendresse aussi vite, mais cela leur était venu naturellement, de façon presque irrésistible.

— Comment... comment dois-je t'appeler ? demanda Michaela.

— Comme tu voudras, répondit Melissa avec un petit sourire.

— Marla préfère que je l'appelle par son prénom, ce que je fais depuis bien longtemps maintenant. Est-ce que « maman » te semblerait trop bizarre ? suggéra prudemment Michaela.

Le sourire de Melissa s'épanouit.

— J'aimerais beaucoup que tu m'appelles comme ça, bien que je ne le mérite guère. J'en serais très honorée.

— Comme si tu avais eu le choix, du haut de tes 16 ans..., dit doucement Michaela.

— Dès que j'ai acquis un peu de maturité, j'ai voulu te retrouver. J'ai cru mourir en apprenant que les registres avaient été détruits.

— Oui, moi aussi. J'ai appelé Saint-Blaise le jour même de mes 18 ans, pensant qu'on allait me livrer des informations, alors que tout était parti en fumée. C'était il y a quinze ans, mais nous voilà réunies, malgré tout. Et je ne suis pas déçue ! Je te trouve très belle.

De son côté, Melissa constatait que sa sœur n'avait pas menti : Michaela ressemblait de façon stupéfiante à leur propre mère, mais dans une version bien plus douce. Contrairement à sa grand-mère, Michaela était chaleureuse, tendre et compréhensive. Il n'y avait pas l'ombre d'un reproche dans les paroles qu'elle adressait à Melissa. Elles étaient si absorbées dans leur conversation que le temps passa sans qu'elles s'en aperçoivent. Michaela voulut en savoir davantage au sujet de Robbie et exprima toute sa compassion à Melissa. Elle lui parla aussi de ses romans, qu'elle avait tous lus et adorés. Puis elle lui raconta à quel point David, l'homme de sa vie, était une personne merveilleuse, et lui montra des photos de ses enfants Andrew et Alexandra.

— Mon petit Andy adore tout ce qui touche à Superman et à l'espace. Alex se passionne pour les vêtements, du moment qu'ils sont roses ou mauves, à paillettes !

Melissa prit note pour de futurs cadeaux. Tout à coup, elle avait des petits-enfants, avec qui elle allait pouvoir discuter de tout et de rien, pour lesquels elle se ferait du souci... Elle était navrée qu'ils habitent si loin. Michaela l'invita à venir passer les fêtes de Thanksgiving. Ce serait l'occasion de rencontrer Marla.

— Oh, ce serait merveilleux. Mais en même temps cette idée me terrifie. Lui as-tu déjà parlé de moi ?

— Non, mais je vais le faire tout de suite. Je voulais d'abord te rencontrer.

Melissa était exactement comme Michaela l'avait espérée. Elle n'était sans doute pas aussi extravertie que sa sœur Hattie, que Michaela adorait déjà, mais sa réserve avait quelque chose de très touchant. Cela lui donnait un côté fragile et vulnérable – en dépit de toutes les épreuves auxquelles elle avait survécu –, ce qui suggérait une véritable force intérieure. Au bout de cinq minutes à peine, Michaela avait reconnu dans sa mère une personne discrète, bienveillante et brillante. Melissa n'était certes pas très démonstrative, mais il y avait en elle quelque chose de sincère et profond. Le genre de personne sur qui on peut compter. Melissa parla à Michaela de sa maison dans les Berkshires et de son désir de l'y inviter.

Elles étaient encore en grande conversation quand David arriva avec les enfants, de retour de l'aire de jeux dans Central Park, à deux pas de l'hôtel. Les petits portaient quasiment les mêmes tenues : blouson rouge, jean et baskets. Celles d'Alexandra étaient roses et clignotaient quand elle marchait, tandis que celles de son frère s'ornaient de l'effigie de Superman. À la vue de ses petits-enfants, le visage de Melissa s'éclaira.

— Voici votre grand-mère, expliqua Michaela, qui leur avait parlé d'elle à Los Angeles avant leur départ.

Mais à présent, cette nouvelle grand-mère était bien réelle.

— Comme Gigi Marla ? demanda Andrew avec intérêt.

— Oui, tout pareil.

Melissa discuta quelques minutes avec les enfants, d'abord un peu déstabilisée par cette première rencontre. Elle les trouva aussi charmants et bien élevés que l'avait annoncé Hattie. Michaela ne tarda pas à remonter dans sa chambre avec sa famille. Ils devaient se retrouver d'ici quelques heures dans un restaurant italien proche du Mark Hotel. Melissa reprit donc un taxi pour aller se reposer et se changer, mais préféra se balader dans le quartier d'abord.

Tout le monde se retrouva comme prévu à 18 heures tapantes. Pour faire plaisir à Alexandra, Melissa avait troqué son pull bleu contre le rose. Le dîner fut détendu, joyeux et animé. Melissa rentra à son hôtel aux alentours de 20 h 30, submergée par tous les cadeaux que la vie lui avait envoyés ce jour-là. Et elle avait hâte d'accompagner Michaela et les enfants au parc le lendemain, pendant que David assisterait à ses rendez-vous.

Melissa fut ravie de s'amuser avec les petits durant tout l'après-midi, après quoi elle se sentit aussi épuisée qu'après une journée de maçonnerie. Elle n'avait plus l'habitude des jeunes enfants, mais elle avait passé un excellent moment. Dans la matinée, elle leur avait acheté des cadeaux : tutu rose à paillettes argentées pour Alexandra et pyjama de superhéros pour Andrew. Ce soir-là, Hattie se joignit à eux pour le dîner. Ils vécurent une merveilleuse soirée tous ensemble et reparlèrent à cette occasion de se retrouver pour Thanksgiving. Ils avaient encore tant de bons moments à partager ! Cette rencontre à New York était une réussite. Michaela appelait Melissa « maman » à chaque instant, et elles se souriaient en savourant ce mot et tout ce qu'il contenait.

Melissa serra sa fille, son gendre et ses petits-enfants dans ses bras pour leur dire au revoir, après quoi elle raccompagna Hattie à la station de métro la plus proche.

— Je n'arrive toujours pas à le croire... Et c'est toi qui as fait tout ça pour moi !

— Moi non plus, je ne réalise pas ! renchérit Hattie.

L'aventure avait ébranlé sa foi en l'Église, mais en voyant le bonheur illuminer le regard de sa sœur pour la première fois depuis des années, elle n'avait aucun regret.

— Viendras-tu à Los Angeles avec moi pour Thanksgiving ? demanda Melissa.

Hattie secoua la tête.

— Non, il faut que je sois au couvent. Ce jour-là, nous servons un repas de fête aux démunis et je suis en cuisine.

Melissa n'émit ni critique ni commentaire sarcastique, comme elle l'aurait fait par le passé. Elle éprouvait au contraire un grand respect pour sa sœur, et une immense gratitude pour ce qu'elle avait fait. Les deux sœurs s'étreignirent et Hattie s'engouffra dans la bouche de métro, tandis que Melissa rentrait à pied jusqu'à son hôtel en songeant à ces deux merveilleuses journées en compagnie de sa fille, de ses petits-enfants et de son adorable gendre. David était un homme chaleureux, il avait l'air fiable et solide. Visiblement, il rendait Michaela très heureuse et semblait être un bon père et un bon mari. Une seule pensée teintait de mélancolie le bonheur de Melissa : Robbie n'avait pas pu rencontrer sa grande sœur ni ses neveu et nièce, et eux non plus ne le connaîtraient jamais.

Le lendemain, alors qu'elle rentrait dans les Berkshires au volant de sa voiture, Melissa se retrouva seule avec ses pensées pendant toute la matinée. Étrangement, c'est une phrase de la Bible qui lui revint en mémoire : le destin lui avait donné « un diadème au lieu de la cendre ». Après avoir longtemps vécu une vie si amère, et tant souffert de la perte de ses êtres chers, elle était submergée par cette abondance inespérée d'amour et de tendresse. Elle n'était pas certaine de la mériter, mais elle la savourait pleinement.

Norm lui téléphona dès son retour à la maison ; il voulait tout savoir de ces retrouvailles. Il n'avait pas appelé tant que Melissa était à New York, de peur de se montrer trop intrusif. Il lui proposa de lui préparer à dîner et Melissa accepta avec joie. Le soir venu, il

arriva avec des hamburgers, des frites et des *onion rings* achetés au village. Melissa feignit la surprise :
— Comment ? Pas de homard aujourd'hui ?
— Désolé, je n'ai pas eu le temps de cuisiner ni de faire les courses, s'excusa-t-il, penaud. Je suis venu tout de suite après un rendez-vous avec un couple de clients qui détestent les plans de la piscine et de la terrasse que je viens de leur livrer. Franchement, il y a des jours où je me dis que la politique aurait été une carrière plus facile. Ils veulent aussi que je leur construise un gîte sur le modèle de la maison en pain d'épices dans *Hansel et Gretel*... Ce n'est pas avec cette réalisation que je gagnerai un prix d'architecture !

Melissa rit autant de cette description que de la mine dépitée de Norm. Puis elle lui raconta par le menu ses deux jours à New York, y compris ses angoisses pendant son shopping. Norm dit qu'il avait remarqué le nouveau pull rouge et lui en fit compliment.

— On dirait que cette rencontre est un succès retentissant ! résuma-t-il, alors qu'ils célébraient l'événement en arrosant leurs frites de ketchup.

— Et surtout, elle m'a appelée maman ! Marla préfère que Michaela l'appelle par son prénom. Je crois qu'elle n'aime pas trop que l'on sache qu'elle a une fille adulte et des petits-enfants. Pour ma part, ça me plaît assez !

— Et eux, comment t'appellent-ils ?

— Mamie Mel. C'est tout ce qui m'est venu à l'esprit. Je n'y avais absolument pas réfléchi, j'étais focalisée sur Michaela. Mais quand elle m'a appelée maman... Waouh ! J'espère que cela ne gênera pas Marla.
— Je ne le pense pas, d'après ce que tu me dis ! Tu m'as manqué..., ajouta-t-il doucement avant de l'embrasser. Je me disais... que nous pourrions peut-être reprendre là où nous nous étions arrêtés ?
— Ah oui ? Où ça, plus précisément ? demanda-t-elle d'un ton enjôleur.
— Attends, je vais te montrer...
Cette fois, il se rapprocha d'elle et lui caressa le sein en l'embrassant. Les choses passaient à la vitesse supérieure... Et ce n'était pas pour déplaire à Melissa.

Ils rejoignirent le salon et s'embrassèrent à nouveau, les mains de Norm s'aventurant un peu partout, y compris sous le pull neuf. Elle ferma les yeux et cambra les reins tandis qu'il lui effleurait les seins de sa bouche, passait le pull au-dessus de sa tête, dégrafait son soutien-gorge et déboutonnait son jean.

— Et si nous montions ? murmura-t-il avant de déposer un baiser brûlant sur sa nuque.

Comme elle acquiesçait sans un mot, il lui tendit la main pour l'aider à se lever. Et au pied de l'escalier, il la souleva comme une plume, l'emmena jusqu'à sa chambre et la déposa en douceur sur le lit. Elle déboutonna alors la chemise de Norm, et un instant plus tard leurs corps furent enlacés sur le lit, leurs vêtements emmêlés sur le sol.

Voilà six ans que Melissa n'avait plus fait l'amour. Elle avait presque oublié comment c'était... Avec Carson, c'était devenu coutumier et prévisible. L'amour existait mais, avec le temps, plus la passion. Faire l'amour avec Norm, au contraire, était une expérience intense. Il jouait du corps de Melissa comme d'un instrument bien accordé, et tous deux atteignirent des sommets que ni l'un ni l'autre n'avaient encore explorés. Quand ce fut fini, Melissa se détendit dans ses bras, comblée.

— Seigneur, Norm, qu'est-ce que tu viens de me faire ?!

Norm sourit de plaisir en contemplant le visage transfiguré de Melissa.

— Laisse-moi une minute, et je te donnerai une deuxième occasion de te forger une opinion, promit-il en s'allongeant à côté d'elle.

Elle l'embrassa à nouveau, songeant à la vie solitaire qu'elle avait menée pendant toutes ces années. À présent, elle avait une fille, un gendre, des petits-enfants... et un homme dans son lit ! Un homme merveilleux, dont elle était en train de tomber amoureuse...

Norm se ressaisit rapidement, et ils firent à nouveau l'amour quelques minutes plus tard. Melissa était à bout de souffle. Quel amant ! Il semblait infatigable.

— Tu fais l'amour encore mieux que tu ne cuisines, déclara-t-elle, la voix rauque.

— Et encore, tu n'as pas goûté à mes soufflés ! dit Norm en riant.

Il l'embrassa dans le cou et lui prouva une troisième fois tout son savoir-faire...

11

De bon matin, Melissa était absorbée dans ses pensées, une tasse de café à la main, lorsqu'elle décida de passer un coup de fil. Depuis le départ de Michaela, elle avait passé presque toutes ses nuits avec Norm, et il lui semblait déjà qu'ils avaient toujours été amants. Leurs vies s'harmonisaient à tout point de vue : elle se sentait merveilleusement bien en sa compagnie, et pas seulement au lit. Elle n'aurait jamais imaginé qu'une chose pareille puisse lui arriver.

Melissa se resservit du café, prit son téléphone et appela Carson. À l'autre bout du fil, celui-ci fut surpris de voir le nom de son ex-femme s'afficher. Était-il arrivé quelque chose ? Il décrocha aussitôt.

— Mel ? demanda-t-il d'une voix inquiète.

— Salut, fit-elle, sans trop savoir comment poursuivre.

— Est-ce que tu vas bien ?

— Oui, très bien.

Et en effet, elle se sentait parfaitement sereine, même s'il lui était étrange d'entendre la voix de celui qui avait été son mari. Elle n'avait que trop longtemps repoussé cette conversation, et elle y pensait beaucoup depuis quelques jours.

— Je voulais seulement te dire bonjour, reprit-elle, et puis aussi m'excuser.

— T'excuser ? Mais de quoi ?

Il ne voyait aucune raison de lui en vouloir, cela faisait maintenant plusieurs années que chacun menait sa vie de son côté.

— Je suis désolée pour tous mes silences. C'est juste que j'ai été incapable de parler à qui que ce soit, pendant longtemps. Il se trouve que quelque chose de merveilleux vient de m'arriver, et je tenais à t'en faire part.

Carson se demanda si elle avait rencontré un homme, si elle s'apprêtait à se marier. Il s'abstint de toute question.

— Cet été, ma sœur a fait quelque chose de vraiment incroyable, poursuivit Melissa. Hattie est allée en Irlande. Le couvent lui a raconté la même chose qu'à moi, sauf qu'elle a pu rencontrer une ancienne nonne qui travaillait là-bas à l'époque. Et Hattie a retrouvé le bébé !

— Le bébé ? répéta Carson, complètement perdu.

Jamais il n'aurait imaginé qu'elle lui reparle un jour du bébé qu'elle avait eu à l'âge de 16 ans.

— Le bébé que j'ai dû abandonner, précisa-t-elle pour lui rafraîchir la mémoire.

— Oh mon Dieu ! Comment Hattie a-t-elle fait ? Je pensais que les sœurs avaient brûlé toutes leurs archives.

— C'est le cas, mais cette ancienne sage-femme en savait assez pour lui permettre de recoller les pièces du puzzle. Aussi incroyable que cela puisse paraître, elle a retrouvé ma fille !
— En Irlande ?
— Non, elle vit à Los Angeles. Je l'ai rencontrée la semaine dernière, à New York. C'est une jeune femme adorable, mariée à un homme charmant, et ils ont deux merveilleux enfants. C'est fou... Je pense que je sais à peu près ce que tu éprouves vis-à-vis des deux filles de Jane, maintenant. Au début, je ne supportais pas que tu sois proche d'elles. Mais à présent, je suis ravie d'avoir des enfants et des personnes plus jeunes que moi dans mon entourage. Bon, dans mon cas, je sais bien qu'on ne peut pas rayer trente-trois ans d'absence d'un simple trait de plume, mais Ashley a vraiment un cœur en or et j'ai l'impression que nous n'aurons pas de mal à rattraper le temps perdu. Je suis invitée chez eux pour Thanksgiving.
— Oh Mel, c'est merveilleux. Tu sais, je pense beaucoup à toi. J'espère que tu es heureuse.
— Ça va mieux. Il m'a bien fallu ces quatre années, mais je suis sur la bonne voie.

L'apparition de Michaela dans sa vie lui avait redonné de l'espoir et de la joie de vivre. En l'espace de quelques semaines, le vide, la perte et le deuil avaient laissé place à un flot d'amour qui la comblait au-delà de ce qu'elle aurait pu imaginer. Sa sœur lui avait fait le plus beau des cadeaux.

— Je te demande pardon de m'être montrée si dure et si distante envers toi.

— Tu n'as pas été dure avec moi. Tu étais juste complètement brisée, tout comme moi, et nous n'étions pas en mesure de nous réparer l'un l'autre.

Pour sa part, Carson avait trouvé en Jane le soutien que Melissa, anéantie, n'avait pas pu lui offrir à la mort de Robbie. Il ne savait vraiment pas comment il aurait survécu sans Jane.

— Est-ce que tu t'es remise à écrire ? voulut-il savoir.

— Non, et je ne m'y remettrai jamais. Je n'en suis plus capable depuis Robbie.

— Je suis certain du contraire. Ton talent est encore là. J'espère que cela reviendra un jour.

— Je ne le souhaite même pas.

— Navré de l'entendre, mais je suis sincèrement très heureux que tu aies retrouvé ta fille. Est-ce que ça s'est bien passé ?

— Ça va, je crois qu'elle me trouve à peu près à son goût, répondit Melissa en riant. Elle ressemble trait pour trait à ma mère, mais je ne lui en veux pas. C'est une très belle jeune femme.

— Merci de m'avoir appelé, ça me touche beaucoup.

— Je me suis dit qu'il était temps de sortir de ma coquille. J'y suis restée enfermée trop longtemps.

— Pas de problème, je comprends.

— Et toi, tu es heureux ?
— Oui. Tout est différent, tu sais, ça ne pouvait pas être comme nous deux. Travailler ensemble sur tes livres, c'était tellement passionnant ! Jane n'a pas la même ambition que toi à l'époque. Elle veut avant tout garder le contrôle de sa carrière. Mais ça fonctionne entre nous, et je m'entends bien avec ses filles. Qui sait ? Peut-être que quelque chose te motivera à reprendre la plume ?
— Je ne l'espère pas ! Ma vie est bien remplie. J'aime ma maison, le coin où je vis. J'aime travailler de mes mains. Et surtout, j'ai ma fille maintenant !

Elle ne mentionna pas Norm, bien que lui aussi ait désormais un rôle à jouer dans sa vie.

— Merci d'avoir appelé. Continue à me donner de tes nouvelles, d'accord ? Toutes mes félicitations pour cette nouvelle vie, et transmets mes amitiés à Hattie.
— Je n'y manquerai pas.
— J'imagine que tu n'es plus fâchée contre elle ?
— Non, plus du tout. Tu penses, après ce qu'elle a fait pour moi ! J'ai été très injuste avec elle aussi... Maintenant, je vois bien qu'elle est heureuse au couvent.

Tous deux étaient à la fois soulagés et heureux de ce bref coup de fil. Melissa avait bien fait de l'appeler. Elle ne souhaitait plus fuir le passé, s'isoler des autres ni en vouloir à la Terre entière. Elle se félicitait d'avoir fait la paix avec son ex-mari. Après tout, il n'était pas responsable de la mort de Robbie et avait également beaucoup souffert. Melissa était enfin sur la voie de la guérison, grâce à Hattie, Michaela, Norm, mais aussi grâce à son propre changement de perspective. Le deuil était un processus terriblement long et douloureux.

Le lendemain, Melissa reçut le résultat du test ADN qu'elle avait effectué avant de partir pour New York. L'analyse ne faisait que corroborer ce qu'elle savait déjà : Michaela était sa fille. Mais il était si doux d'en avoir la confirmation ! Elle envoya un SMS à Hattie, et transféra les résultats du test à Michaela, en signant :
Je t'aime, maman.

De son côté, Hattie – ou plutôt sœur Marie-Jo – traversait une période très difficile. D'un côté, elle avait permis à Melissa et Michaela de goûter à un bonheur auquel elles ne croyaient plus. Mais de l'autre, depuis son enquête en Irlande, et plus particulièrement sa visite de l'établissement quasi pénitentiaire où sa sœur avait accouché, elle était aux prises avec le doute. Sa vocation avait continué à s'éroder après sa rencontre avec Fiona Eckles. Hattie craignait fort de suivre le même chemin qu'elle. Comment pouvait-elle encore respecter une Église qui avait vendu des bébés pour de l'argent, même en admettant que les intentions originelles aient été louables ? Car le fait d'avoir retrouvé Michaela relevait du miracle, ou du moins d'un énorme coup de chance. Les autres enfants adoptés, quant à eux, ne pouvaient guère espérer rencontrer leur mère biologique. Et les mères ne reverraient jamais leur enfant. C'était d'une cruauté insoutenable. Sans parler des femmes comme Fiona, embarquées malgré elles dans cette entreprise peu reluisante. Hattie ne s'en remettait pas.

Mère Elizabeth voyait bien les tourments de sœur Marie-Joseph, mais ne savait comment y remédier. Elle lui avait proposé de partir faire une retraite, ou encore de voir une psychologue. Seulement, Hattie était si dépitée qu'elle refusait toute aide.

— À quoi bon ? avançait-elle à sa mère supérieure.

— Il faut accepter que même nous autres, religieuses, sommes faillibles, sœur Marie-Jo. Nous faisons tous des erreurs. La destruction des archives en était une, j'en conviens, mais n'oubliez pas qu'à l'époque elle avait pour objectif de protéger les personnes impliquées.

— L'Église n'a protégé qu'elle-même. Combien de familles ont souffert de cet acte ? Tout le monde n'a pas eu la même chance que ma sœur.

— Ce que vous avez fait pour elle et votre nièce est remarquable. Vous ne pouvez pas remettre en question votre vocation. Vous avez trop à y perdre !

— Et si ma vocation n'était motivée depuis le début que par de mauvaises raisons ? Peut-être que c'est cela qui m'obsède...
— Je ne vois aucun problème avec votre vocation, mon enfant. Voilà dix-huit ans que vous êtes parmi nous. Si votre vocation était fragile, vous vous en seriez déjà aperçue.

Mais Fiona Eckles était restée nonne bien plus longtemps que Hattie avant de demander à être libérée de ses vœux. Par ailleurs, sœur Marie-Jo n'avait pas tout dit de ses motivations à mère Elizabeth.

— J'aimerais tant retourner en Afrique un jour, soupira-t-elle. Là-bas, au moins, j'étais heureuse, je me sentais utile.
— Je peux vous inscrire sur la liste des volontaires, mais vous devez d'abord reprendre pied. Quand vous vous sentirez de nouveau solide, je verrai ce que je peux faire pour promouvoir votre candidature.
— Oh, ce serait formidable ! s'exclama Hattie, entrevoyant une lueur d'espoir pour la première fois depuis des mois.

Car que ferait-elle, où irait-elle si elle quittait les ordres ? Après dix-huit années passées au couvent, elle ne connaissait rien d'autre. Dans un premier temps, elle pourrait sans doute séjourner chez sa sœur dans les Berkshires, mais ensuite ? Il lui faudrait trouver sa place, et elle ne savait pas comment se rendre utile dans le monde. Son seul souhait était de retourner en Afrique, or cette hypothèse semblait elle aussi inaccessible. Et puis, ne serait-ce pas une autre façon de fuir ?

Le samedi précédent Thanksgiving, Hattie alla voir Melissa. Elles profitèrent du fait qu'il avait neigé pour faire une longue promenade dans le verger tout blanc. Melissa ne tarda pas à s'apercevoir que sa sœur était distante, voire un peu triste. À vrai dire, Hattie ne semblait pas dans son assiette depuis son retour d'Irlande, malgré le succès éclatant de son expédition. Melissa la questionna avec tact.

— C'est vrai que cela ne va pas fort en ce moment, confirma Hattie. Ma foi est mise à rude épreuve. Je n'accepte toujours pas l'hypocrisie de l'Église dans cette affaire. C'était si malhonnête, et tant de gens en ont souffert...

Hattie était d'autant plus bouleversée que l'actualité venait jeter de l'huile sur le feu : les évêques commençaient seulement à faire leur *mea culpa* pour avoir couvert, ou du moins passé sous silence, pendant des décennies, les abus sexuels au sein de l'Église...

Et si on découvrait encore d'autres choses ? songeait Hattie.

— J'ai dit à mère Elizabeth que j'aimerais retourner en Afrique. Elle m'a promis d'appuyer ma candidature, à condition que je reprenne pied. Mais je n'arrête pas de penser à Fiona Eckles, qui a quitté l'Église à la suite de son expérience à Saint-Blaise.

— Tu ne veux tout de même pas renoncer à tes vœux ? demanda Melissa.

Jusqu'à présent, elle n'avait pas saisi à quel point Hattie était ébranlée par son voyage.

— Je ne sais pas... Je t'avoue y avoir songé. En fait, j'ai peur de ne pas avoir pris le voile pour les bonnes raisons.

— Quoi ? Mais bien sûr que si, la rassura Melissa. Et j'espère que tu ne repars pas tout de suite pour l'Afrique. Je viens de te retrouver, ce n'est pas pour te perdre à nouveau !

— Tu ne me perdras jamais. Si je pars, ce ne sera pas pour te fuir, mais pour me retrouver. Je ne sais plus où j'en suis... C'est compliqué.

— La vie est compliquée, remarqua Melissa. Les gens sont compliqués. Et les religions encore plus.

— Je ne suis plus du tout sûre de ma vocation. Je ne crois plus que ma place soit dans un couvent.

Après le départ de sa sœur, Melissa s'inquiéta pour elle. La vie leur jouait un drôle de tour : Melissa avait retrouvé la foi grâce à Hattie, mais dans le même temps, Hattie avait commencé à perdre la sienne. Saint-Blaise devait être un lieu maudit. Melissa ne l'avait encore jamais entendue remettre son engagement en question. Elle affrontait une redoutable épreuve, une vraie traversée du désert.

Le même soir, de retour au couvent, Hattie écrivit une longue lettre à Fiona Eckles pour lui demander conseil. Mais elle se doutait déjà de la teneur de sa réponse...

Melissa et Norm passèrent leur dimanche ensemble. Ils en profitèrent pour se détendre, et conclurent cette journée en regardant un film à la télé, avant de se coucher de bonne heure. Le lendemain matin, Melissa était en train de préparer le café quand Norm entra dans la cuisine, le journal à la main. Le portrait d'un producteur de Hollywood, âgé d'une soixantaine d'années, s'étalait à la une du *Boston Globe*. Une grande actrice l'attaquait en justice pour viol et agression sexuelle. L'histoire était glaçante. Quand Norm eut fini de lire l'article, il le passa à Melissa en déclarant :
— Tu vas voir, c'est violent...
L'accusé était l'une des figures les plus respectées du milieu. L'actrice, récompensée pour sa part de deux Oscars et de deux Golden Globes, affirmait qu'elle avait été violée cinq ans auparavant et décrivait la brutalité de la scène avec des détails choquants. Le producteur l'avait attirée dans son bureau sous prétexte de négocier un contrat, puis lui avait fait comprendre qu'il faudrait se plier à tous ses désirs si elle voulait décrocher le fameux rôle qui lui vaudrait par la suite d'obtenir son deuxième Oscar. Elle en était ressortie le nez cassé. Si l'actrice portait aujourd'hui plainte, disait-elle, c'est parce qu'il avait tenté une nouvelle

fois de la faire chanter. La victime publiait des photos de son visage tuméfié. Elles étaient datées du moment des faits, mais le producteur affirmait que ces preuves étaient falsifiées. Il niait tout en bloc.

— Est-ce que tu la crois ? demanda Melissa en levant les yeux vers Norm. Peut-être qu'elle lui en veut pour une raison ou une autre. Pourquoi avoir attendu cinq ans avant de porter plainte ?

— Sans doute parce qu'elle craignait pour sa carrière ? Malheureusement, j'imagine que ce genre de choses n'est pas rare à Hollywood. Ça doit être ça, la fameuse « promotion canapé », dans toute son horreur.

— Ce dont ils parlent est d'une violence inouïe.

— Oui, et je pense que cela aura un retentissement considérable. L'accusé et la victime sont tous les deux de grandes célébrités. Ça dépasse le monde du cinéma.

— Il y a tant de corps de métier où c'est monnaie courante. J'en ai entendu parler dans le monde de l'édition comme dans les milieux d'affaires en général.

— La politique n'en est pas exempte non plus, ajouta Norm. On entend régulièrement parler de tel vieux sénateur ou parlementaire qui se fait accuser de troquer certains avantages contre des faveurs sexuelles, ou d'avoir harcelé une jeune stagiaire...

Après que Norm fut parti travailler, Melissa alluma la télé. Toutes les émissions de la matinée ne parlaient que de ça. Le producteur en question sortait le même jour un blockbuster dont il espérait un succès colossal. Mais à la fin de la journée, alors que l'accusé se refusait à tout commentaire, les derniers flashs infos annonçaient que le film était déprogrammé dans tout le pays, ce qui représentait un énorme manque à gagner pour les exploitants de salles de cinéma et toutes les personnes impliquées. Il avait fallu à l'actrice un immense courage pour parler après tout ce temps. Norm et Melissa abordèrent à nouveau le sujet en dînant.

Dans les jours qui suivirent, deux nouvelles actrices ajoutèrent leurs accusations à l'encontre de ce producteur. Dans le même temps, des acteurs et un réalisateur furent également mis en cause et deux présentateurs perdirent leur émission télévisée. Hollywood était sens dessus dessous depuis que la parole des femmes se libérait. Toutes déclaraient avoir été forcées à avoir des relations sexuelles avec des réalisateurs, producteurs et autres gros bonnets des principaux studios pour obtenir les rôles qu'on leur avait fait miroiter.

Assister à l'effondrement du monde du show-business avait quelque chose de fascinant. On vivait un peu comme dans une série télévisée grandeur nature.

— Quelle avalanche ! commenta Norm, sidéré par la liste des accusés.

Les grandes chaînes de télévision annulaient des programmes à tour de bras, des stars étaient remplacées, les annonceurs se retiraient. Généralement, les hommes incriminés ne niaient pas les faits. Certains présentèrent même leurs excuses en direct, les larmes aux yeux.

— On dirait un mauvais film, dit Melissa.

Mais tout cela n'était que trop réel. Et justement, elle partait le lendemain pour Los Angeles ! Elle se demandait si Marla Moore en parlerait quand elles se verraient, à moins que le sujet soit tabou. Galvanisées par leur nombre, les victimes avaient enfin le courage de parler. Des comédiennes moins connues commençaient aussi à témoigner, ainsi que quelques jeunes acteurs gays.

Melissa était triste de quitter Norm pour ce long week-end alors que leur relation venait d'éclore, mais pour sa part il se rendait à Boston chez son frère. Melissa avait hâte de retrouver Michaela et de passer Thanksgiving en famille. Pour l'occasion, elle avait ressorti un vieux tailleur Chanel en velours marron qu'elle venait de redécouvrir dans son placard. Il serait parfait pour le repas de fête automnal.

Melissa laissa sa voiture à l'aéroport de Boston. Dans l'avion, tout le monde lisait dans la presse les dossiers consacrés aux violences sexuelles dans le milieu du cinéma. En trois jours, des dizaines de professionnels avaient été écartés de leurs fonctions. Hollywood était au bord de l'implosion et Melissa pensait à tous ceux qui devaient trembler en se demandant qui serait le prochain. C'était comme si une digue venait de céder, provoquant un véritable raz-de-marée.

À Los Angeles, Melissa prit un taxi pour se rendre au Beverly Hills Hotel et appela Michaela dès qu'elle fut installée dans sa chambre. Elle était invitée à dîner chez eux le soir même et leur avait fait livrer une composition florale pour décorer la table du déjeuner de Thanksgiving. Pour le moment, ce serait un petit dîner informel : David ferait un barbecue sur la terrasse. Marla ne se joindrait à eux que le lendemain. Elle était de retour de voyage, mais le tournage se poursuivait en studio et Marla n'aimait pas sortir quand elle travaillait, de crainte d'être épuisée. Melissa allait rester quatre jours, et elle avait vraiment hâte. Il faut dire qu'elle n'avait célébré aucune fête au cours des quatre dernières années. Elle avait même fini par oublier qu'il s'agissait d'une date spéciale, passant Thanksgiving à lire ou à voir de vieux films. Mais cette année, tout était différent. Elle avait beaucoup de choses à célébrer et pour lesquelles rendre grâce. Elle était désolée que Hattie ne soit pas là, puisque c'est à elle qu'elle devait ce bonheur.

Melissa se rendit chez Michaela sur le coup de 18 heures. Les enfants l'accueillirent en sautant de joie et en courant dans tous les sens.

— Mamie Mel ! s'écrièrent-ils comme s'ils l'avaient toujours connue.

Elle avait apporté pour chacun une boîte de crayons et un album de coloriage sur le thème de Thanksgiving, une poupée en costume de pionnière pour Alex et une coiffe en plumes d'inspiration amérindienne pour Andy, ainsi qu'un jeu de société.

— Tu n'es pas obligée de les gâter, maman, dit spontanément Michaela.

Melissa sourit. Comme elle aimait être appelée ainsi !

— J'ai plusieurs années à rattraper, d'autant que je n'ai pas eu la chance de pouvoir te gâter toi. Et puis ce ne sont pas de malheureux albums de coloriage qui risquent de me ruiner. Nous en reparlerons dans dix ans, au moment de payer la première voiture d'Andy !

Michaela rit de bon cœur et Melissa sortit voir son gendre sur la terrasse. Vêtu d'un jean et d'un sweat bleu marine, il était en train de passer sur le gril des steaks hachés pour les hamburgers des enfants, ainsi que des travers de porc et du poulet mariné pour les grands. La maison de plain-pied était très belle, située sur un vaste terrain dans un beau quartier de Beverly Hills. Elle comprenait une grande salle de séjour, une salle à manger, une salle de jeux, quatre chambres à coucher et un garage pouvant abriter trois voitures. David expliqua qu'ils avaient acheté la maison à la naissance d'Andrew. Il gagnait alors très bien sa vie.

Après le délicieux repas, les enfants emportèrent leurs albums de coloriage dans la salle de jeux. Melissa remarqua qu'ils avaient chacun un iPad. Cela la renvoya à la tablette qu'elle avait achetée à Robbie pour l'occuper à l'hôpital, pendant ses séances de chimiothérapie. La tablette était encore rangée dans un tiroir, avec les jeux favoris de son petit garçon enregistrés dessus.

Une fois les enfants sortis, Melissa remercia David pour le dîner, puis demanda à sa fille et son gendre ce qu'ils pensaient du scandale dont tout le monde parlait actuellement.

— Eh bien, disons que dans le milieu, tout le monde était au courant de ce genre de choses, mais que personne n'en parlait, répondit Michaela. Et c'est ce qui est en train de changer. C'est une vraie déferlante. Marla nous a dit que le directeur de casting du film dans lequel elle joue en ce moment a dû remplacer deux des acteurs. Autant dire que le réalisateur est furieux. Ils doivent recommencer toutes les scènes dans lesquelles ils apparaissaient. Les faits sont généralement pris très au sérieux. Il était temps.

— Deux de mes clients ont été accusés, déclara David. Nous les avons renvoyés vers des avocats pénalistes, car nous ne traitons pas ce type de cas. Mais je m'attends à ce que beaucoup d'autres acteurs soient dénoncés prochainement.

— Cela ne m'étonnerait pas non plus, commenta Melissa. Aujourd'hui, cela fait du bruit parce qu'il s'agit de Hollywood, mais c'est partout pareil !

Les faits reprochés rivalisaient d'ignominie, depuis le « simple » harcèlement jusqu'aux violences aggravées. C'étaient de véritables drames quand des enfants, des adolescents ou de très jeunes acteurs étaient impliqués. Des dizaines de vies avaient été détruites, et maintenant des dizaines de carrières allaient être ruinées. Quantité d'actrices affirmaient qu'elles avaient perdu des rôles importants en refusant les avances de producteurs.

— Sur la côte Est et en Nouvelle-Angleterre, tous les médias en parlent. Mais j'imagine que c'est encore plus présent ici ?

— Oh oui, on n'entend plus que ça, confirma Michaela. Marla dit qu'ils n'ont que ce qu'ils méritent. Les agresseurs s'en sont tirés à bon compte, pendant trop longtemps.

Melissa ne cessait de penser à la mère adoptive de Michaela. Elle était tétanisée à l'approche de leur première rencontre le lendemain midi. Norm avait fait tout son possible pour la rassurer avant son départ, mais elle savait qu'elle ne serait tranquille qu'une fois le moment passé... À condition qu'il se passe bien ! Michaela n'avait pour sa part aucun doute.

Melissa rentra de bonne heure à son hôtel. Elle regarda le journal du soir à la télé : de nouveaux noms étaient venus s'ajouter à la liste, dont certains faisaient partie des acteurs préférés de Melissa, ce qui la déçut et l'attrista beaucoup. De plus en plus de victimes sentaient qu'elles pouvaient s'exprimer en toute sécurité. Cela ressemblait fort à une chasse aux sorcières, selon certaines personnes, mais la plupart des plaintes étaient fondées et seules quelques-unes d'entre elles étaient inventées pour exploiter un mouvement porté dans son ensemble par des témoignages sincères et véridiques. Melissa éteignit la télé et alla se coucher. Le lendemain, elle avait rendez-vous à midi pile. Michaela avait expliqué à Melissa que David s'occuperait de la dinde avec sa farce, tandis qu'elle se chargerait de tous les accompagnements, ainsi que des tartes pour le dessert. Chaque année, ils célébraient Thanksgiving chez eux, et Noël chez Marla, qui commandait le repas de réveillon à un restaurant du quartier. Selon Michaela, Marla n'était pas capable de cuire un œuf – en fait, elle n'avait jamais essayé. Il faut dire qu'elle disposait de plusieurs employés de maison qui s'occupaient de tout pour elle. Melissa avait pu constater que Michaela, pour sa part, prenait plaisir à cuisiner avec son mari. Cette image lui fit penser à Norm, mais il était déjà trop tard pour l'appeler sur la côte Est, avec les trois heures de décalage horaire, d'autant qu'il devait se lever tôt pour aller chez son frère le lendemain.

Au matin, Melissa prit seulement un café et une petite tartine grillée. Elle savait qu'un festin l'attendait chez Michaela. Dans sa chambre, elle revêtit le tailleur en velours marron, qui était un peu démodé mais faisait encore très bien l'affaire, et enfila une paire d'escarpins achetée à New York ainsi que les boucles d'oreilles en forme de feuille, en topaze et en or, que Carson lui avait rapportées de Londres. Elle passa à son épaule un sac en peau de crocodile hérité de sa mère, qu'elle n'avait encore jamais utilisé. En se regardant dans le miroir, elle se trouva un peu trop guindée, dans le style de sa mère quand elle sortait jouer au bridge avec ses amis. Mais elle avait à cœur d'avoir l'air respectable... Il s'agissait avant tout de ne pas faire honte à Michaela.

Quand Melissa arriva, les enfants vinrent lui ouvrir aussitôt. Ils étaient tout endimanchés : Alexandra portait une jolie petite robe rose à smocks, et Andy un gilet sans manches rouge par-dessus une chemise blanche, ainsi qu'un pantalon en velours côtelé marron et ses baskets Superman. Michaela expliqua qu'il avait refusé d'enfiler ses mocassins et retourna à la cuisine pour surveiller la cuisson des choux de Bruxelles pendant que David arrosait la dinde. Dans le salon, la télé diffusait un match de football américain.

On sonna à la porte et, comme personne ne répondait, c'est Melissa qui se leva. En ouvrant, elle se retrouva face aux immenses yeux bleus d'une dame d'un certain âge. Ses cheveux blonds étaient impeccablement coupés aux épaules, elle était vêtue d'un pantalon en velours, d'un corsage crème et portait des talons hauts ; aux oreilles, elle avait des boucles en diamant et au poignet un énorme bracelet en or. Elle affichait une silhouette fine et un sourire parfait. Melissa réalisa alors qu'elle était en présence de

Marla Moore en personne, qui entra dans un nuage de Chanel N° 5. Tandis que l'actrice la jaugeait de la tête aux pieds, Melissa sentit ses genoux se mettre à trembler.

— Ravie de vous rencontrer, très chère, dit Marla avec un accent de la côte Est que Melissa reconnut immédiatement comme des plus aristocratiques. Cette déclaration semblait sincère, mais de la part d'une actrice, on ne savait jamais...
— Michaela m'a beaucoup parlé de vous. Oh, vous êtes encore plus jeune que je ne l'imaginais. Vous deviez être presque un bébé vous-même quand vous l'avez eue !

Elle s'était plantée devant Melissa. À côté d'elle, comme elle l'avait redouté, cette dernière se sentait terriblement mal fagotée. Tout ce que portait Marla Moore était beau, à la mode, élégant et hors de prix.

— J'avais 16 ans, répondit Melissa, plutôt embarrassée.

— Ce qui me fait vingt-quatre ans de plus que vous, calcula Marla en esquissant une grimace. J'en avais 40 à sa naissance, et mon mari 62. Nous aurions pu être vos parents. Oh, si vous saviez comme j'étais anxieuse à l'idée de vous rencontrer !

Melissa n'en crut pas ses oreilles.
— Vous ? Anxieuse à l'idée de me rencontrer ? Je suis pourtant quelqu'un de très simple, je vis

dans une ancienne ferme en Nouvelle-Angleterre. Tandis que vous, vous êtes l'une des femmes les plus célèbres au monde, et la plus glamour que j'aie croisée.
— J'en doute, mais merci tout de même. J'ai lu tous vos livres. Je les ai achetés quand Melissa m'a tout raconté. Ils sont fabuleux. En avez-vous un autre en cours d'écriture ?
— J'ai pris ma retraite, dit simplement Melissa, touchée par le compliment.
— C'est ridicule ! À votre âge ? J'ai 73 ans et je n'ai pas l'intention d'arrêter avant que l'on ne vienne me chercher sur un plateau de tournage avec un corbillard. La retraite tue, ne le saviez-vous pas ?
— J'ai épuisé toutes mes idées, dit Melissa, consciente de la pauvreté de l'argument.
À côté de cette femme plus âgée, mais pleine de vigueur et d'énergie, elle se demanda pourquoi elle avait dit être à la retraite...
— Allons bon, vous faites une pause, voilà tout. Cela arrive à tout le monde à un moment donné. Je sais que la femme qui a écrit de tels livres est forcément pleine d'idées : je ne doute pas que vous ayez encore au moins vingt livres devant vous ! affirma Marla avec un sourire éclatant.
Melissa ne savait pas si elle lui évoquait plutôt une publicité pour un dentifrice ou la couverture de *Vogue*. Parfaite jusqu'au bout de ses ongles manucurés, toute

sa personne irradiait un charisme magnétique. Pour sa part, Melissa n'avait pas touché à un flacon de vernis depuis sept ans.

— Non, en fait, j'ai arrêté d'écrire quand mon fils est décédé, lâcha-t-elle.

— Toutes mes condoléances, répondit Marla, qui semblait touchée. Moi, quand j'ai perdu mon mari, j'étais dès le lendemain sur un plateau de tournage. Il ne faut pas baisser la garde, ne serait-ce qu'une minute. Aucun d'entre nous ne le peut. Il y aura toujours quelqu'un pour prendre votre place.

Marla vivait à cent à l'heure dans un milieu ultra-compétitif. Ce n'était pas une personne tendre ou chaleureuse, plutôt une sorte d'ouragan humain qui attendait d'autrui la même force de caractère.

— Vous avez sans doute raison, d'ailleurs on ne peut pas dire que je me sois laissée aller. Au cours des quatre dernières années, j'ai rénové moi-même ma maison dans les Berkshires.

— Mais c'est merveilleux, ce doit être très beau ! Seulement, vous aurez le temps de vous y consacrer quand vous aurez 80 ans... D'ici là, le monde a besoin que vous écriviez de nouveaux livres !

C'est à ce moment que Michaela entra, un grand sourire aux lèvres.

— Bonjour, Marla. Alors ? Tu as expliqué à Melissa comment elle devait mener sa vie ? la taquina sa fille adoptive.

De toute évidence, elle la connaissait sur le bout des doigts et le regard qu'elles échangèrent trahissait une grande complicité.

— Bien entendu ! C'est justement ce que j'étais en train de faire : il faut qu'elle écrive de nouveaux livres.

— Peut-être qu'elle n'en a pas envie, suggéra Michaela.

— Elle n'a pas le choix ! Personne n'a le droit de jeter un tel talent aux oubliettes !

— On n'est pas obligé de vouloir travailler autant que toi, lui rappela Michaela.

— Non, sans doute. Et sinon... C'est la fin du monde ou quoi en ce moment ? La plupart de mes amis sont sur la fameuse liste noire. Les femmes qui les accusent disent vrai, naturellement : certains d'entre eux auraient dû être arrêtés il y a des années. Jusqu'ici, ils étaient passés sous les radars, mais maintenant les têtes tombent de tous les côtés. Croyez-moi, ce n'est que le début, ajouta-t-elle en se tournant vers Melissa. Je suis certaine que vous avez été confrontée à ça dans l'édition... À Hollywood, certaines femmes ont été soumises à d'odieux chantages et beaucoup ont dû céder pour obtenir de meilleurs rôles. C'est un milieu corrompu jusqu'à la moelle. Il l'a toujours été. Je suis tombée sur ce genre de spécimens une fois ou deux, mais j'ai eu de la chance. La plupart des producteurs avec lesquels j'ai travaillé sont des types très corrects. En tout cas, je suis bien contente que Michaela n'ait jamais suivi cette voie. Ces hommes ont brisé des vies, alors qu'ils ne viennent pas se plaindre si leurs victimes ruinent maintenant la leur !

Melissa décida qu'elle aimait bien Marla, sa force et son assurance. Bien que les opinions tranchées de la star aient quelque chose d'un peu effrayant, Melissa sentait que c'était une femme avec des valeurs et des principes. En tout cas, elle ressemblait en tout point au portrait que Michaela avait brossé d'elle.

— En tant que mère, je n'ai pas été très présente, expliqua Marla, comme si elle avait suivi le cours des pensées de Melissa. Mais sachez que j'aurais donné ma vie pour elle. Si c'était à refaire, je tournerais moins de films pour passer davantage de temps à la maison. J'ai donc raté certains moments importants de sa vie, mais en cas de coup dur, je suis là pour elle, et je pense qu'elle sait combien je l'aime.

— Oui, elle le sait, et elle vous aime aussi, confirma Melissa. Je n'aurais pas pu l'élever comme vous l'avez fait. Vous aviez tant à lui offrir, avec votre expérience de la vie ! Moi, j'avais tout à apprendre.

— On ne cesse jamais d'apprendre, dit généreusement Marla. Michaela était si excitée de vous avoir retrouvée, ou plutôt que votre sœur l'ait retrouvée... Sans compter que vous êtes bien plus jeune que moi et sans doute bien plus amusante. Je pourrais être votre mère ! Mais je crois que nous nous complétons et qu'elle a de la chance de nous avoir toutes les deux.

Melissa se détendit enfin : Marla n'aurait rien pu dire de plus généreux. Sur ces paroles émouvantes, elle se tourna vers Michaela pour lui demander :

— Que fait donc ton mari avec cette fichue dinde ? Il est en train de la chasser dans le jardin ? On meurt de faim, ici !

C'est alors qu'Andrew entra dans la pièce et que Marla baissa sur les baskets de son petit-fils un regard désabusé.

— Andrew, mon garçon, on porte des tennis pour faire du sport ou aller à la plage. Enfile de vraies chaussures, je te prie : Superman peut attendre.

Andy fila dans sa chambre sans discuter pour mettre ses mocassins. Michaela remercia Marla, qui se tourna vers Melissa :

— Non, c'est vrai, il peut les mettre quand il est avec vous. Moi, je suis de la vieille école, j'aime que les garçons portent de vrais souliers.

Au même instant, son gendre entra dans la pièce, costume impeccable... et des baskets Nike aux pieds.

— Seigneur, qu'est-ce que c'est que ces gens-là ? Deux générations dépourvues de chaussures dignes de ce nom !

Tout le monde éclata de rire. Puis David annonça que le repas était servi et entraîna la compagnie dans la salle à manger. La dinde trônait au milieu de la table – déjà toute découpée, ce qui expliquait l'attente.

Le déjeuner fut animé. Marla aimait être le centre de l'attention. Elle régenta tout le monde, complimenta les deux cuisiniers et rapporta une foule d'anecdotes amusantes sur le tournage en cours.

— S'ils ne sont pas tous en prison d'ici là, nous devrions avoir terminé dans une à deux semaines. Ensuite, c'est la postproduction qui prend le relai. Je commence un nouveau film en janvier. Nous tournerons ici, mais aussi en Angleterre et en Écosse, de sorte que vous ne m'aurez pas sur le dos pendant un mois ou deux en début d'année.

Marla se leva pour partir peu de temps après le dessert : son script avait changé, il lui fallait apprendre un nouveau texte. Sur le chemin, elle s'arrêta pour faire face à Melissa.

— J'étais un peu inquiète à votre sujet, mais je ne le suis plus maintenant que je vous ai rencontrée. Vous êtes quelqu'un de bien et je suis heureuse que nous ayons une fille en commun. Mais retournez vite à vos bouquins ! Il n'y a pas d'excuse qui tienne. Arrêter d'écrire ne vous ramènera pas votre fils. Le monde a besoin d'entendre ce que vous avez à dire.

— Merci, répondit l'écrivaine, un peu mal à l'aise, pendant que Marla l'étreignait.

Et l'actrice quitta la maison avec autant d'emphase qu'elle y était entrée.

— Waouh, elle est incroyable, commenta Melissa après son départ. Quelle énergie !

David et Melissa se mirent à rire.

— Ça, tu peux le dire ! Elle ne s'arrête jamais. Elle travaille comme une brute et ne prendra sans doute jamais sa retraite. Elle est encore très demandée, ce qui est assez exceptionnel pour une actrice de son âge. Au milieu de toutes les propositions, elle trouve toujours un scénario qui lui plaît, et elle n'est pas du genre à reculer devant un rôle de composition.

— Ce devait être passionnant de grandir auprès d'elle.

— Oui, vraiment, confirma Michaela. Elle était toujours juste, mais très exigeante. Elle attendait de moi de bonnes notes, un comportement irréprochable... et des chaussures adaptées à chaque occasion. Elle ne tolère aucune forme de paresse. Elle place la barre très haut, que ce soit pour elle-même ou pour les autres. À côté de cela, elle a le cœur sur la main. Je suis heureuse que tu l'apprécies. J'aurais été très triste si vous ne vous étiez pas entendues.

Certes, Marla était une force de la nature, mais Melissa éprouvait pour elle un immense respect.

— Honnêtement, elle en impose. J'espère devenir comme elle quand je serai grande !

David et Michaela rirent de cette saillie. En effet, Marla était unique en son genre et Melissa avait été touchée de sa générosité en l'entendant déclarer qu'elle serait heureuse de partager Michaela avec elle.

— J'avais un trac terrible avant de venir, avoua encore Melissa.
— Elle aussi était nerveuse. Entre deux plats, elle m'a confié qu'elle te trouvait extra. Et elle ne formule pas souvent ce genre de compliments !

Après avoir débarrassé la table, ils regardèrent un film tous ensemble, pendant que David jetait un coup d'œil sur le match de foot de temps à autre sur le téléviseur de la cuisine. En fin de journée, de retour à son hôtel, Melissa téléphona à Norm pour tout lui raconter. Lui-même avait passé un très bon moment chez son frère.

Le reste du week-end fut fort agréable ; toute la famille se livra à quantité d'activités amusantes à Los Angeles. Ils ne revirent pas Marla, trop occupée avec son film, cependant elle envoya un e-mail à Melissa pour lui dire à quel point elle avait été heureuse de la rencontrer... Et elle lui rappela de se remettre à écrire sans tarder !

Melissa avait passé un Thanksgiving parfait. Elle fut triste de repartir, mais Michaela avait promis qu'ils viendraient une semaine dans les Berkshires entre Noël et le jour de l'an.

À Boston, Norm alla accueillir Melissa dans le hall des arrivées. Ils parlèrent à bâtons rompus pendant tout le trajet. Et une fois chez Melissa, ils montèrent l'escalier quatre à quatre pour se jeter sur le lit.

— Ce que tu as pu me manquer ! Quatre jours, c'est beaucoup trop long, dit-il fiévreusement tandis qu'elle le déshabillait en riant.

Qu'il était bon de le retrouver ! C'en était fini de sa solitude dans les Berkshires. Elle était si heureuse et reconnaissante : Melissa venait de passer un magnifique Thanksgiving avec sa nouvelle famille, elle revivait pleinement, et l'avenir était plein de promesses.

12

Hattie appela Melissa le lundi soir en rentrant du travail.
— Alors, ce week-end de Thanksgiving ?
— Fabuleux ! Tout était parfait. Et Marla Moore est une femme extraordinaire. Quelle beauté, quelle classe, quelle énergie ! Elle est inépuisable. C'est drôle, je crois qu'elle était aussi stressée que moi avant notre rencontre. Elle craignait que je lui prenne Michaela... Comme si c'était possible ! À sa façon, Marla est une bonne mère. Elle a une vie bien remplie, mais elle aime tendrement Michaela. Elle m'a même dit qu'elle était heureuse de la partager avec moi. Qu'est-ce que j'aurais pu rêver de mieux ?

Mais Hattie n'avait pas vraiment l'air d'écouter, réagissant par monosyllabes avant de demander d'un ton très sérieux :
— Dis, est-ce que je peux venir ce week-end ? J'ai besoin de te parler.
— Bien sûr, répondit Melissa, inquiète pour sa petite sœur, qui ne semblait pas aller mieux... Est-ce que tu veux rester dormir samedi soir ?

— Je ne peux pas. Je dois aider à préparer la messe de dimanche. Je ne viendrai que pour la journée.
— Il y a quand même beaucoup de route... J'espère qu'il ne neigera pas.
— Moi aussi.
— Est-ce que tout va bien ?
— Oui, oui, ça va. À samedi.

Et elle raccrocha avant que Melissa ait pu lui poser d'autres questions. Il était clair qu'elle n'allait pas mieux depuis son retour d'Irlande. Au contraire, tout, dans sa voix, laissait penser qu'elle était de plus en plus perdue et déprimée.

Après avoir passé la semaine avec Norm, Melissa reçut sa petite sœur sur le coup de 11 heures : elle était partie à 6 heures du matin et n'avait pas pu rouler vite en raison de la fine couche de neige sur la route. Lorsque Melissa lui ouvrit la porte, elle vit que Hattie avait une mine lugubre.

— Désolée, il n'y avait plus de brioches à la cannelle alors j'ai pris des pains au chocolat.

Comme Hattie ne se déridait guère, Melissa demanda :
— Qu'est-ce qui se passe ? Tu faisais cette tête-là quand tu avais raté un contrôle de maths...

Hattie esquissa enfin un sourire à cette évocation de leur jeunesse, avant de déclarer :
— C'est ma vocation. Je me suis trompée lourdement. Il y a quelque chose que je veux te dire depuis des années. J'aurais dû t'en parler depuis longtemps.

— Allons, ne sois pas si dure envers toi-même, tu es une sœur parfaite et tellement investie !
— Non, je me suis menti à moi-même. Je n'ai jamais ressenti le moindre appel pour la vie monastique. Tu avais raison sur toute la ligne : je me suis enfuie. Je voulais partir le plus loin possible et c'est au couvent que j'ai trouvé refuge. Je n'ai jamais eu de vision ou de révélation. J'avais peur et je me suis cachée, exactement comme tu l'as dit. J'étais lâche, et je le suis encore.

Hattie prit une profonde inspiration, avant de poursuivre :

— Tu te souviens du producteur qui m'avait demandé de venir à Hollywood pour un essai ? Il me proposait un rôle dans un grand film. Un bon rôle. J'étais si excitée. Je ne me suis posé aucune question. J'ai utilisé le billet d'avion qu'il m'avait envoyé et je me suis présentée à l'audition. Sam Steinberg. Il n'était pas à Los Angeles à ce moment-là, mais il a pris l'avion juste pour assister à ce casting. Il m'avait donné rendez-vous dans son bureau. Et j'y suis allée, idiote que j'étais.

— Tu n'étais pas idiote, rectifia Melissa en fronçant les sourcils. Tu étais une gamine.

— Une gamine stupide. Je suis donc entrée dans son bureau un samedi matin. Il n'y avait là personne d'autre. Il m'a dit qu'il tenait à me faire passer l'essai lui-même, que j'étais si douée... Moi, je me suis tout de suite imaginée faire carrière, j'ai vu mon nom à l'affiche d'un film, et même un Oscar à la clé... Il a verrouillé la porte grâce à un bouton sous son bureau. Et puis il s'est déshabillé, il a arraché mes vêtements, m'a asséné des gifles et m'a jetée sur son canapé pour me violer. Après ça, il m'a couchée sur son bureau, m'a donné des coups de poing dès que j'essayais de bouger, et a recommencé... Toute la journée, il m'a frappée, s'est masturbé sur moi et m'a violée. Il m'a gardée enfermée là-dedans jusqu'à 18 heures. Le bâtiment était désert. Quand il m'a dit que je pouvais repartir, je n'ai même pas réussi à me relever. Il m'a jeté un tee-shirt et un short alors que j'étais affalée par terre, et que lui remettait tranquillement sa chemise, son costume, sa cravate. Il s'est arrêté sur le pas de la porte pour me cracher : « Désolée, petite, tu as échoué. Tu es trop jeune pour le rôle. J'espère que tu auras plus de chance une prochaine fois. » Et il est parti en ricanant. Je ne sais même pas comment je suis sortie de là. J'avais trop honte pour aller à l'hôpital. J'étais couverte de bleus, j'avais des côtes cassées, et je n'ai pas pu m'asseoir pendant une semaine. Grâce à Dieu, je ne suis pas tombée enceinte. Son nom est sur la liste des agresseurs qui a commencé à sortir la semaine dernière. Dix-sept femmes l'accusent de viol et de coups et blessures. Elles décrivent exactement ce qu'il m'a fait subir. Apparemment, cela faisait des années qu'il piégeait comme ça les jeunes actrices prometteuses. Le « casting Sam Steinberg », c'est ce qu'on disait dans le milieu.

Melissa écoutait sa sœur, les larmes aux yeux, une main sur la bouche. Hattie poursuivit :

— J'ai pris une chambre dans un motel et j'y suis restée jusqu'à ce que je sois à nouveau capable de marcher normalement. J'ai camouflé les hématomes avec du fond de teint. Le comble, c'est que dans l'avion du retour j'ai rencontré une jeune actrice. Elle pleurait. On a sympathisé, puis elle m'a raconté des choses horribles. Elle avait été violée deux fois à Los Angeles, et une fois à New York lors d'un casting pour une comédie musicale. À ce moment-là, je me suis juré de ne plus jamais côtoyer le milieu du cinéma, quitte à abandonner mon rêve d'être comédienne. Tout ce que je voulais, c'était me retrouver à l'abri de ce genre d'individus. À mon retour, j'ai fait la seule chose qui m'est venue à l'esprit. Je suis entrée tout droit au couvent, en disant que j'avais la foi et une vocation profonde. Ce n'était pas vrai, mais je ne voulais plus jamais me laisser approcher par un homme.

Les deux sœurs pleuraient.

— Pourquoi est-ce que tu ne m'en as pas parlé ? gémit Melissa. Tu aurais dû m'appeler tout de suite, on serait allées voir la police. On peut encore y aller maintenant.

Melissa ne le dit pas, mais elle avait surtout envie de tuer ce type de ses propres mains.

— Il m'a clairement menacée de mort, Melissa... Et il disait que de toute manière personne ne me croirait. Je savais qu'il avait raison : à l'époque, personne ne m'aurait crue ni ne m'aurait écoutée. Lui était un gros bonnet, je n'étais personne. J'avais trop peur. Je me suis dit que je n'étais sans doute pas si géniale que ça, comme actrice. Et pas question de me mettre une nouvelle fois en danger.

— Je me souviens du jour où tu es partie là-bas, murmura Melissa, qui se sentait nauséeuse. J'étais si contente pour toi. C'était une occasion en or. Alors quand tu m'as annoncé que tu te retirais au couvent, j'ai cru que tu étais devenue folle. Cela n'avait aucun sens pour moi. Maintenant, je comprends tout. Mais c'est trop tard et je m'en veux. J'aurais dû me douter qu'il y avait quelque chose de grave là-dessous.

— Comment aurais-tu pu imaginer ça ? J'ai menti pour entrer au couvent, comme je t'ai menti à toi. La seule raison pour laquelle j'ai fait ça, c'est parce que ce salaud m'a violée et que j'avais peur que cela m'arrive à nouveau. Cela fait dix-huit ans que je ne suis qu'une fausse religieuse. J'ai rallié les ordres parce que j'ai été violée et que le monde me terrifie.

— Oh, Hattie ! s'exclama Melissa en la prenant dans ses bras. Allons tout de suite voir la police. Il n'est pas trop tard. Ce type doit répondre de ses actes, et être puni par la justice.

— Quelqu'un d'autre a déjà porté plainte. Je ne suis pas obligée de le faire, et je n'y tiens pas. Je serais désavouée par ma hiérarchie.

— Je pense au contraire que si tu parlais à mère Elizabeth, elle te soutiendrait et t'encouragerait à témoigner.

— Si je lui parle, elle saura que je vis dans le mensonge depuis des années. Mais quand j'ai vu le nom du type aux infos, j'ai compris que je devais au moins t'en parler à toi. Tu as le droit de savoir pourquoi je suis entrée dans les ordres, et à quel point je suis malhonnête.

— Mais c'est lui le seul coupable dans cette histoire ! Tu n'as rien à te reprocher. Il a violé et battu une jeune fille innocente, il doit payer pour ça ! Tu te rends compte, tu es devenue nonne !

— Je ne suis pas nonne, je suis une imposture, martela Hattie, furieuse contre elle-même. Je vais demander à être libérée de mes vœux. Je n'ai plus rien à faire ici. Je veux retourner en Afrique. Je n'ai pas besoin d'être religieuse pour travailler comme infirmière.

— Ce n'est pas à toi de fuir, Hattie ! Cet homme doit être puni.

— Peut-être que ce n'était pas entièrement de sa faute... Après la première fois, la peur m'a paralysée. J'ai arrêté de lutter. Je sais que toi, tu te serais défendue, tu ne l'aurais pas laissé te violer.

L'envie de meurtre de Melissa allait croissant. Elle regarda sa sœur droit dans les yeux.

— Hattie, laisse-moi te raconter quelque chose en rapport avec ma carrière. Après la publication de mon premier livre, j'espérais signer un contrat encore plus intéressant pour le deuxième. Carson avait déjà négocié d'excellentes conditions, mais j'en voulais toujours plus. Un jour, mon éditeur m'a appelée pour m'inviter à déjeuner. J'étais très flattée. Il m'a emmenée au Four Seasons et je me suis sentie importante. J'ai un peu trop bu pendant le repas. En sortant du restaurant, il a joué cartes sur table. Il pouvait m'offrir un contrat encore meilleur si je lui offrais d'abord un bon moment. Il ne m'a pas battue, et je ne peux pas dire qu'il m'ait violée. Mais il m'a fait du chantage et moi, j'étais assez ambitieuse et assez stupide pour accepter. Je venais tout juste de commencer ma relation avec Carson. Alors j'ai suivi l'éditeur chez lui, comme une vraie catin. Il avait une garçonnière sur la 66e Rue. Je lui ai fait une fellation, je me suis mise au lit avec lui et nous avons fait ce qu'il attendait de moi tout l'après-midi, entre adultes consentants. À la fin de la journée, il m'a annoncé qu'il appellerait mon agent pour nous proposer un contrat mirifique, avec un énorme à-valoir, mais il m'a surtout dit qu'il voulait me revoir. Il suggérait de nous rencontrer une fois par semaine. Le lendemain matin, en effet, il a appelé Carson, mais sans proposer d'augmentation extraordinaire. J'ai signé le contrat, mais je me suis tenue à distance de lui depuis ce jour-là. Je n'en ai jamais parlé à Carson. Je savais à quoi je m'étais abaissée : je m'étais prostituée pour un peu plus de succès et d'argent. Le pire, c'est que des prédateurs dans ce genre, il y en a des millions. Je n'ai jamais recommencé, mais je n'ai jamais oublié ce que j'avais fait. Alors tu vois, Hattie, je ne suis pas un modèle de vertu. Moi, j'avais le choix. Toi, tu as subi un viol. Toujours est-il que l'éditeur avec qui j'avais couché a été licencié un an après et a rejoint une autre maison d'édition. Il continue sans doute son petit jeu, s'il y arrive encore. Si ça se trouve, il carbure au Viagra. Il doit bien avoir 75 ou 80 ans à l'heure actuelle. Dans tous les secteurs, on a malheureusement ce genre d'individus, et des femmes assez vulnérables pour tomber dans le panneau. Mais ces femmes prennent la parole, maintenant. Ces pervers ne vont plus se sentir protégés et libres de faire ce qu'ils veulent. Il n'y a que de cette façon qu'on peut espérer les arrêter. À Hollywood, des hommes très influents perdent leur job... Certains d'entre eux iront sans doute en prison. C'est tout ce qu'ils méritent. Moi j'ai été stupide, j'ai manqué de jugeote, mais toi tu es une victime, Hattie ! Je veux que tu portes plainte contre ce type et que tu ajoutes ton nom à la liste. Je serai toujours là pour te soutenir.

— Je ne peux pas, sanglota Hattie, en tombant dans les bras de sa sœur. Et je suis tellement désolée de ce que cet homme t'a fait.

— Je l'ai suivi à son appartement, lui rappela Melissa. Et, je te l'ai dit, je n'en ai jamais parlé à

Carson. J'ai eu peur de lui inspirer du dégoût. Le type était éditeur dans une grande maison. Les hommes de son espèce ont pris l'habitude de gagner à tous les coups, mais c'est en train de changer !

Hattie renifla. Elle était tout engourdie d'avoir tant pleuré, et Melissa lui prépara une bonne tasse de thé. Elles parlaient depuis plusieurs heures, il se faisait tard.

— Je vais devoir y aller... Tu as raison, je vais m'entretenir avec mère Elizabeth dès demain. Je ne veux pas lui cacher ça plus longtemps. Je n'ai pas ma place au couvent, puisque mes motivations n'étaient pas pures. Je ne pensais qu'à moi.

— Arrête de dire ça, voyons ! Bien sûr que tes motivations étaient pures. Il n'y a qu'un seul pécheur, dans cette histoire, et c'est ce Steinberg. Pas toi.

Elles étaient toutes deux victimes de ce monde malade. En ce qui concernait Melissa, elle estimait qu'il était trop tard pour incriminer l'éditeur. S'il était encore en vie, ce devait être un vieil homme à la retraite. Et surtout, cette expérience resterait pour elle un mauvais souvenir, pas un traumatisme. Mais il n'était pas trop tard pour Hattie : Melissa la pressa encore de se déclarer et d'ajouter son nom à la liste des victimes de Steinberg pour obtenir justice. Dix-huit ans après pas un jour ne se passait sans que Hattie ait des flashs de ce qu'elle avait subi...

— Je vais demander à mère Elizabeth ce qu'elle en pense, promit seulement Hattie, qui avait à cœur de ne pas attirer l'attention sur le couvent.

Après le départ de sa sœur, Melissa se sentit vidée. Elle avait besoin de prendre un peu de recul sur tout ce qu'elles s'étaient dit. Ce qu'elle venait d'apprendre lui brisait le cœur, mais elle était heureuse que Hattie ait pu lui parler, car elle comprenait enfin pourquoi elle s'était précipitée au couvent. En dépit de leur éducation religieuse, sa cadette n'avait jamais envisagé de devenir nonne auparavant. Hélas, comme beaucoup de victimes, elle culpabilisait encore, après avoir gardé ce secret pendant tellement d'années. Dix-huit ans de gâchis.

Pour la première fois depuis qu'ils s'étaient rapprochés, Melissa n'eut pas envie de voir Norm ce soir-là et lui écrivit qu'elle se sentait grippée, avec des maux de tête, et qu'elle l'appellerait le lendemain. Le témoignage de Hattie était insupportable en lui-même, et il avait en outre réveillé le souvenir de sa propre erreur et de ce moment répugnant... Elle aussi, à sa façon, avait été victime, alors qu'elle était jeune et naïve, de la manipulation d'un homme plus âgé et aguerri qu'elle. Elle aurait obtenu le contrat quoi qu'il arrive, par la seule valeur de son travail, mais elle l'ignorait à l'époque et avait vendu son âme au diable. Ce qu'elle avait pu se sentir sale, ensuite ! Elle s'était juré de ne jamais refaire une chose pareille.

Norm sonna à la porte le lendemain matin, visiblement inquiet. Il apportait une bouteille de jus d'orange tout juste pressé, des muffins aux myrtilles et un bocal de soupe maison, ainsi que le journal du dimanche. Il proposa à Melissa de lui faire des œufs brouillés et elle n'eut pas le cœur de refuser. Elle avait suffisamment mauvaise mine pour rendre crédible son histoire de maladie, après avoir passé une nuit affreuse. Comment pourrait-elle un jour se faire pardonner son manque d'écoute et de compréhension ? En plus de tout ce qu'elle avait enduré, cette pauvre Hattie avait dû supporter la colère de Melissa, qui méprisait son choix d'entrer dans les ordres. À présent, elle ne désirait plus qu'une chose : la soutenir pour qu'elle rende à Sam Steinberg la monnaie de sa pièce en se joignant à ses autres accusatrices. Dans son cas, la liste était longue, et pas une seule voix ne s'était élevée pour le défendre. À Los Angeles, tous ses homologues savaient qu'il n'était qu'un vieux cochon.

— Est-ce que ta sœur est venue malgré la neige, hier ? demanda Norm en scrutant le visage de Melissa.

En effet, elle paraissait malade, mais cela ne ressemblait pas à la grippe. Il voyait bien que quelque chose la tourmentait, mais il ne voulait pas la presser de questions. C'est pourquoi il se contenta de l'aider à se recoucher, se glissa près d'elle dans le lit et la serra dans ses bras. Il n'essaya pas de lui faire l'amour, car de toute évidence elle n'avait pas la tête à cela.

— Est-ce que je peux faire quoi que ce soit pour t'aider ? demanda-t-il.

Melissa hésitait, mais puisqu'elle faisait entièrement confiance à Norm, elle finit par répondre :

— Hattie a été victime de l'un des hommes dont le triste nom apparaît désormais en tête de la liste noire de Hollywood. Elle a mis dix-huit ans à m'en parler. C'est une histoire abominable. Elle n'était qu'une toute jeune femme qui rêvait de devenir actrice. C'était sa première audition sérieuse. Et elle avait en face d'elle un producteur de renom. Je veux qu'elle aille porter plainte, qu'elle ajoute son témoignage aux autres, mais elle refuse.

— Il faut que cela vienne d'elle, fit remarquer Norm. De toute façon, même si elle ne le traîne pas en justice, les autres le feront pour elle.

Ils restèrent longtemps allongés, et à midi Norm lui monta un bol de soupe. Puis Melissa eut la force de s'habiller et ils sortirent marcher en silence. Elle allait déjà beaucoup mieux en rentrant à la maison et Norm repartit peu après, sentant qu'elle avait besoin de solitude. Ils se comprenaient à demi-mot ; en cela aussi, c'était vraiment l'homme qu'il lui fallait. Elle l'avait rencontré au bon moment. Quelques années plus tôt, elle n'aurait pas su apprécier tout ce qu'il avait à lui apporter.

Hattie appela Melissa le dimanche soir, après avoir parlé à mère Elizabeth. La supérieure l'avait écoutée attentivement, puis lui avait expliqué que certains religieux ne trouvaient leur vocation qu'après leur entrée au monastère, ce qui pouvait être le cas de Hattie.

— Car si vous n'aviez pas de vocation, vous ne seriez pas restée parmi nous aussi longtemps. Que comptez-vous faire au sujet de cet homme ?

— Je ne sais pas, avait soupiré Hattie. Melissa pense que je devrais porter plainte, mais je ne veux pas.

— Suivez votre cœur, avait répondu mère Elizabeth. Personne ne peut prendre cette décision à votre place.

Hattie répéta les paroles de sa supérieure à Melissa :

— Elle pense que je devrais partir faire une retraite pour m'éclaircir les idées, expliqua-t-elle au téléphone. C'est sûrement ce que je vais faire, au moment de Noël.

Melissa n'insista pas. Elle savait que la mère supérieure avait raison. Hattie n'avait porté que trop longtemps son sentiment de culpabilité. Désormais, la décision lui appartenait.

— Je t'aime, dit simplement Melissa.

Elle entendait Hattie pleurer dans l'appareil.

— Moi aussi, je t'aime, répondit celle-ci d'une voix étouffée avant de raccrocher.

13

Jour après jour, dans la presse, la liste des victimes et de leurs agresseurs s'allongeait. Beaucoup d'entre eux étaient très célèbres. Les révélations commençaient également à toucher la sphère politique, et plusieurs élus furent cités. Le mouvement s'étendait inexorablement, telle une tache d'huile.

Melissa ne cessait de penser à sa sœur, hantée par la description de l'horreur qu'elle avait vécue.

Hattie l'appela une semaine avant Noël. D'une voix éteinte, elle dit qu'elle avait pris sa décision : c'était lâche de ne pas parler alors que les autres victimes l'avaient fait. Il y aurait eu quelque chose d'injuste à les laisser porter tout le poids de cette démarche. Mère Elizabeth avait donc appelé la police, et un rendez-vous avait été fixé pour le lendemain. Selon la règle en vigueur au couvent, la supérieure accompagnerait la plaignante, mais Hattie souhaitait que sa sœur assiste également à sa déclaration. Melissa promit qu'elle y serait.

Elle prit la route le soir même, de peur que la neige ne tombe durant la nuit, et descendit à l'hôtel où elle avait séjourné lors de sa rencontre avec Michaela. Norm avait proposé de venir avec elle, mais Hattie n'aurait sans doute pas envie de le rencontrer dans de telles circonstances. D'ailleurs, Melissa repartirait tout de suite après le dépôt de plainte.

Elle arriva au couvent une heure avant l'heure du rendez-vous, qui était fixé à 14 heures. Les trois femmes montèrent dans l'un des véhicules du monastère, et c'est Hattie qui prit le volant, car mère Elizabeth n'aimait pas conduire. Vêtue de son habit, sœur Marie-Joseph paraissait très sérieuse et concentrée. Le silence régnait dans la voiture. Comprenant que les deux religieuses étaient en train de prier, Melissa ne chercha pas à faire la conversation.

L'unité spécialisée dans les crimes sexuels avait son siège sur Centre Street, à proximité de l'ancien quartier général de la police de New York. Elles se garèrent et pénétrèrent dans des locaux hideux, éclairés au néon, avec des gens qui entraient et sortaient des bureaux d'un pas pressé. On leur indiqua une salle d'attente et, dix minutes plus tard, on les accompagna dans une salle où deux officiers de la police judiciaire les attendaient, assises à une longue table de réunion. Hattie fut soulagée de voir qu'il n'y avait que des femmes. La plus jeune policière, une Afro-Américaine d'une trentaine d'années, avait le grade de sergent, tandis que sa collègue était une lieutenante de l'âge de Melissa. La sergente leur adressa un sourire chaleureux et proposa un verre d'eau à Hattie – qu'elle refusa afin d'en finir au plus vite. Pour se donner du courage, elle prit la main de sa sœur. La mère supérieure garda le silence pendant tout l'entretien.

Pas à pas, Hattie raconta l'histoire que Melissa avait déjà entendue, ajoutant au passage des détails qu'elle n'avait pas osé révéler à sa sœur, ou qui lui revenaient en mémoire. Bien que ce fût la seconde fois, écouter à nouveau son récit fut une véritable épreuve. Toute la journée, Steinberg l'avait battue, menacée et violée de toutes les façons... Il n'avait cessé de lui répéter que si elle en parlait à quiconque, il la retrouverait et la tuerait. Elle avait de bonnes raisons de le croire. Elle raconta ensuite comment elle avait cherché refuge au couvent. Les officiers prirent beaucoup de notes mais ne posèrent que peu de questions, pour éviter de l'interrompre.

Quand Hattie en eut fini, elles lui dirent qu'elles contacteraient leurs collègues de Los Angeles afin d'ajouter sa plainte au dossier de Sam Steinberg : il serait plus efficace de toutes les soumettre à la même juridiction. Elles lui expliquèrent aussi qu'elles tenteraient d'assurer la confidentialité de son cas, mais qu'elles ne pouvaient rien lui garantir en la matière.

Dans tous les médias, le déferlement de révélations se poursuivait. On dénombrait maintenant près d'une centaine d'hommes incriminés par plusieurs centaines de plaignantes. Le monde du show-business était décimé. L'histoire de Hattie était l'une des plus atroces, mais ne constituait malheureusement pas un cas isolé. Les deux officiers enregistrèrent sa plainte sous son nom civil, sans mentionner son nom monastique – il serait ainsi plus difficile pour les journalistes de la retrouver.

— Les journalistes ? répéta Hattie, paniquée.

— Ils ont accès à toutes les plaintes, expliqua la sergente. Mais il s'en dépose beaucoup trop chaque jour pour qu'ils puissent les couvrir toutes. Ils s'intéressent plutôt aux dépositions des actrices célèbres.

Depuis un mois maintenant, les journaux tenaient leurs lecteurs en haleine et la liste des cas s'allongeait sans faiblir : au contraire, on assistait plutôt à un effet boule de neige...

— En nous racontant votre histoire, vous allez aider toutes les femmes qui se sont déjà déclarées, mais vous soutenez aussi celles qui seront encouragées par votre démarche, assura la lieutenante.

— Est-ce que je devrai témoigner au tribunal ? demanda Hattie.

— C'est peu probable. Avec toutes les plaintes accumulées à l'encontre de l'accusé, il est presque évident que Steinberg plaidera coupable. Il ne peut pas espérer la clémence des jurés. Certains harceleurs ont une petite chance de négocier, mais pas lui. Même si vous étiez sa seule victime, soyez certaine qu'il irait en prison pour ce qu'il vous a fait.

Les policières saisirent la déposition de Hattie, l'imprimèrent et la lui donnèrent à signer. Sans un mot, les trois femmes reprirent ensuite le sinistre couloir et regagnèrent leur voiture. L'expérience avait été rude, mais Hattie avait fait preuve de beaucoup de courage.

Sur le chemin du retour, Hattie expliqua à Melissa qu'elle était envoyée en retraite silencieuse dans le Vermont pour quelques semaines, le temps de se rétablir – et, elle le comprenait maintenant, afin d'être tenue à l'écart de la presse.

— Mais je viendrai quand même pour Noël, précisa-t-elle. Et puis je t'écrirai.

Melissa opina. Elles n'avaient plus fêté Noël ensemble depuis des années. Elles s'étreignirent longuement, puis sœur Marie-Jo passa la porte du couvent à la suite de la mère supérieure. Il ne restait plus à Melissa qu'à récupérer sa voiture et son sac de voyage à l'hôtel avant de repartir vers le Massachusetts. En route, elle fut saisie de plusieurs crises de larmes, et elle fut heureuse de trouver Norm en arrivant chez elle. Le dîner les attendait dans le four : un délicieux parmentier de canard. Elle qui pensait ne pas avoir faim dévora sa part ; c'était un plat d'hiver réconfortant et Norm l'avait réalisé à la perfection.

— Comment ça s'est passé ? s'enquit-il au bout d'un petit moment.

Melissa semblait exténuée après le dépôt de plainte de Hattie, suivi de la longue route de retour.

— C'était dur, mais elle ne s'est pas effondrée et a tout raconté de façon très cohérente. On lui a dit que le type irait en prison à coup sûr.

— C'est la moindre des choses, acquiesça Norm.

C'est avec une immense gratitude que Melissa se lova dans ses bras ce soir-là.

Le lendemain, après qu'il fut parti travailler, elle était assise à son bureau, en train de régler des factures, quand le téléphone sonna. Elle décrocha sans réfléchir.

— Salut, maman !

L'espace d'une fraction de seconde, elle crut à une erreur... Elle n'y était pas encore habituée ! Mais aussitôt après, elle comprit que c'était Michaela.

— Quelle bonne surprise ! Je suis contente de t'entendre. Comment ça va, à Los Angeles ?

— C'est un peu la folie avant Noël, mais nous avons hâte de venir te voir.

— Et moi hâte de vous accueillir !

La banalité de leur échange suffisait presque à compenser la peine causée par les misères de Hattie au cours des dernières semaines. Michaela n'avait rien de spécial à raconter, elle appelait seulement pour entendre la voix de sa mère. Et encore une fois, ceci rappela à Melissa tout ce que sa sœur avait fait pour elle. Elle aurait tant aimé pouvoir lui rendre la pareille ! Mais pour le moment, Hattie était en retraite silencieuse.

La mère et la fille bavardèrent quelques minutes avant de raccrocher. Le simple fait de penser à Michaela avait le don de remonter le moral de Melissa. Elle avait emballé des tas de cadeaux pour chaque membre de la famille, et réservé la location des skis et patins à glace pour les enfants. Le plus beau des présents était celui de Hattie : maintenant, Melissa avait une fille.

Pour les fêtes de Noël, Norm se rendait d'habitude chez son frère. Mais il lui avait annoncé, lors de sa dernière visite fin novembre, qu'il resterait dans les Berkshires : il tenait à être auprès de Melissa. Ils étaient ensemble depuis bientôt trois mois, et elle ne s'était jamais sentie aussi bien en compagnie d'un homme.

Pour le dîner de réveillon, Norm s'inspira d'une recette française pour son gigot d'agneau à l'ail accompagné de haricots verts, avec une bûche au chocolat en dessert. Comme promis, il avait entre-temps démontré son tour de main à Melissa en lui faisant goûter ses soufflés, qu'elle trouvait divins. Après le repas, ils s'assirent devant la cheminée du salon, dégustant une bouteille de Château d'Yquem, un véritable nectar. Sachant à quel point Melissa l'appréciait, Norm n'avait pas hésité à dépenser une petite fortune pour leur premier Noël ensemble.

— Quelle année extraordinaire ! dit Melissa, le regard perdu dans le feu. La vie m'a apporté coup sur coup trois personnes si chères à mon cœur : Hattie, toi, et Michaela. Sans compter ses enfants et son charmant mari. L'année dernière, en guise de réveillon, je mangeais un croque-monsieur en ruminant le passé. Aujourd'hui, je ne pense qu'à l'avenir !

— Et comment se profile-t-il ? demanda Norm.

Lui non plus n'arrivait toujours pas à croire la chance qu'il avait de vivre une si belle relation.

— Eh bien, je ne sais pas... Nous pourrions faire un voyage ensemble, par exemple. À part Los Angeles pour Thanksgiving, je n'ai pas pris de vacances depuis sept ans. Avant, j'adorais aller en Europe.

— Excellente idée. Nous pourrions faire un tour de France des bonnes tables, suggéra Norm.

— Ou un tour gastronomique de l'Italie.

— Ou les deux !

— Encore mieux. Pourquoi pas l'été prochain ? Mais Michaela et sa famille voudront peut-être se joindre à nous. On pourrait plutôt louer une maison dans une belle région. Tu te rends compte que j'ai à nouveau une famille ? C'est incroyable. Tu n'auras pas de mal à te libérer ?

— Il est vrai que c'est en été que j'ai le plus de chantiers, mais si c'est prévu assez à l'avance, je peux m'organiser.

Ils montèrent dans la chambre de Melissa bien avant minuit et restèrent à bavarder au lit. Bientôt, les yeux de Melissa se fermèrent et elle ne répondit plus que par monosyllabes. Norm la regarda amoureusement sombrer dans le sommeil. Quand il fut certain qu'elle dormait, il glissa sous son oreiller une petite boîte de forme allongée. Il s'était rendu à Boston pour choisir le cadeau idéal.

Le lendemain, Melissa l'embrassa dès le réveil. Norm la débarrassa de sa chemise de nuit pour admirer son corps.

— Joyeux Noël ! dit-elle en souriant avant de l'attirer à elle.

— Attends, tu as raté le père Noël hier soir, annonça-t-il. Quand il est passé, tu ronflais déjà !

— Il ne passe plus ici depuis des lustres !

— Pourtant, il est passé hier soir. Je crois même qu'il a laissé quelque chose sous ton oreiller, dit Norm d'un ton ingénu.

Glissant la main dessous, elle trouva la petite boîte et son visage s'éclaira d'un large sourire. Norm était heureux de la voir ouvrir son paquet. Lorsqu'elle en découvrit le contenu, Melissa eut le souffle coupé. C'était un bracelet en or, imposant par sa taille et son poids, dont le dos de chaque maillon était gravé d'une lettre. Mis bout à bout, on pouvait lire : « Joyeux premier Noël. Je t'aime, N. » Un « premier Noël » en appelait d'autres, et ce n'était pas pour déplaire à Melissa. Elle espérait que la chance continuerait à les accompagner.

— C'est magnifique, merci.

Norm l'attacha au poignet de Melissa. Puis, à son tour, elle ouvrit le tiroir de sa table de chevet pour en sortir une boîte. Elle contenait une Rolex en acier, qu'il pouvait porter tous les jours au travail sans crainte de l'abîmer, avec tout un tas d'options que Norm apprécierait. Lui aussi enfila son cadeau tout de suite et la remercia avec un enthousiasme de petit garçon.

Ils s'embrassèrent, pressant leurs corps nus l'un contre l'autre. Melissa adorait sentir les muscles des larges épaules et des bras puissants de Norm, tandis qu'il fondait sous la douceur de sa peau soyeuse.

— Je t'aime, Mel, dit-il d'une voix rauque.

— Moi aussi, murmura-t-elle.

Il commença à lui faire l'amour et elle cambra les reins lorsqu'il entra en elle. Entre eux, le sexe était à la fois d'une extrême sensualité et d'une tendresse infinie, comme s'ils étaient toujours parfaitement accordés. Cela dura aussi longtemps qu'ils purent se retenir, puis ils furent submergés par la passion. Ils restèrent ensuite allongés côte à côte, à bout de souffle. En regardant Norm qui lui souriait, Melissa songea à quel point elle se sentait comblée et heureuse. La vie lui avait tout donné.

14

Les fêtes de Noël approchaient. Marla venait de terminer son tournage, mais elle devait rester disponible pour les éventuels besoins de la postproduction du film. Elle était déjà plongée dans un nouveau script et, en grande professionnelle qu'elle était, elle y consacrait tout son temps. Entre l'assimilation du texte et toute la préparation physique et mentale que requérait un rôle, cela lui demandait parfois des mois. Elle avait toujours fonctionné ainsi, et elle avait offert à Michaela un modèle d'excellence et de perfection. La jeune femme avait reçu de Marla une solide éthique du travail, et elle admirait beaucoup sa mère adoptive pour son sens de la discipline.

Marla vint tout de même passer le réveillon chez sa fille. Une fois les enfants couchés, elle bavarda un moment au salon avec Michaela et David. Sous le sapin illuminé, les petits avaient ouvert leurs cadeaux : Marla, qui avait des idées bien arrêtées en matière d'éducation, leur avait offert des livres ainsi que des choses utiles et instructives. Elle avait appris à lire à Michaela dès l'âge de 3 ans. Et elle l'avait emmenée sur tous les tournages, sous la responsabilité d'une nounou, jusqu'à ce que Michaela entre à l'école. Ensuite, la période des longues séparations avait commencé, film après film. Sa carrière passait avant tout, et elle le regrettait un peu aujourd'hui. Michaela ne lui en tenait pourtant pas rigueur : elle comprenait, et avait adoré chacune de ses nounous. Marla était très à cheval sur les bonnes manières, c'est pourquoi elle préférait embaucher des femmes britanniques, formées dans les meilleures écoles. Michaela avait un style éducatif beaucoup plus libre et informel avec ses propres enfants. Pas question pour elle d'avoir une nounou à la maison, elle n'employait que rarement des baby-sitters et s'occupait elle-même de ses deux petits la plupart du temps. Et même s'il travaillait beaucoup en semaine, David était très présent le week-end. Michaela avait manqué d'une figure paternelle dans son enfance. Marla ne lui avait jamais présenté les hommes avec lesquels elle avait fait un bout de chemin dans la vie, et ne parlait jamais d'eux.

— Je dois avouer, commença Marla en regardant le feu de cheminée, que j'ai été sacrément secouée quand tu m'as annoncé avoir retrouvé ta mère biologique. Après ce que les sœurs t'avaient dit à Saint-Blaise, je ne pensais pas que ce miracle aurait lieu.

— Tu imagines le choc, quand Hattie est venue à mon bureau ! Au début, j'ai cru à une arnaque...

— Moi aussi, j'en ai eu peur, avoua Marla. Mais ensuite, j'ai craint encore davantage que ce ne soit la vérité ! Je me suis demandé pourquoi elle tenait à te voir, j'étais inquiète. Tout cela remonte à si longtemps ! Mais finalement, Melissa n'est pas du tout comme je l'imaginais. Avant de la rencontrer à Thanksgiving, je pensais que je serais jalouse, qu'elle essaierait de te voler. Et regarde-moi quelle femme splendide et raisonnable elle est ! Elle a eu bien des malheurs et je suppose qu'elle a besoin de toi, peut-être plus encore que tu n'as besoin d'elle. J'ai bien vu qu'elle n'avait pas de mauvaises intentions. Elle voulait seulement s'assurer que tu t'en étais bien sortie. En fin de compte, tout le monde s'aime dans cette histoire. Et dire qu'elle aussi aurait l'âge d'être ma fille !

— C'est la réflexion que je me suis faite quand je l'ai rencontrée. Elle a un côté très digne et très fier, dans le bon sens du terme. Tu sais que tu l'as beaucoup impressionnée ! C'est drôle, elle me fait l'effet d'une grande sœur, ou d'une jeune tante. Tout comme Hattie. Elle te plairait beaucoup. Elle n'a pas du tout l'air d'une nonne. Elle est très pragmatique et terre à terre.

— C'est également le cas de Melissa, et c'est ce qui me plaît chez elle. Malgré le drame de son fils, je vois de quoi tu parles quand tu dis qu'elle est digne. Elle ne paraît pas désespérée ou prête à tout pour mendier de l'amour, mais il y a dans son regard une profonde tristesse. Le destin joue parfois de drôles de tours. Elle perd son petit garçon, puis te retrouve, toi.

Et te voilà avec deux mamans ! Vraiment, je n'ai pas ressenti une once de jalousie.

— Oui, c'est un peu ce que je craignais. À ta place, je crois que j'aurais été jalouse. Mais vous étiez drôles à regarder, toutes les deux !

— Je pense tout ce que je lui ai dit : elle devrait se remettre à écrire. Elle a un énorme talent et ce serait un péché que de ne pas l'exploiter.

— Elle y reviendra peut-être un jour. Pour le moment, elle semble bien occupée avec sa maison, fit remarquer Michaela, pensive.

— Cela ne suffit pas, trancha Marla. Quelque chose me dit qu'elle ne peut pas se contenter que de travaux manuels. Mais le fait de t'avoir retrouvée lui rendra peut-être son inspiration.

Marla savait que la petite famille s'apprêtait à aller chez Melissa trois jours plus tard. Pour sa part, elle s'était réservé une cure thermale à Palm Springs, avec au programme de l'exercice physique intensif, un régime strict, des tisanes détox et des soins du visage aux plantes, et ce afin d'être au top pour son prochain film. Elle avait invité Michaela et les siens à la rejoindre en Europe pendant les vacances de février, alors qu'elle serait en tournage en Angleterre. Michaela avait promis d'essayer. Le tournage se prolongerait en Irlande et en Écosse : il s'agissait d'un film d'époque tourné dans des châteaux isolés en pleine campagne. Marla devait prévoir deux semaines rien que pour les essayages de costumes et de perruques.

Vers 23 heures, Marla annonça qu'elle devait rentrer chez elle, car le jour de Noël aussi elle se levait à l'aube pour faire de l'exercice. Cette discipline de fer s'appliquait à tout ce qu'elle entreprenait.

— On se téléphone avant votre départ, promit-elle sur le seuil. Et embrassez Melissa de ma part.

Elle enlaça sa fille et son gendre et rentra chez elle au volant de sa voiture. Il n'était pas question qu'elle demande à son chauffeur privé de travailler le soir de Noël, car lui aussi avait une femme et des enfants ! Marla était une femme très respectée de tous ceux qui la connaissaient, ce qui expliquait le dévouement de ses employés ; beaucoup d'entre eux étaient à son service depuis plus de trente ans et Michaela avait grandi en leur compagnie.

Le lendemain, Michaela, David et les enfants restèrent tranquillement à la maison. Comme il faisait très doux, ils laissèrent les enfants se baigner dans la piscine, ce qui n'avait rien d'extravagant à Noël en Californie. Puis les petits allèrent jouer avec leurs cadeaux. Andrew venait d'avoir son premier vrai vélo, qu'il voulait emporter dans le Massachusetts. Ses parents durent lui expliquer que ce ne serait pas possible, mais qu'en revanche il pourrait essayer les sports d'hiver.

Michaela avait hâte de revoir Melissa, et David se réjouissait de pouvoir faire un peu de ski, même si dans les Berkshires, les pistes étaient plutôt réservées aux débutants. Ses propres parents avaient trouvé la mort dans un accident d'alpinisme en Europe. Les enfants ne les avaient jamais connus, alors pour eux, avoir une nouvelle grand-mère, ce ne pouvait être que du bonheur ! David était un homme facile à vivre, qui adorait sa femme et ses enfants. Michaela l'avait d'ailleurs taquiné : il allait avoir une seconde belle-mère ! Et il avait déjà fort à faire avec le caractère volcanique de Marla... David sentait que les points de vue de Melissa étaient plus modérés, et exprimés avec plus de diplomatie, mais il éprouvait beaucoup de sympathie pour Marla, sa franchise et son grand cœur.

Michaela passa le lendemain à faire les bagages. Elle eut bien du mal à coucher les enfants, surexcités qu'ils étaient à l'idée d'aller à la montagne, de faire des bonshommes de neige, du patin à glace, et de revoir leur nouvelle mamie. Elle s'était bien gardée de leur dire que le père Noël était également passé chez elle : elle voulait que les moments partagés soient plus importants à leurs yeux. Dans les Berkshires, Melissa aussi eut de la difficulté à s'endormir. Elle resta longtemps dans le noir, à penser à sa famille qui la rejoindrait bientôt.

Entre-temps, Hattie s'était déjà retirée depuis une semaine dans le couvent du Vermont. Le silence l'avait apaisée. Les derniers mois avaient été tellement intenses – le fait de raconter le viol, en particulier, avait fait renaître de terribles cauchemars. Elle s'était dit que cette retraite l'aiderait à s'en débarrasser. Mais au fil des jours, sans personne à qui parler, les voix dans sa tête se faisaient de plus en plus fortes et plus stridentes. Ces voix lui ressassaient constamment que sa vocation reposait sur un mensonge, que sa place n'était pas dans l'Église, qu'elle n'était pas assez pure et vertueuse. Hattie ne cessait de penser aux paroles désabusées de Fiona Eckles à Dublin. Elle oubliait tout le bien qu'elle avait fait au cours des dernières années. La seule chose dont elle se félicitait était d'avoir retrouvé Michaela. Cela, elle ne le regrettait pas, bien au contraire. Elle aurait beaucoup aimé passer la nouvelle année chez Melissa avec la famille réunie. Mais de toute façon, si elle n'avait pas été en retraite dans le Vermont, elle aurait dû être de service à l'hôpital.

Hattie se doutait que les révélations d'agressions sexuelles se poursuivaient à Hollywood. Les retraitantes n'avaient pas accès aux journaux ni à la télévision, de sorte que Hattie ne savait pas si la presse avait parlé d'elle, et c'était sans doute mieux ainsi. En l'occurrence, la police avait seulement annoncé qu'une nouvelle victime de Steinberg s'était déclarée, une jeune actrice qu'il avait violée vingt ans plus tôt. Melissa était soulagée que l'anonymat de sa sœur soit préservé. Mais elle ne pouvait contacter Hattie pour la rassurer à ce sujet, le principe de la retraite étant justement de se tenir à l'écart du bruit du monde pour s'éclaircir les idées. Hattie espérait en ressortir plus forte, plus sereine, plus en accord avec elle-même. Pour le moment, elle se sentait tiraillée de toute part, fragmentée en mille morceaux. Sa mère supérieure lui avait dit qu'elle pouvait rester aussi longtemps qu'elle en ressentirait le besoin. Elle n'avait plus aucune notion du temps ni du calendrier, ce qui, selon les sœurs du couvent du Vermont, n'était de toute manière qu'une question superflue. Elles avaient sans doute raison. En attendant, Hattie se sentait au moins soulagée d'une chose : à l'hôpital, une infirmière intérimaire se chargeait d'effectuer toutes ses gardes.

Le matin où Michaela et sa famille devaient arriver, Melissa se leva à 6 heures et fit le tour de la maison pour vérifier que tout était en place. Les lits jumeaux, avec leurs édredons en plumes et leurs courtepointes en patchwork cousues main par des femmes de la région, étaient prêts à accueillir ses petits-enfants ; pour David et Michaela, c'était la vaste chambre au papier peint anglais à motifs floraux. Cette dernière disposait d'une immense salle de bains avec une baignoire sur pieds, dénichée et installée par les soins de Norm, mais aussi d'un petit salon bien exposé, avec vue sur le jardin et les montagnes au loin. Ces deux chambres se situaient à l'autre bout du couloir, de sorte qu'ils se sentiraient libres et ne craindraient pas de la déranger. Cette grande maison était idéale pour accueillir du monde, avec toutes ses chambres spacieuses et lumineuses.

Melissa avait loué des vélos afin de profiter des belles routes de campagne – s'il n'y avait pas trop de verglas. Pour les équipements de ski, elle attendait que les enfants soient là pour qu'ils puissent les essayer. David, qui était un skieur chevronné, apporterait son propre matériel, mais Michaela avait elle aussi envie de s'y mettre. À moins que de grosses chutes de neige ne les en empêchent, Melissa avait prévu une foule d'activités. Avec l'accord de Michaela, Norm avait promis à Andy de l'emmener faire un tour dans l'un de ses tracteurs. Ils iraient également patiner sur un lac gelé et rencontrer un éleveur de huskies. Et bien sûr, Norm les régalerait de ses petits plats, puisqu'il était en vacances jusque début janvier et disposerait de beaucoup de temps libre. Il s'absenterait juste une journée pour rendre visite à un camarade d'université dans l'État voisin du New Hampshire.

Pensant que sa famille serait fatiguée par le vol, Melissa avait tenté de ne pas prévoir trop de choses pour le soir même. Mais elle avait dû se faire violence, car elle avait envie de leur montrer tout ce que les environs avaient à offrir et de les emmener partout ! Norm était impressionné par la façon dont elle avait organisé la semaine. Après en avoir discuté ensemble, ils avaient décidé qu'il serait préférable que Norm passe les nuits chez lui tant que les enfants seraient là. Melissa n'avait pas envie de leur expliquer la situation. Au bout de trois mois de relation seulement, personne ne pouvait dire si

Norm ferait encore partie de sa vie lors de leur prochaine visite. Elle l'espérait, bien entendu, mais préférait ne pas s'emballer. Norm avait cependant prévu de passer une bonne partie de la semaine avec eux, mais aussi de faire des balades avec David pour laisser à Melissa et sa fille le temps de se voir en tête à tête. Ils avaient même établi ensemble les menus que Norm concocterait dans la semaine, avec pizzas maison et spaghettis à la bolognaise. Il avait expliqué à Melissa que la préparation de la sauce prenait une journée entière : il fallait émincer et faire revenir un à un tous les ingrédients, puis les laisser mijoter ensemble pendant plusieurs heures.

En attendant l'arrivée de Michaela, David et ses petits-enfants, elle inspectait la maison dans les moindres détails. Melissa semblait tellement nerveuse que l'on pouvait croire qu'elle s'apprêtait à recevoir la visite de la famille royale britannique. Norm, de son côté, préparait des cookies pour les accueillir.

— Détends-toi, la rassura-t-il, ils vont adorer cet endroit.

Melissa avait empilé une montagne de cadeaux sous le sapin, dont deux ours en peluche personnalisés qu'elle avait fait fabriquer spécialement pour ses petits-enfants. Enfin, ils entendirent le taxi s'engager dans l'allée. Melissa attendit sur le perron que la voiture se gare, puis descendit les marches en courant pour les saluer. Elle fit un câlin aux enfants et embrassa sa fille et son gendre, puis elle leur présenta

Norm, qui aida à décharger les bagages. L'un des sacs était plein des cadeaux que Michaela avait apportés.

Melissa les mena à leurs chambres et les enfants se jetèrent sur leurs lits. Dans la chambre de Michaela et David, il y avait un superbe lit à baldaquin qui reluisait : comme toutes les boiseries de la maison et les portes qu'elle était en train de poncer, Melissa l'avait ciré elle-même.

— Cette maison est encore plus belle que je l'avais imaginé ! s'exclama Michaela, pour le plus grand plaisir de Melissa.

— Norm et moi y avons investi beaucoup d'énergie. J'ai fait une bonne partie des travaux moi-même.

— En quatre ans, elle est devenue experte en charpente et menuiserie, la taquina Norm.

Mais c'était assez vrai, puisque Melissa avait suivi un atelier d'ébénisterie. Son bureau, par exemple, avait l'air d'un meuble ancien, mais elle l'avait fait de ses propres mains. Cette maison et tout ce qu'elle contenait l'emplissaient de fierté. David et Michaela voyaient bien tout l'amour qu'elle avait mis dans cette fabuleuse réalisation. Norm emmena Andrew et Alex dehors pour faire un bonhomme de neige avant le dîner, un exercice auquel il était bien entraîné avec ses neveux.

Une fois les valises défaites, Michaela s'assit à la table de cuisine avec sa mère tandis que David sortait rejoindre Norm et les enfants.

— C'est vraiment un très bel endroit, reprit Michaela en jetant un regard autour d'elle.

Ils l'avaient restauré au plus près de l'original, alliant le charme victorien d'objets anciens à tout le confort moderne.

— C'est devenu une espèce d'obsession pour moi, avoua Melissa. Cette maison a clairement fait partie de mon processus de guérison quand j'ai quitté New York et tout ce qui avait été ma vie. Norm m'a presque tout appris.

Au crépuscule, les enfants rentrèrent heureux et trempés ; leur bonhomme était aussi haut que leur papa. Il s'était remis à neiger, et le domaine ressemblait à une carte postale de Noël. Melissa mit de la musique. Le sapin étincelait, et Norm servit un verre de vin en guise d'apéritif. Puis on passa à table. Au menu, il y avait les fameux spaghettis bolognaises pour les enfants et, pour les grands, de délicats filets de sole meunière, accompagnés d'une onctueuse purée de pommes de terre et de choux de Bruxelles ; en entrée, du tourteau avec sa mayonnaise maison ; enfin, en dessert, il enchanta tout le monde avec de petits soufflés chocolat-caramel. Conquis, David et Michaela déclarèrent qu'on ne pouvait manger aussi bien dans aucun restaurant de Los Angeles.

— Norm est un vrai chef ! renchérit Melissa en se penchant vers lui pour l'embrasser... ce qui fit pouffer les enfants !

Le moment d'ouvrir les cadeaux était arrivé. Chacun était ravi de ce qu'il avait reçu. Melissa avait choisi de très beaux pulls en cachemire pour sa fille et son gendre : un bleu marine, très élégant, pour David, et un écru, tout doux, pour Michaela. Tout le monde resta assis autour du feu, les enfants jouant sagement avec leurs iPads. Puis, quand les voyageurs fatigués montèrent se coucher, Melissa aida Norm à ranger la cuisine.

— Ton dîner a fait un carton ! dit Melissa, pleine de reconnaissance. David a raison, tu devrais ouvrir un restaurant.

— Oh non, je préfère cuisiner pour ceux que j'aime ! Demain, je fais une petite bouillabaisse en entrée, puis j'essaie une nouvelle recette de poulet frit à la cajun, avec une Sachertorte pour le dessert. Tu connais ? Ça vient d'Autriche, c'est un gâteau avec glaçage au chocolat, et fourré à la confiture d'abricots, un délice !

— Je vais prendre des kilos, si tu restes trop longtemps dans les parages...

— Mais non... En revanche, oui, j'ai bien l'intention de rester dans les parages !

Sur ce, ils éteignirent la lumière et sortirent de la cuisine, avant de retourner s'asseoir un moment devant le feu. Puis Norm repartit chez lui à regret.

Le lendemain, Michaela et Melissa entreprirent une longue promenade dans la nature. Il y avait bien 30 centimètres de neige et les arbres paraissaient drapés dans de la dentelle. Michaela parla de son travail à sa mère. Elle adorait son métier, et s'y donnait à fond. Surtout, elle appréciait le fait d'être au contact du monde réel, bien loin de l'univers où elle avait grandi : celui de Marla et des clients de David, qu'il lui arrivait de croiser de temps à autre.

Dans l'après-midi, ils emmenèrent les enfants faire du patin à glace, et montèrent le lendemain à la station de ski. Ce jour-là, Melissa et Michaela restèrent sur le front de neige avec les petits, laissant David et Norm s'échapper pour dévaler les pistes ensemble. David était plus rapide, mais Norm n'avait pas à rougir de son niveau.

Melissa songea à Hattie, recluse dans le Vermont, et qu'elle aurait tant aimé appeler. Après son témoignage, la liste des agresseurs avait continué de s'allonger, de nouvelles émissions étaient annulées chaque jour, et le phénomène s'amplifiait dans le monde politique. Norm prédisait que tous les secteurs professionnels seraient bientôt touchés et Melissa lui avait parlé du partenaire de Marla à l'écran, remplacé à la dernière minute. L'histoire de Hattie n'était pas un cas isolé, des filles bien plus jeunes qu'elle avaient été agressées. Une jeune actrice fit des révélations atroces : elle avait été violée à l'âge de 12 ans alors qu'elle jouait un petit rôle pour un réalisateur très connu. Ses films furent aussitôt blacklistés un peu partout. Deux des longs métrages en lice pour les Oscars avaient été écartés de la compétition, car le réalisateur et l'acteur principal étaient accusés de viol. Si le monde du cinéma était le plus touché, l'onde de choc s'étendait à d'autres domaines, dont le monde des affaires. À Wall Street, les hommes commençaient à trembler.

Les fêtes passèrent bien trop vite. Chaque journée était remplie d'aventures et de sorties amusantes. Le petit déjeuner constituait pour Melissa un moment de partage privilégié avec Andy et Alex, qui lui rappelaient Robbie au même âge. Puis ils emportaient un pique-nique ou grignotaient dans un fast-food à midi. Et le soir, Norm mettait les petits plats dans les grands. Michaela lui demanda plusieurs de ses recettes, qu'elle avait envie d'essayer chez elle.

Le dernier soir, Melissa partagea son idée de partir en vacances ensemble l'été prochain, en Italie, en France... ou les deux. Tout le monde fut enthousiaste.

— Marla nous a invités à faire un safari avec elle, mais je pense que les enfants sont trop petits, expliqua Michaela. L'Europe, c'est chouette, et c'est plus facile !

— Nous pourrions faire un road trip d'une semaine, puis louer une maison près d'une plage, suggéra David.

— Nous pourrions inviter Marla à se joindre à nous, ajouta Melissa, même si elle soupçonnait que l'idée du road trip ne l'enchanterait pas particulièrement.

Michaela lui avait expliqué que, chaque année, Marla rendait visite à des amis à Saint-Jean-Cap-Ferrat, sur la Côte d'Azur, et qu'elle passait à cette occasion beaucoup de temps sur des yachts, mais ce type de vacances non plus n'était pas très adapté à de jeunes enfants.

— Je vais regarder les locations sur Internet, promit David.

Melissa aurait aimé inviter sa sœur, mais elle doutait fort que le couvent la laisse partir.

Le matin du départ, Norm s'était joint à eux pour le petit déjeuner. Les valises étaient bouclées, les enfants avaient superposé plusieurs couches de vêtements dont ils pourraient se débarrasser en arrivant sous le soleil de Los Angeles.

Devant la maison, le bonhomme de neige tenait encore debout ; Melissa déclara qu'elle penserait à eux à chaque fois qu'elle le verrait.

Après le petit déjeuner, le taxi arriva et Michaela remercia chaleureusement Melissa pour ce superbe séjour :

— On s'est tous tellement amusés ! Et je crois que j'ai pris cinq kilos. Personne ne voudra plus de ma tambouille après les menus gastronomiques de Norm !

Melissa prit sa fille dans ses bras pendant que Norm et David se chargeaient des bagages. Quelques minutes plus tard, après moult signes de la main et au revoir lancés à la cantonade, la voiture démarra en direction de Boston.

Quand ils rentrèrent dans la maison, Melissa semblait perdue.

— Pourquoi faut-il qu'ils habitent si loin ? soupira-t-elle. C'est tellement génial de les avoir à la maison !

Le temps passait si vite... Et Melissa avait appris à ses dépens que l'on ne sait jamais ce que la vie nous réserve. Elle essayait de ne pas penser au fait que Robbie n'avait que deux ans de plus qu'Andrew lorsqu'il était tombé malade...

— Tu les reverras bientôt, la consola Norm en l'asseyant sur ses genoux pour l'embrasser. En attendant, je me suis langui de toi, tout seul dans mon lit froid ! Comment ça va se passer, en vacances ? Il faudra qu'on prenne des chambres séparées ?

Melissa reconnut qu'elle n'y avait pas pensé en suggérant le voyage.

— Hum, non. Les enfants t'ont adopté ! Et Michaela et David ne sont pas conservateurs pour deux sous. Je ne voulais choquer personne, mais je crois qu'ils sont très à l'aise avec les unions libres. Toi et moi pourrons partager une chambre sans problème si nous voyageons tous ensemble.

— Ouf, me voilà rassuré ! dit Norm avec emphase pour la taquiner.

Ne sachant comment Melissa réagirait, il ne parla pas d'officialiser leur relation... Elle était trop récente, et l'été encore loin.

Après avoir débarrassé la table, Norm suivit Melissa à l'étage. En ce dimanche matin, Melissa avait envie de marcher et ils avaient la journée pour eux avant que Norm reprenne le travail le lendemain. Ils retrouvaient enfin un peu d'intimité après ces quelques jours en famille !

Il la coinça dans son dressing alors qu'elle enfilait son manteau.

— Hum, je peux émettre une suggestion ?

— Bien sûr ! Quoi donc ? demanda-t-elle en toute innocence.

Norm dégrafa les boutons qu'elle venait de fermer.

— Que dirais-tu de faire une petite sieste avant de sortir ?

— Une sieste ? Mais on vient de se lever... Oh, une sieste ! fit-elle en avisant son regard canaille.

Et Melissa se mit à rire pendant que Norm l'embrassait dans le cou. Elle laissa son manteau glisser à terre et ils entrèrent dans la chambre. Il n'avait pu se montrer trop affectueux en présence de la famille, alors maintenant son désir le submergeait !

Alors qu'ils s'engouffraient sous la couette en riant, s'embrassant et éparpillant leurs vêtements partout dans la pièce, la promenade dans le verger fut complètement oubliée.

15

Sœur Marie-Joseph resta deux semaines en retraite silencieuse avant de craquer. Elle avait désespérément besoin de vrais échanges humains, elle n'en pouvait plus d'entendre des voix ruminer dans sa tête. À l'issue de ces quinze jours éprouvants, elle écrivit un e-mail à mère Elizabeth pour lui annoncer qu'elle voulait rentrer. La mère supérieure lui répondit qu'elle pouvait évidemment revenir quand elle le souhaitait. Après tout, elle n'était pas en pénitence !

Le matin du départ, Hattie envoya un message à Melissa pour lui dire qu'elle regagnait New York et qu'elle avait de nouveau le droit de parler. C'était la première fois qu'elle s'imposait une retraite silencieuse si stricte et sur une aussi longue période : jusque-là, elle n'en avait fait l'expérience que sur de courtes durées. Ces deux semaines avaient failli la rendre folle. Certaines personnes y trouvaient un apaisement, mais elle n'était clairement pas de celles-là. Le centre de retraite n'était pas que pour les bonnes sœurs : des pratiquantes laïques venaient même de New York ou Boston pour se ressourcer.

Hattie y avait vu son anxiété augmenter, mais au moins elle savait, au moment de ranger ses affaires dans sa valise, ce qu'elle dirait à mère Elizabeth. Finalement, cette retraite l'avait aidée à prendre une décision.

Hattie avait réservé une place dans une navette qui faisait le tour de différents monastères de la région pour ramener les retraitants en ville. Le chauffeur fut extrêmement prudent sur les routes enneigées, et même un peu trop au goût de Hattie. Elle fut soulagée de voir enfin apparaître au loin les lumières de New York après six heures de voyage. Elle s'aperçut également qu'elle se sentait beaucoup mieux que le jour de son départ. L'audition au poste de police l'avait tétanisée, elle avait souhaité disparaître pendant quelque temps. Elle était désormais prête à revenir et avait hâte de retrouver son travail à l'hôpital. Les flash-back et les cauchemars s'étaient espacés et atténués, elle n'aspirait plus qu'à reprendre une vie normale. En montant les marches du couvent, elle sentit qu'elle avait repris confiance en elle. Ses sœurs furent heureuses de la revoir. Elle défit son sac et descendit pour le dîner, préférant garder ses vêtements civils plutôt que de mettre sa robe. La première personne sur laquelle elle tomba en entrant au réfectoire fut mère Elizabeth.

— Bienvenue à la maison, lui dit la supérieure en lui adressant un sourire.

Elle vit tout de suite que Hattie se sentait mieux et se demanda si elle était parvenue à prendre une décision.

— Alors, comment était-ce ?

— Long ! répondit Hattie, ce qui les fit rire toutes les deux. Je n'aurais jamais pu être moniale dans un ordre silencieux.

— Moi non plus, reconnut mère Elizabeth, mais un peu de calme fait du bien de temps à autre. Venez donc me voir demain matin, nous en causerons tranquillement. Disons 7 h 30, après le petit déjeuner ?

Hattie acquiesça et alla se servir. Au fond de son cœur, elle savait déjà ce qu'elle allait annoncer à sa supérieure.

Elle rêva toute la nuit de cet entretien, et s'éveilla à 4 heures du matin, l'esprit préoccupé. Elle revêtit son habit par-dessus son uniforme d'infirmière pour descendre prier à la chapelle en attendant l'heure de la messe.

Après l'office, elle avala un demi-bol de porridge et se hâta jusqu'au bureau de la supérieure. Hattie fit une génuflexion et embrassa sa bague.

— Vous pouvez vous asseoir. Heureuse de vous revoir. Y a-t-il quelque chose que vous souhaiteriez me dire ?

Hattie, intimidée comme une écolière, mit quelques secondes pour se ressaisir, certaine de la décision qu'elle avait prise.

— J'ai beaucoup prié quand j'étais dans le Vermont. Voilà, ma mère, je veux m'en aller.

— Où ça ? Pour faire quoi ?

— Je veux être libérée de mes vœux et retourner en Afrique.

La mère supérieure n'était guère surprise : le soulagement visible de sa jeune sœur à son retour lui avait fait deviner cette résolution.

— Qu'est-ce qui vous fait penser que c'est la meilleure réponse à vos doutes ?

— Je me sens mieux depuis que j'ai pris cette décision.

Mère Elizabeth hocha la tête, pas totalement convaincue. Elle avait déjà entendu ce type de discours et, de son point de vue, quitter le couvent n'était jamais la bonne solution. Elle-même avait eu cette tentation lorsqu'elle était plus jeune, à la suite d'un désaccord avec sa propre mère supérieure.

— Vous n'êtes pas obligée d'abandonner vos vœux pour aller en Afrique, fit remarquer mère Elizabeth. Si telle est votre aspiration, nous pouvons vous y envoyer à nouveau. Renoncer à ses vœux n'a rien à voir avec une situation géographique ou professionnelle. Cela n'a de sens que si vous ne croyez plus aux principes que vous aviez promis d'observer. Êtes-vous en conflit avec les vœux de pauvreté, de chasteté ou d'obéissance ?

— Non, ma mère, aucun des trois. Je crois juste que ma foi en l'Église a été profondément affectée après ce que j'ai découvert à Saint-Blaise. Cette histoire d'usines à bébés qui ne servaient qu'à enrichir l'Église, ça m'a bouleversée...

— ... qui servait aussi à trouver des familles solides pour les bébés abandonnés, nés hors des liens du mariage. Quel mal y a-t-il à cela ?

— Ces couvents étaient gérés comme des fonds de commerce.

— Les sœurs qui les dirigeaient ont pu commettre quelques faux pas, mais leurs motivations étaient louables. Pour le dire crûment, ces nourrissons étaient mieux lotis dans des foyers aisés que chez des pauvres gens.

— Sans doute, mais des gens modestes auraient aussi dû avoir la possibilité d'adopter.

— Avez-vous la certitude que ce n'était pas le cas ?

— Non, reconnut Hattie, tout cela est très opaque, et pour cause. La destruction des archives est impardonnable.

— J'admets que ce n'était pas très intelligent de le faire... Mais cela ne justifie pas que vous rompiez vos vœux.

— Je suis entrée au couvent pour de mauvaises raisons, ma mère. Vous le savez aussi bien que moi. J'ai menti au sujet de ma vocation.

— Et pouvez-vous affirmer en toute sincérité que vous n'avez jamais ressenti cette vocation au cours des dix-huit dernières années ? J'en doute fort. Je vous ai vue travailler. Je connais la générosité de votre cœur. Vous êtes une nonne apostolique exemplaire, ma fille.

— Merci, répondit modestement Hattie.

— J'ai une proposition à vous faire. Prenez une année sabbatique pour aller en Afrique. Vous travaillerez pour l'une de nos missions, ou directement dans un hôpital. Ensuite, voyez si vous souhaitez toujours être libérée de vos vœux. Si à ce moment-là vous êtes sûre de vous, je ne m'opposerai pas à votre démarche.

— Vous y opposeriez-vous maintenant ?

— Non, mais je ne la soutiendrais pas. Je ne pense pas que ce soit le bon choix. Il vous faut davantage de temps pour réfléchir, ce n'est pas une décision que l'on prend à la légère.

— J'en ai conscience. Ça m'obsède depuis plusieurs mois.

— J'imagine que cette ex-nonne à laquelle vous avez parlé en Irlande vous a influencée et démoralisée.

— Je ne suis pas de cet avis.

Mais au fond d'elle-même, Hattie savait que la mère supérieure avait peut-être raison. Fiona Eckles était furieuse contre l'Église, et avait prédit que Hattie finirait elle aussi par rompre ses vœux. Peut-être... Mais pour Hattie, cette décision était le résultat de nombreux facteurs, et non seulement de son indignation vis-à-vis des usines à bébés.

— Réfléchissez à ma suggestion : une année sabbatique avant de faire votre choix. Ainsi vous pourrez

passer un an en Afrique, à faire ce qui vous tient le plus à cœur. Vous pourrez certainement choisir votre destination aussi...
— J'aimerais repartir au Kenya.
— Très bien. Je vais voir ce que je peux faire pour vous, mais la décision ne m'appartient pas, lui rappela mère Elizabeth. Le placement est du ressort de notre évêque.
— Bien, je vais y réfléchir alors, répondit Hattie, manifestement déçue.
En effet, elle ne voulait pas dépendre d'un évêque pour reprendre sa vie en main. Elle pouvait elle-même décider de ce qu'elle désirait. Après tout, elle n'avait pas besoin d'être nonne pour aller en Afrique. D'autres organisations menaient des actions formidables et géraient des hôpitaux là-bas. Elle pouvait postuler à titre individuel, en tant qu'infirmière diplômée. Bien sûr, il était plus facile dans son cas de passer par l'Église. Mais Hattie était certaine qu'un autre organisme l'accepterait.
— Prenez votre temps, ma fille. C'est important. Vous avez investi ici beaucoup de votre vie. Ne jetez pas toutes ces années au feu du jour au lendemain. Sortez de votre tête les démons qui vous hantent. Les derniers mois se sont révélés particulièrement éprouvants pour vous : la recherche de votre nièce, la réémergence du viol que vous avez subi... C'est peut-être ce qui vous a poussée à trouver refuge ici,

mais ce n'est certainement pas ce qui vous a fait rester parmi nous.

— Je ne sais pas ce qui m'a fait rester, répondit Hattie, qui semblait de nouveau perdue. Moi qui n'ai jamais voulu d'enfants, je me demande si j'étais vraiment au clair avec ça... Tout à coup, je m'aperçois que j'ai passé près de vingt ans de ma vie à être nonne, sans avoir été convaincue de mon engagement. C'est un mode de vie qui ne va pas de soi. Et les gens qui prennent certaines décisions dans les hautes sphères de l'Église ne sont que de simples mortels comme nous. Et si ces décisions étaient mauvaises ? Je crois que je veux être une personne ordinaire. Pas une religieuse, juste une infirmière.

— Mais nous sommes des personnes ordinaires, et oui, l'Église aussi commet des erreurs. Mais le clergé est principalement un lieu où règnent la bonté et la justice. On y trouve beaucoup de belles âmes, et vous êtes l'une d'elles. Une très belle âme. Je ne voudrais pas que vous l'oubliiez.

— Et si ce n'était juste... pas bon pour moi ?

— Pourquoi est-ce que ce ne serait plus bon, tout à coup ? la défia la mère supérieure. Qui donc vous a montée contre la vie que nous menons ? Pensez-y, ma fille.

Toutes deux savaient fort bien que la rencontre avec Fiona Eckles avait influencé Hattie. Mère Elizabeth luttait durement pour ne pas perdre l'âme de sœur

Marie-Joseph. Pour la première fois depuis bien longtemps, voilà que Hattie avait soif de liberté. Et pas seulement pour un an ! Elle ne voulait pas d'une séparation probatoire. Elle réclamait le divorce.
— Je vais y réfléchir, répondit-elle, l'air soucieux.
Elle baisa à nouveau la bague de la mère supérieure, sortit du bureau et se hâta de partir travailler.
Le soir venu, elle appela Melissa pour lui dire ce qui s'était passé.
— Pourquoi partir en Afrique ? Tu ne peux pas travailler ici auprès des pauvres ?
Hattie était exaspérée. La mère supérieure ne voulait pas qu'elle quitte leur ordre religieux et sa sœur biologique ne voulait pas qu'elle quitte New York.
— Parce que j'étais parfaitement heureuse, là-bas !
— Tu ne pourrais pas être heureuse ici ? L'Afrique, c'est dangereux. Tu risques de tomber malade, de te blesser, ou pire, de te retrouver au cœur d'un conflit. Je ne veux pas que tu y laisses ta peau !
— Je préfère encore mourir que de gâcher ma vie. Et je commence à penser que c'est ce que je suis en train de faire. Je suis entrée au couvent sur un mensonge. Ma place n'est pas ici, Mel.
— Ça fait dix-huit ans que je me tue à essayer de te le faire comprendre. Et maintenant, tu veux partir à l'autre bout du monde ? Je ne veux pas te perdre, Hattie. Je n'ai que toi.
— Tu as Michaela, maintenant.

— Ce n'est pas la même chose. Toi et moi, nous avons une histoire commune. Avec Michaela, c'est encore tout neuf.
— Mais vous avez tout à construire ! J'ai besoin de franchir ce pas, Mel. Il n'y a qu'en Afrique que je me suis sentie vraiment utile.
Melissa percevait la contrariété de sa sœur face à ses reproches. Elle marqua une pause avant de répondre :
— N'agis pas sur un coup de tête, je t'en supplie. C'est une décision colossale. Tu t'es précipitée au couvent, ne te précipite pas pour en sortir.
— J'ai dit à ma supérieure que j'allais y réfléchir, et c'est exactement ce que je vais faire.
Hattie avait l'impression d'être en prison. Elle ne souhaitait pas fuir, simplement vivre libre. Et c'était tout de même un comble qu'après des années d'opposition, Melissa l'encourage à rester au couvent !
Ce soir-là, Hattie demeura longtemps éveillée, à lire et à prier, mais cela ne lui apporta aucune réponse.
Si elle avait accompli un petit miracle en partant à la recherche d'Ashley, cela n'avait pas eu que des conséquences positives pour elle, loin de là.

Melissa s'inquiétait sérieusement pour Hattie et aborda le sujet avec Norm le soir venu. Il voyait bien que Mel était contrariée au sujet de sa sœur, mais ne savait pas très bien pourquoi.

— Est-ce que ce serait si terrible que ça, si elle quittait le couvent ? Les premières fois que tu m'as parlé d'elle, j'avais cru entendre que tu n'aimais pas la savoir nonne.

— Non, ça ne me plaisait pas du tout. Mais aujourd'hui, je comprends pourquoi elle y est entrée. Elle est restée protégée pendant toute sa vie d'adulte. D'abord par moi, ensuite par l'Église. Elle est innocente. Qui sait ce qui pourrait lui arriver, surtout après ce qu'elle a déjà subi ?

— Quand elle a été victime de viol, elle avait une vingtaine d'années. Elle en a maintenant 43, et je ne pense pas qu'elle soit naïve.

— Elle n'a jamais vécu toute seule, ni payé un loyer ou géré ses affaires. Et là, elle veut aller en Afrique. Elle risque de se faire tuer.

— Elle risque de se faire tuer en traversant la rue dans le Bronx, ou encore d'être agressée en sortant de sa garde à l'hôpital. Pourquoi n'irait-elle pas où bon lui semble ? Elle a sans doute envie de liberté. Peut-être qu'elle veut se marier et avoir des enfants. Il n'est pas trop tard.

Melissa parut choquée à cette idée.

— J'ai mis dix-huit ans à m'habituer au fait qu'elle était nonne. Et tout à coup elle veut jeter son habit aux orties !

— Mel, nos vies ne sont pas linéaires. Toi et moi, nous sommes bien placés pour le savoir. Quand je me suis marié, je pensais que c'était une bonne chose, mais neuf ans plus tard ce n'était plus bon pour moi. Toi aussi, tu as été heureuse avec Carson. Tu as été une écrivaine acclamée, mais maintenant tu ne veux plus en entendre parler. Hattie en a sans doute ras-le-bol d'être nonne.

— En principe, « en avoir ras-le-bol » n'est pas une option quand on a fait ce choix de vie.

— Elle est humaine. Et les gens changent. Sa foi ne semble plus aussi sûre qu'autrefois. Heureusement qu'elle a le droit de partir si cela ne lui convient plus.

— Moi, je suis d'accord avec sa mère supérieure : elle ferait mieux de prendre une année sabbatique pour réfléchir.

— C'est peut-être ce qu'elle décidera. Mais ton inquiétude n'y changera rien. C'est une femme intelligente. Fais-lui confiance : elle est capable de choisir ce qui est le mieux pour elle.

— J'avais fini par croire qu'elle était faite pour la vie monastique. Jusqu'ici, elle semblait très heureuse.

Melissa restait cramponnée à son idée. Elle avait une peur panique de ce qui pourrait arriver à sa petite sœur si jamais elle se risquait dans le monde extérieur.

Au fond, elle savait bien que Norm avait raison, mais elle ne voulait pas l'entendre. Elle surprotégeait sa petite sœur, c'était plus facile comme ça.

— Peut-être qu'elle a désormais envie d'une petite part de risque dans sa vie, avança Norm. Juste assez pour sentir qu'elle a son mot à dire dans son propre destin. Avant de paniquer, attends un peu de voir ce qu'elle va faire !

— C'est sans doute aussi bien que je n'aie pas eu à élever mes enfants dans leur adolescence. J'aurais été morte d'inquiétude.

— Hattie n'est plus une ado.

— Elle n'a jamais eu à affronter le monde extérieur. Elle a bien essayé... Une seule fois. Et regarde ce qui s'est passé.

— Je vois qu'elle a été profondément traumatisée par ce viol et qu'elle a cherché à se protéger comme elle a pu. Mais elle a grandi depuis.

— L'Afrique n'est pas un lieu sûr, même pour une nonne !

— Si c'est le lieu où elle se sent bien...

— La voilà encore en train de fuir !

— Peut-être. Et elle en a le droit. Toi, tu t'es bien cachée ici pendant quatre ans. Chacun est libre de mener sa vie comme il l'entend...

— D'où tires-tu toute cette sagesse ? soupira-t-elle avant de l'embrasser.

— Je suis plus vieux que toi ! lui rappela-t-il.

— De cinq mois !

— Il faut croire que cela fait une différence... Pourquoi ne pas laisser ta sœur régler cela toute seule ? Si ça se trouve, elle choisira de rester au couvent...

— Je croise les doigts !

Les jours suivant son entretien avec mère Elizabeth, Hattie passa tout son temps libre à rechercher des organisations qui recrutaient des infirmières pour des hôpitaux, des orphelinats ou des camps de réfugiés pour mineurs. Les meilleures d'entre elles étaient soit sous l'égide de l'Église, soit sous celle des Nations unies. L'une de ces organisations gérait un camp qui attira son attention. Sur place, des bénévoles venaient en aide aux enfants réfugiés. Ils arrivaient souvent dans un état de santé déplorable et leur taux de mortalité était élevé. Autant dire que c'était un poste particulièrement dur, et situé très loin de toute ville. La plupart des jeunes réfugiés étaient devenus orphelins à la suite de conflits armés, et de jeunes filles à peine pubères avaient connu d'une manière ou d'une autre l'esclavage sexuel. La malnutrition était chronique, le SIDA toujours endémique, ainsi que le choléra et la typhoïde. Le site Internet montrait plusieurs photos du camp, qui firent monter les larmes aux yeux de Hattie. Elle avait déjà vu tant d'enfants dans des situations similaires... C'était une goutte d'eau dans l'océan, mais si vous arriviez à sauver une vie, voire quelques-unes, c'était une victoire pour l'humanité tout entière. En regardant ces photos, elle sut qu'elle n'avait pas besoin d'être mère. Apporter à ces petits un peu de réconfort lui suffisait, c'était là sa vraie vocation. Elle le savait déjà à l'issue de son premier voyage en Afrique, et ne rêvait que d'y retourner.

Hattie appela le numéro indiqué sur Internet et fut prise dans le labyrinthe des répondeurs automatiques, pressant plusieurs touches avant d'avoir enfin une voix humaine au bout du fil. Elle réussit à obtenir un rendez-vous en fin de semaine.

Le jour dit, lorsqu'elle entra dans cette salle de réunion au sein même du siège de l'ONU, tout son corps trahissait sa nervosité. Alignées derrière une table, plusieurs personnes accueillaient les candidats : il y avait une femme africaine dans une robe en wax, un grand jeune homme avec un accent suédois, et enfin un Français un peu plus âgé. C'est avec la dame que Hattie avait rendez-vous. Elle l'emmena dans une petite salle et l'interrogea en détail sur son expérience en Afrique ainsi que sur ses motivations pour y retourner. Hattie avait apporté des copies de ses diplômes d'infirmière et elle ne cacha rien de sa situation.

— Je suis bonne sœur depuis près de dix-neuf ans. J'ai l'intention de demander à être libérée de mes vœux dans un avenir proche. C'est mon choix. Et je veux retourner en Afrique pour y effectuer le même genre de travail que lors de mon précédent séjour. Vos camps pour orphelins correspondent au type de mission que je recherche. J'ai compris récemment que travailler auprès des enfants était ma vraie vocation.

Le visage de Hattie s'éclaira à cette dernière phrase et la dame répondit à son sourire. Elle était très belle dans sa robe chamarrée.

— Ce travail rend accro, dit-elle. Sinon, nous ne le ferions pas.

— Je viens seulement de comprendre que je n'ai pas besoin d'être rattachée à un couvent. Je peux très bien m'engager en tant que laïque, avança Hattie en déposant son CV sur le petit bureau. Si vous voulez, je vous enverrai des lettres de recommandation de la part des dirigeantes de mon ordre, de mon évêque, ainsi que des gens avec lesquels j'ai travaillé au Kenya.

L'autre acquiesça d'un air sérieux.

— Langues étrangères ? demanda-t-elle.

— Assez de français pour mener un examen clinique, et j'ai appris quelques mots en swahili et dans des langues vernaculaires parlées au Kenya. Mais nous avions des interprètes à l'orphelinat.

— Nous aussi. On aura sans doute davantage besoin de vous à l'hôpital, en chirurgie. Nous manquons de volontaires américains qualifiés.

Un homme frappa alors à la porte et la dame le fit entrer. Il se présenta : médecin hollandais ayant passé son adolescence au Zimbabwe, il était de passage à New York pour un projet exceptionnel de trois mois, après quoi il repartait en Afrique.

— C'est addictif, dit l'homme, qui devait avoir l'âge de Hattie. Ma famille voudrait que je revienne, ne serait-ce qu'en Europe, pour me rapprocher d'eux. Quand je serai plus vieux, peut-être... Pour le moment, je ne me vois pas ailleurs que dans un hôpital de campagne en Afrique.

— Moi non plus, dit simplement Hattie, désormais certaine d'être sur la bonne voie.

En tout, l'entretien dura deux heures. La femme lui dit qu'elle l'appellerait dès que son dossier serait passé en commission. Si elle était retenue pour la phase suivante de la sélection, on lui demanderait des lettres de recommandation.

— À quelle fréquence se font les départs ?

— Tous les trois ou quatre mois, nous envoyons une nouvelle équipe mêlant différentes nationalités et qualifications : des infirmières, des médecins, des techniciens. Une équipe vient de partir il y a quelques semaines. La prochaine sera envoyée dans deux mois.

Le délai était trop bref pour que Hattie soit libérée de ses engagements monastiques d'ici là. Elle pouvait entreprendre les démarches, mais la confirmation finale n'arriverait de Rome que d'ici un an, peut-être deux...

— Serait-ce un problème si je n'étais pas encore revenue à la vie laïque ?

— Cela se passe entre vous et votre ordre, répondit le médecin. Pour nous, c'est sans importance. La seule chose qui compte, c'est que vos certificats soient en règle, comme ils semblent l'être. Et bien sûr, les recommandations pèseront dans la balance. Nous venons de commencer le recrutement de la prochaine équipe. Nous avons bien noté votre préférence pour le camp de réfugiés mineurs, mais je ne peux pas vous promettre que c'est là que vous serez placée. Tout dépendra des besoins que l'on a.

Hattie opina, puis le médecin aborda la question de la rémunération, qui était plutôt faible, mais suffisante pour subvenir à ses besoins sur place.

À la fin de l'entretien, elle les remercia et tout le monde échangea des poignées de main. Hattie se sentait calme, forte, sûre d'elle.

Elle ne parla à personne de ce rendez-vous et reçut deux semaines plus tard un e-mail de l'ONU. Elle avait franchi la première étape : ils demandaient ses lettres de recommandation et voulaient savoir à partir de quand elle était disponible. « Très rapidement », répondit-elle.

Mais cela impliquait qu'elle commence tout de suite à s'occuper des papiers et des visas. On lui donna aussi une liste de vaccins obligatoires. Elle n'avait encore rien dit de tout cela à mère Elizabeth ni à Melissa, mais le moment était venu.

Au dîner, ce soir-là, elle resta très silencieuse et évita le regard de la mère supérieure. Elle demanda à s'entretenir avec elle après le repas.

Mère Elizabeth comprit dès qu'elle vit la gravité avec laquelle elle fit son entrée dans le bureau. Sœur Marie-Jo commença à parler sans prendre la peine de s'asseoir.

— J'ai réfléchi à votre proposition d'année sabbatique, ma mère. C'est très généreux. Mais je suis sûre de moi. Je veux être libérée de mes vœux.

— Savez-vous ce que vous comptez faire ?

— Je retourne en Afrique, avec une équipe médicale de l'ONU. J'ai passé un entretien il y a quinze jours et je viens de réussir la première sélection. Maintenant, j'ai besoin d'une lettre de recommandation de votre part et, si possible, de l'évêché.

— Quand partiriez-vous ?

— Je ne le sais pas encore. D'ici six à huit semaines. J'aimerais commencer ma démarche auprès du Vatican avant de partir.

Mère Elizabeth hocha la tête, les larmes aux yeux.

— Je suis très triste de vous voir partir, et encore plus triste de vous voir quitter notre ordre. Mais j'ai le sentiment que c'est un mal pour un bien, si vous vous dévouez au travail que vous adorez et dans lequel vous excellez. Et l'ONU gère des établissements exemplaires. Votre sœur est-elle au courant ?

— Pas encore. Si vous m'en donnez la permission, j'aimerais aller la voir ce week-end.

— Bien sûr. Sentez-vous libre de partir ou de rester ici en attendant de vous envoler pour l'Afrique. Vous allez nous manquer.

— Vous allez me manquer aussi, ma mère. J'espère être à la hauteur de ma mission.

— Vous le serez. Vous avez déjà eu l'occasion de le prouver, vous avez un don.

Sans reproche ni amertume, mère Elizabeth se leva et vint prendre Hattie dans ses bras, avant de la regarder droit dans les yeux :

— Vous ferez des miracles, j'en suis sûre. Nous prierons pour vous.

Hattie était trop émue pour répondre. Lorsqu'elle quitta le bureau de la mère supérieure, les larmes roulaient le long de ses joues. Mais elle n'éprouvait aucun regret.

16

Le vendredi soir, Norm rentra plus tard que d'habitude. Il travaillait en simultané pour trois nouveaux clients, et préparait pour le printemps les chantiers de leurs maisons. Il s'entendait bien avec deux des architectes, mais la collaboration avec la troisième lui donnait du fil à retordre. Il s'agissait d'une New-Yorkaise qui voulait toujours avoir le dernier mot.

Melissa remarqua qu'il semblait fatigué en s'asseyant à la table de cuisine. Il avait perdu le goût de se mettre aux fourneaux. Elle prépara donc une salade et mit deux steaks à griller pendant qu'il lui parlait de ses projets en cours. Ce seraient de très belles maisons, chacune dans un style différent.

Il avait beaucoup neigé ces dernières semaines ; le bonhomme des enfants était devenu difforme, mais résistait à l'effondrement. Melissa avait passé la plupart du temps à lire, enfermée chez elle.

— Des nouvelles de ta sœur ? demanda Norm. Est-ce qu'elle va mieux depuis sa retraite ?

— Je ne sais pas trop, c'est bizarre. Elle ne m'a pas appelée pendant deux semaines, et voilà qu'elle veut venir pour le week-end. J'espère qu'elle n'a pas pris de décision hâtive. Même à son âge, elle est encore impulsive. Enfin, j'en saurai plus demain.

— Elle est sûrement en pleine réflexion. C'est une décision importante.

Elle hocha la tête. Si Hattie était restée plutôt silencieuse, Michaela avait quant à elle régulièrement téléphoné à Melissa au cours des deux dernières semaines, et cela leur faisait toujours autant de bien.

Ce soir-là, Melissa et Norm se couchèrent de bonne heure. Ils dormaient profondément lorsque le téléphone sonna, à 2 heures du matin. Au bout du fil, Melissa n'entendit que des sanglots et une respiration saccadée. Elle craignit que ce ne soit Hattie, prise d'une crise d'angoisse.

— Qui est à l'appareil ? demanda Melissa d'un ton clair et posé.

Norm se redressa, inquiet. L'intonation et l'expression de Melissa n'auguraient rien de bon.

— C'est toi, Hattie ?

Un filet de voix finit par se faire entendre :

— Non, c'est moi, Michaela. C'est à propos de Marla... Elle...

— D'accord, ma chérie, respire profondément, dit Melissa d'une voix plus douce. Essaie de te calmer et de me dire ce qui s'est passé.

Elle était soulagée d'entendre qu'il s'agissait de Marla, et non de l'un des enfants. Peut-être était-elle malade ?

— C'est Marla... En Écosse... Il y a eu une tempête. Ils tournaient de nuit, une scène d'explosion. Après le tournage, il y avait trop de neige pour rentrer à l'hôtel en voiture, alors ils ont commandé un hélicoptère. Il y a eu une énorme bourrasque, l'hélicoptère a été projeté sur des lignes électriques. Il a pris feu et s'est écrasé... Tout le monde est mort... Marla est morte... Oh, maman... Elle est morte... Comment est-ce possible ? Pourquoi ont-ils pris un hélicoptère en pleine tempête ? Les trois acteurs, le réalisateur et le pilote... tous morts. Il faut que j'aille la chercher là-bas. David va rester avec les enfants. Ils disent que je dois identifier le corps.

Alors que Michaela se remettait à sangloter, Melissa se tourna vers Norm, secoua la tête et articula sans bruit : « Marla. » Il ne put en conclure exactement ce qui était arrivé.

— J'irai avec toi, proposa immédiatement Melissa. Est-ce que tu as déjà un billet d'avion ?

— Non, je viens d'apprendre la nouvelle. Je t'ai téléphoné tout de suite après.

Michaela n'avait plus qu'une mère ; elle venait de perdre celle qu'elle connaissait le mieux.

— Si tu peux trouver un vol pour Boston ou New York, j'irai en Écosse avec toi. Nous allons traverser ça ensemble, Michaela. Je suis si désolée. C'était une femme extraordinaire.

— Je l'aimais tant...

À peine Melissa eut-elle le temps d'informer Norm du drame que déjà Michaela rappelait. David venait de joindre la compagnie aérienne. De Los Angeles, elle prendrait un avion à 7 heures du matin, arriverait à 15 heures à l'aéroport JFK de New York, et de là, avec Melissa, prendrait un vol pour Édimbourg à 17 heures tapantes, ce qui les ferait arriver le lendemain à l'aube. Afin de prendre des places côte à côte, David avait acheté le billet de Melissa en même temps que celui de Michaela.

— Formidable, remercie-le bien de ma part, dit Melissa. Je t'attendrai dans le hall des arrivées à l'aéroport de New York. Est-ce que tu peux te contenter d'un bagage à main ? Ce sera plus rapide pour l'enregistrement. Nous devrons nous dépêcher pour attraper le vol pour Édimbourg.

— Oui, ne t'inquiète pas, David a pensé à tout. Et à Édimbourg, il a réservé un véhicule pour nous emmener dans la petite ville où se trouve Marla. La presse nous attendra à l'aéroport, tu sais. Ils vont en parler dans tous les médias dès ce matin.

Melissa n'y avait pas songé. Sa fille, son gendre et ses petits-enfants devraient supporter ce fardeau en plus de leur deuil... Elle regarda le réveil sur sa table de chevet : 2 h 30 du matin. Elle raconta à Norm tout ce qu'elle savait.

— L'équipe de production se charge de nous réserver des chambres d'hôtel à Édimbourg, précisa-t-elle.

Je dois retrouver Michaela à 15 heures à JFK, donc il faut que je quitte la maison à 8 heures maximum, au cas où la route ne serait pas dégagée ou s'il se remet à neiger.

— Je t'y conduis, annonça Norm. Pas question de te laisser descendre à New York toute seule. Surtout que j'ai le temps puisqu'on est samedi. Je prendrai une chambre d'hôtel et je rentrerai dimanche. Combien de temps penses-tu rester là-bas ?

— Aucune idée. Assez longtemps pour aider Michaela à accomplir les formalités et rapatrier le corps à Los Angeles. J'imagine que la société de production nous épaulera. Je pense être de retour dans moins d'une semaine.

— Et Hattie ? Elle ne devait pas venir aujourd'hui ?

— Oh mon Dieu ! J'ai failli l'oublier.

Melissa écrivit à sa sœur pour la prévenir de son départ en catastrophe, et s'excuser de ne pouvoir l'accueillir. Puis ils éteignirent les lumières pour tenter de dormir encore un peu. Lorsque le réveil sonna à 6 heures, elle se leva et sauta dans la douche. Une heure plus tard, elle était prête et son sac bouclé.

Ils allumèrent la télé : les chaînes d'info ne parlaient que de Marla Moore, et une photo d'elle s'affichait sur les écrans. Le septième art était en deuil. À 73 ans, Marla avait joué dans plus d'une centaine de films et remporté deux Oscars. L'un des acteurs décédés rentrait tout juste de sa lune de miel, et une autre victime avait quatre enfants. Le présentateur ajouta que Marla laissait une fille, un gendre et deux petits-enfants, mais ne cita pas leurs noms.

Melissa et Norm prirent la route en temps et en heure. Il ne neigeait pas, mais le vent soufflait fort et Melissa était heureuse de laisser Norm conduire. Ils roulaient depuis une heure quand Hattie appela Melissa sur son portable. Elle n'avait pas encore entendu la triste nouvelle : le flash info du matin n'était pas au programme du couvent.

— Que se passe-t-il ? Je voulais te voir...

— Marla Moore a été tuée dans un accident d'hélicoptère la nuit dernière. Michaela m'a appelée cette nuit. Je suis dans la voiture, en route pour New York. Je la rejoins à l'aéroport et l'accompagne en Écosse, où a eu lieu l'accident. Elle ne va pas bien du tout, comme tu peux l'imaginer. Je lui ai proposé de venir avec elle. David garde les petits.

— Oh, non. Pauvre Michaela ! Je suis désolée. Quand est-ce que tu rentres ?

— Dès que je peux. Je vais rester à Los Angeles jusqu'à l'enterrement. Je devrais être de retour dans une semaine.

— J'ai besoin de te voir, répéta Hattie.

— Quelque chose ne va pas ? demanda Melissa, percevant la tension dans la voix de sa sœur.

— Non, ça va... Mais j'ai pris quelques décisions importantes, dit Hattie avant de reprendre sa respiration, sachant que cela ne plairait pas à Melissa. J'aurais voulu te le dire de vive voix, mais je ne veux pas attendre trop longtemps. Je vais entamer la procédure pour être libérée de mes vœux. Je vais rejoindre une équipe médicale des Nations unies en Afrique. Je pars dans un mois et demi environ, mais je ne sais pas encore exactement où.

— Oh, tu es sûre de toi ? Pour ton retour à la vie laïque, je veux dire ? Pourquoi tu n'attendrais pas encore un peu de voir si c'est ce que tu veux vraiment ?

— Je sais ce que je veux vraiment : je veux être libre. De toute façon, la démarche n'aboutira que d'ici un an. Mère Elizabeth dit que cela me laisse le temps de changer d'avis, mais je sais que cela n'arrivera pas. Et ce poste en Afrique correspond exactement à mes aspirations.

— Est-ce que tu ne peux pas faire le même travail en restant nonne, pour te donner un peu de marge ?

— Je viens de te le dire : je vais le rester pendant encore un an. Ils ne vont pas me laisser partir comme ça !

Hattie se mit à sourire. Melissa était aussi bornée qu'il y a 19 ans, mais cette fois pour soutenir l'opinion contraire...

— Mais l'Afrique, Hattie ? Tu es sûre ? Tu ne pourrais pas faire la même chose ici ?

— Non, le projet est fantastique, et c'est là que je veux aller.

— Au moins, avec les Nations unies, tu seras en sécurité.

Cette mission n'en restait pas moins risquée, elles en avaient toutes les deux conscience.

— Bon, je viendrai quand même te voir à ton retour. C'est vraiment gentil d'accompagner Michaela.

— C'est ma fille, répondit simplement Melissa. C'est le moins que je puisse faire, d'autant que je suis la seule mère qu'il lui reste. Il y avait tant d'amour entre Marla et elle...

— Tu es une maman merveilleuse, Mel. Tu l'étais aussi pour Robbie.

— Merci... Et au cas où cela t'aurait échappé, je n'aime pas l'idée que tu partes aussi loin ! J'aurais préféré que tu sois coiffeuse, bibliothécaire ou artiste... N'importe quoi plutôt que de risquer ta vie dans un pays lointain.

— Mais j'aime travailler auprès d'enfants qui ont besoin de moi.

— Alors peut-être que tu devrais avoir des enfants à toi.

— J'y ai pensé, mais je préfère m'occuper de ceux-là. Il y a bien des façons d'avoir des enfants dans la vie. Toi, tu as Michaela et ses deux petits. Ce n'est plus Robbie, mais c'est le destin. Ta nouvelle famille compte sur toi, maintenant.

— Je ne serai jamais à la hauteur de Marla, dit tristement Melissa.

— Pas la peine. Tu es toi ! Vous êtes deux personnes bien différentes. Si la situation avait été inversée, je ne suis pas certaine que Marla se serait précipitée à l'aéroport pour traverser l'océan avec Michaela. Elle avait toujours d'autres choses à faire.
— Moi, je n'ai rien d'autre à faire, répondit Melissa en souriant au compliment de sa sœur. Bon, alors je compte sur toi pour venir passer quelques jours à la maison avant ton départ pour l'Afrique.
— Bien sûr. Je viens de l'annoncer à mère Elizabeth. Je dois donner mon préavis à l'hôpital et régler un certain nombre de choses.
— J'espère que tu ne pars pas trop longtemps... ?
— Un an, pour commencer. Mais je peux poursuivre si cela me plaît et qu'ils sont contents de moi.
— Je sais qu'ils le seront, lui assura Melissa. Hélas pour moi...

Elles ne tardèrent pas à raccrocher, puis Melissa parla avec Norm de la décision de Hattie.
— Je pense que c'est le bon choix, dit-il. C'est ce qu'elle veut vraiment, et elle semble douée pour ça.
— On dirait, oui. Elle va me manquer.
— Mais elle reviendra.
— Je l'espère, soupira Melissa en regardant le paysage hivernal défiler par la fenêtre de la voiture. C'est bizarre, j'étais furieuse contre elle pendant des années parce qu'elle était devenue nonne, et maintenant je déprime parce qu'elle ne veut plus l'être. Peut-être

que je m'y étais habituée. Ou alors je déteste juste le changement !

Et il s'agissait d'un changement important, surtout pour la première concernée, qui s'apprêtait à redevenir Hattie Stevens.

Ils arrivèrent à l'aéroport avec une heure d'avance. Norm accompagna Melissa jusqu'à son terminal et ils prirent un café et un sandwich pour passer le temps. À 14 h 45, ils virent au tableau des arrivées que le vol de Michaela avait atterri. Quelques minutes plus tard, une voiturette d'aéroport approcha, conduite par un steward, avec Michaela à son bord. Elle était très pâle, portait des lunettes de soleil et était habillée en noir. Melissa vit tout de suite qu'elle pleurait. Norm devait les quitter ici et il présenta ses sincères condoléances à Michaela, prit brièvement Melissa dans ses bras et lui dit d'une voix rauque :

— Prends soin de toi, Mel. Dis-moi si je peux faire quoi que ce soit pour vous aider. Je garde la maison en ton absence. Je t'aime...

— Moi aussi, murmura-t-elle en retour.

Elle monta alors dans la voiturette, passa un bras réconfortant autour des épaules de Michaela et lui plaqua un gros baiser sur la joue. Tandis que le véhicule démarrait, elle adressa un signe de la main à Norm. Celui-ci reprit le chemin du parking pour se rendre en ville, où il avait prévu de dîner avec un ami.

— Merci de m'accompagner, dit Michaela d'une voix étranglée.

Elles arrivèrent juste à temps pour l'enregistrement. On les conduisit ensuite dans une salle d'attente réservée aux voyageurs de première classe, puis on les escorta jusqu'à l'avion pour l'embarquement. Connaissant le motif de son voyage à Édimbourg, le personnel s'adressait à Michaela avec la plus grande solennité.

Mère et fille occupaient deux des quatre sièges de première classe que comprenait l'appareil. Aussitôt à bord, Melissa borda sa fille sous une couverture et lui tint la main. Derrière ses grosses lunettes, Michaela avait les yeux rouges et gonflés.

— Elle n'était pas comme les autres mères, se confia-t-elle doucement, mais elle était fabuleuse dans son genre... Et je l'aimais.

Melissa hocha la tête et l'incita à fermer les yeux pour dormir un peu. Michaela s'assoupit peu après le décollage, la tête sur l'épaule de sa mère, dont elle tenait toujours la main. Melissa refusa les deux plateaux-repas, pourtant très alléchants, et dormit par intermittence, comme si elle éprouvait le besoin de veiller sa fille. Elles atterrirent au bout de sept heures trente de vol. Melissa appela aussitôt Norm. À minuit passé, heure de New York, il était encore attablé avec son camarade et fut rassuré de l'entendre.

Un comité d'accueil imposant attendait Melissa et Michaela à la descente de l'avion : deux représentants de la compagnie aérienne, un agent technique et un policier de l'aéroport, mais aussi une grande partie de l'équipe de tournage, ainsi qu'un délégué du consulat américain à Édimbourg. Tout ce petit monde les aida à sortir rapidement de l'aéroport et les escorta jusqu'à un minibus, qui les conduisit au village où avait eu lieu le tournage du film. C'était un endroit étonnamment hors du temps, comme oublié de la modernité, idéal pour planter le décor de cette fresque historique. Sur le chemin de l'hôpital, ils passèrent juste à côté du site du crash et Michaela fondit à nouveau en larmes. Les dépouilles des autres victimes se trouvaient aussi dans la petite morgue de l'hôpital et leurs familles respectives devaient arriver d'ici la fin de la journée. Les deux femmes furent accueillies dans le bureau du directeur de l'hôpital. Le producteur du film y était déjà. Il se montra plein de bienveillance et de compassion.

Melissa épargna à sa fille l'épreuve de l'identification des corps. Elle y alla seule avec le producteur. Administrativement, c'était plus une formalité qu'autre chose, puisque Marla était sans nul doute à bord de l'hélicoptère et que personne n'avait survécu. De plus, l'hôpital avait déjà contacté le dentiste de Marla et était en possession de toutes les informations permettant de l'identifier. Pour Melissa, en revanche, ce fut un moment extrêmement rude. Elle se hâta de retourner auprès de Michaela, qui avait passé ces longues minutes d'attente au téléphone avec David.

— Merci, souffla Michaela en la prenant dans ses bras.

Le producteur leur expliqua qu'ils attendaient le feu vert des autorités locales pour les laisser rapatrier le corps : les papiers signés devaient arriver dans la soirée. En sortant de l'hôpital, elles croisèrent l'épouse du pilote, éplorée. Puis elles furent conduites à Édimbourg, où le producteur leur avait réservé une suite dans le meilleur hôtel. Devant l'entrée de l'établissement, elles ne purent éviter quelques paparazzi mais rejoignirent rapidement leur appartement, qui comprenait deux chambres et un salon. Michaela était complètement sonnée et Melissa se sentait très mal après ce qu'elle avait vu à la morgue. Une main providentielle lui servit une tasse de thé. Après l'avoir bue, elle eut la force de mettre sa fille au lit et de fermer les rideaux. Tandis que Michaela restait allongée, les yeux fixés au plafond, Melissa retourna au salon pour parler avec le producteur. Il semblait aussi choqué qu'elle. Il était très proche de Marla.

— Je n'arrive pas à y croire, dit-il à Melissa.

— Oui, c'est un cauchemar...

— Ça faisait trente ans qu'on se connaissait. J'ai fait mon tout premier film avec elle ! Et me voilà en train d'affréter un avion pour rapatrier son corps...

La société de production ne lésinait pas sur les moyens pour l'actrice la plus célèbre des États-Unis, et il serait bien plus simple et confortable d'utiliser un jet privé que de transporter le cercueil dans deux avions de ligne jusqu'à Los Angeles. Les assistants personnels de Marla étaient déjà en train d'organiser un office sous haute sécurité à l'église Good Shepherd de Beverly Hills. L'accès ne serait possible que sur invitation et interdit à la presse. Par la suite, les cendres de Marla seraient inhumées aux côtés de son mari lors d'une cérémonie strictement réservée à la famille. Aucun autre détail n'était encore réglé, si ce n'était que Michaela avait demandé à David une couronne de muguet et d'orchidées blanches, les fleurs préférées de sa mère. Les assistants faisaient tout leur possible pour que l'événement ne tourne pas au cirque médiatique. La police de Los Angeles avait déjà posté un cordon de sécurité autour de la résidence de Marla, afin de tenir à distance les fans et les curieux. Depuis l'annonce de sa mort ce matin-là, les gens s'étaient réunis devant chez elle et se recueillaient en pleine rue.

Michaela dormit quelques heures, puis erra dans la suite tel un fantôme. Elle ne voulait pas se risquer hors de l'hôtel, car les fans avaient commencé à s'attrouper à l'extérieur. Quelqu'un avait dû révéler à la presse que la fille de Marla Moore se trouvait là...

Peu avant 18 heures, les autorités écossaises signèrent le certificat de décès ainsi que les papiers autorisant la famille à rapatrier le corps, puisque les circonstances de l'accident étaient bien établies. Michaela et Melissa quittèrent l'hôtel par une porte de derrière à 21 heures. Quant au producteur, il restait à Édimbourg pour s'occuper des familles des deux autres acteurs décédés.

Le jet privé décolla aussitôt le plan de vol approuvé, aux alentours de 22 heures. Lorsqu'il atterrirait à Los Angeles à 2 heures du matin, heure locale, après douze heures de voyage, une patrouille de police attendrait pour accompagner le corps de Marla jusqu'au funérarium. La crémation aurait lieu le lendemain. Une foule de fans se trouvait déjà à l'aéroport, dans l'espoir d'apercevoir la fille de Marla Moore ou le cercueil de la star. Un second cortège de voitures escorterait Michaela chez elle avec Melissa. Dans la rue où habitait Marla, bloquée depuis le matin, des milliers d'admirateurs déposaient des fleurs et des bougies pour un moment de recueillement – une veillée funèbre spontanée que la police tolérait, même si tout le quartier était paralysé et que les riverains devaient garer leurs véhicules à plusieurs centaines de mètres de leur domicile. Melissa se demanda comment Marla aurait accueilli le fait d'être honorée comme une souveraine. Elle qui avait la tête sur les épaules n'en avait pas moins été la dernière légende encore en vie, incarnant à elle seule la gloire et le glamour de Hollywood. Toute la journée, les journalistes avaient interviewé d'autres stars qui lui rendaient de vibrants hommages.

Assommée par le deuil, Michaela dormit presque tout le vol. Une heure avant l'atterrissage, elle s'éveilla, se lava le visage et se brossa les cheveux, puis enfila un chemisier et un blazer noirs. En la voyant ainsi, Melissa pensa au retour de Jackie Kennedy depuis Dallas après l'assassinat de son mari.

Sur le tarmac, les policiers accompagnèrent Michaela et Melissa jusqu'à un véhicule noir aux vitres teintées et les exfiltrèrent de l'aéroport. Le cercueil fut chargé à bord d'un autre véhicule qui eut bien du mal à se frayer un chemin jusqu'aux pompes funèbres, malgré l'intervention de la police.

David les attendait à la maison. Michaela s'effondra littéralement dans ses bras, puis tous les trois s'assirent au salon et bavardèrent un moment. Michaela remercia Melissa de tout ce qu'elle avait fait au cours des dernières vingt-quatre heures.

— C'est la folie en ville, expliqua David. Il y a des rues barrées, des gens en larmes partout. La police estime à cent mille le nombre de personnes qui passeront devant chez elle d'ici demain. On ne peut pas approcher. Mais pour te dire la vérité, je pense que Marla aurait adoré ça.

— Oui, je le crois aussi, acquiesça Michaela.
— On dirait les funérailles de la reine d'Angleterre, ou quelque chose comme ça. Les obsèques ne vont pas être simples à organiser. Les assistants ont envoyé des e-mails et des SMS aux trois cents invités, leur demandant une réponse immédiate. Ils ont tous répondu présent.

Quelques minutes plus tard, David aida Michaela à se mettre au lit comme une enfant. Andrew et Alexandra, quant à eux, étaient endormis depuis longtemps. Ils n'avaient pas eu le droit de mettre le nez dehors de toute la journée. Après que Melissa eut souhaité bonne nuit à sa fille, David la conduisit à la chambre d'amis. Elle était toujours un peu sonnée, mais commençait à se remettre de ses émotions.

Au matin, lorsqu'elle ouvrit les yeux, percluse de douleurs après tout le stress et les nombreuses heures de voyage des deux derniers jours, elle découvrit Andrew en train de la regarder, debout près du lit. Sa sœur était à côté de lui.

— Notre Gigi Marla est morte, annonça-t-il, l'air grave. C'était notre grand-mère, mais on n'était pas censés le dire : elle n'aimait pas ce mot. Maintenant, on a toi, résuma le petit garçon d'un ton pragmatique.

— Toi aussi, tu es notre grand-mère, dit Alexandra. Gigi Marla est tombée dans un avion. Il est tombé à cause d'une tempête. Même que c'était un hélipoptère. Et Dieu l'a sortie de l'hélipoptère pour l'emmener tout droit au paradis. C'est là qu'elle est maintenant. Elle me manque ! Tu veux jouer au jeu Barbie sur mon iPad ?

— Bien sûr, ma puce.

En chemise de nuit, Alexandra grimpa dans le lit à côté de sa grand-mère. Andrew arborait son pyjama Superman. Alex alluma l'iPad qu'elle avait apporté. Le jeu consistait à habiller les poupées Barbie dans une multitude de tenues disponibles. Ce rôle de grand-mère était tout nouveau pour Melissa, tout comme le fait de s'occuper d'une petite fille.

— Vous savez, les enfants, votre bonhomme de neige tenait encore debout quand je suis partie de chez moi. Il penche un peu, mais il est encore là.

— Je veux revenir chez toi ! lança Andrew, qui grimpa dans le lit à son tour.

Il fit la grimace en voyant les Barbie. Michaela les trouva tous les trois très concentrés au-dessus de l'iPad lorsqu'elle passa la tête par l'embrasure de la porte. Elle avait à peu près repris forme humaine.

— Ils t'ont réveillée ?

— Non, non, je ne dormais plus, répondit Melissa avec un large sourire.

— On habille les Barbie, expliqua Alexandra à sa mère.

— Barbie, elle est nulle, cracha Andrew.

— Superman aussi, riposta sa sœur.

— Ça suffit, maintenant. Filez prendre votre petit déjeuner.

Ils décampèrent.

— Désolée s'ils t'ont réveillée...

— Non, non, ils sont adorables !

Michaela avait su trouver les mots pour annoncer et expliquer aux enfants la mort de leur grand-mère. Toutefois, elle ne voulait pas qu'ils soient présents aux funérailles. Ils étaient trop jeunes, ce serait trop dur pour eux.

Ce soir-là, la tradition aurait voulu qu'une veillée funèbre soit organisée après le temps de recueillement propre à la famille. Les gens passaient alors généralement sans invitation et à l'heure qui leur convenait, ce qui n'était guère envisageable dans le cas présent. À la place, on invita une cinquantaine des plus proches amis de Marla à venir prendre une flûte de champagne au domicile de Michaela et David. N'était-ce pas ce que Marla aurait voulu ? À midi, le nombre de personnes qu'on ne pouvait absolument pas oublier était passé à cent.

Le lendemain, l'office religieux serait immédiatement suivi de la crémation et de l'inhumation de l'urne, puis d'une réception pour les amis de Marla à sa résidence. L'ensemble ressemblait à une superproduction orchestrée par ses trois assistants, qui avaient établi leur quartier général dans la salle à manger de Marla et appelaient Michaela toutes les cinq minutes pour lui demander son accord sur chaque point de détail.

— Je ne m'attendais pas à ce que ce soit aussi dingue, dit Michaela.

Elle était assise à la cuisine avec Melissa. David venait de les rejoindre.

— Pourtant, c'était évident, répondit-il. Marla était l'une des plus grandes stars sur Terre ! Tout se passe dans la plus pure tradition hollywoodienne et elle en aurait adoré chaque minute. Je suis sûr qu'elle nous regarde de là-haut, excitée comme jamais.

Michaela eut un petit rire – le premier depuis le drame.

— Si tu as besoin de prendre le large, tu peux venir chez moi quelque temps, lui rappela Melissa.

— Oh, je pense que l'effervescence retombera vite, dit Michaela.

— Je n'en suis pas si sûr..., répondit David, plus réaliste.

— En tout cas, merci pour votre accueil, reprit Melissa.

Il n'était pas évident pour elle de trouver sa place, d'éviter d'être intrusive tout en soutenant sa fille. Michaela avait déjà bien meilleure mine depuis qu'elle était rentrée chez elle, avec David et les enfants autour d'elle. Sous l'œil des médias, elle était soumise à une forte pression. Il fallait garder la situation bien en main et limiter les débordements de toute sorte pour organiser des funérailles aussi dignes et sobres que possible compte tenu des circonstances.

Le soir venu, Melissa enfila une robe noire pour la réception des plus proches amis de Marla. Il y avait là tous les visages célèbres de Hollywood. Michaela la présenta à chacun des premiers arrivants, mais rapidement le salon fut plein à craquer. Les derniers invités repartirent à minuit, tout le monde ayant éclusé des rivières de champagne.

La journée du lendemain ressembla à une immense fresque historique de la grande époque hollywoodienne. Il y avait pas moins de trois cents invités présents dans l'église et des milliers de fans qui attendaient dehors, derrière des barrières de sécurité. La cérémonie fut émouvante, mais Melissa eut tout de même l'impression d'être dans un film plutôt qu'à l'enterrement d'une mère de famille. Les fleurs choisies par Michaela reflétaient complètement la personnalité de la star. Dans son tailleur Chanel, avec son petit chapeau assorti, Michaela ressemblait à nouveau à Jackie Kennedy – Marla aurait approuvé. Melissa se tenait derrière sa fille et personne n'avait la moindre idée de son identité. Elle se dit qu'elle devait avoir l'air d'être la nounou de la famille, ce qui fit bien rire Norm quand elle le lui raconta au téléphone. À la sortie de l'église, la police avait fermé la voie rapide pour permettre au cortège de rejoindre le cimetière à l'abri des paparazzi. En somme, Marla Moore reçut un hommage digne d'un chef d'État.

Et puis ce fut terminé. Melissa, Michaela, David et les enfants se retrouvèrent tous les cinq autour de la table de la cuisine pour dîner.

Melissa avait eu du mal à se sentir totalement impliquée dans ces cérémonies. Tout avait été si démesuré, à l'image de l'immense star qu'avait été Marla Moore. Que ce soit pour Robbie ou ses parents, elle n'avait connu que des enterrements très intimes. Elle comprit alors à quel point la vie de Michaela aurait été différente si, au lieu d'être élevée par Marla, elle était restée la fille illégitime d'une adolescente de 16 ans, dans un milieu bien moins fortuné. Finalement, les nonnes de Saint-Blaise n'avaient peut-être pas tort sur toute la ligne...

Le lendemain matin, les enfants retournèrent à l'école et David à son bureau. La foule s'était dispersée. La vie semblait avoir repris son cours. En revanche, les assistants et la gouvernante de Marla comptaient encore un bon millier de personnes devant la maison de la défunte.

— Oui, elle aurait adoré tout ça, répéta Michaela avec un soupir.

— Il devait y avoir quelque chose de très excitant à grandir dans un environnement pareil, suggéra Melissa, dépassée par tout ce qu'elle avait vu.

— Parfois. Mais dans l'ensemble, cela ne me plaisait pas beaucoup. Je rêvais plutôt d'avoir une mère comme toi. Être une star n'est pas si facile. Être une fille de star encore moins. Marla adorait faire parler d'elle. Elle disait que c'était bon pour le box-office, ce qui la préoccupait énormément. Mais elle avait un cœur en or.

— Je me souviendrai toujours de notre rencontre. Elle m'a beaucoup plu, ce jour-là.

— C'était réciproque.

La mère et la fille restèrent silencieuses. Melissa avait pris congé des enfants au petit déjeuner.

Au moment de repartir pour Boston, elle promit de revenir bientôt. Elle voulait éviter de s'imposer trop souvent, mais maintenant que Marla était partie, Michaela réclamait cette présence. Melissa la prit longuement dans ses bras, l'embrassa et lui dit qu'elle l'aimait. Puis elle monta à bord de son taxi et adressa un signe de la main pendant que la voiture s'éloignait. Quelle curieuse expérience... C'était à une femme hors du commun que son bébé avait été confié, quelques minutes après sa naissance. Marla avait pris soin de Michaela pendant trente-trois ans... Et puis, par cet accident d'hélicoptère aussi tragique qu'improbable, Marla lui avait en quelque sorte rendu sa fille. C'était désormais à Melissa de prendre le relai. Un sourire se dessina sur ses lèvres ; elle avait l'impression étrange que Marla lui souriait en retour, lui donnant sa bénédiction. Elle l'entendit presque dire : « Prends bien soin de notre grande fille. » Silencieusement, Melissa lui en fit la promesse.

17

Norm alla chercher Melissa à l'aéroport de Boston, et elle profita du trajet jusqu'aux Berkshires pour lui décrire le déroulement des derniers jours. Le récit ressemblait plus à un scénario de film qu'à la vraie vie. Mais en même temps, cela correspondait bien à Marla, qui ne faisait rien dans la demi-mesure. Elle laissait derrière elle une fille qui l'aimait, à qui elle avait transmis des valeurs et des principes. Michaela était à son tour une merveilleuse maman, ce qui était aux yeux de Melissa le plus bel héritage qu'elle ait reçu. Et maintenant, Marla venait de la lui confier.

Cette idée poursuivit Melissa toute la journée du lendemain, et elle en parla à Norm à son retour du travail.

— C'est parfois drôle, comme les gens vont et viennent dans la vie, n'est-ce pas ? Michaela avait disparu de mon existence. Puis Robbie est arrivé avant de repartir, mais Michaela est réapparue. Marla n'est plus parmi nous, mais je suis là pour Michaela et ses enfants. Carson m'a quittée, mais te voilà ! Pareil pour ta femme. Une personne disparaît, une autre apparaît sans prévenir. C'est comme si on finissait par avoir ce dont on a besoin, au bon moment, et même après les pires tragédies. Mais toujours de manière inattendue. On ne peut absolument pas savoir ce qui se passera ensuite.

Norm hocha la tête. Il était d'accord avec cette idée et aimait bien sa façon de la formuler.

— Heureusement qu'on ne peut pas savoir, fit-il remarquer. Cela enlèverait toute saveur à la vie. À ce propos, il y a une question que je voulais te poser depuis un moment... Maintenant que tu es à nouveau une mère, et même une grand-mère respectable, et que tes enfants vont venir te voir souvent... Avons-nous besoin de nous marier ?

Il espérait qu'elle dirait oui, mais ne savait comment le formuler sans l'effrayer !

— Besoin ? Non, je ne crois pas. Cela ne garantit rien du tout, je l'ai appris à mes dépens, et toi aussi. Un pas de côté, et tout vole en éclats...

— Je n'ai pas l'intention de faire un pas de côté. Toi, peut-être ?

Elle secoua la tête.

— Non, mais je trouve qu'on est très bien comme ça, avoua-t-elle. Il y a là-dedans quelque chose d'un peu coquin qui me plaît follement. C'est très sexy ! Ni toi ni moi ne voulons d'autres enfants et de toute façon je suis trop vieille pour ça. Oui, gardons notre relation telle quelle, nous sommes heureux ainsi, c'est le plus important.

Norm n'avoua pas sa déception, de peur de paraître trop mièvre ou ringard. Mais Melissa le surprit en proposant une alternative :
— En revanche, tu pourrais peut-être emménager ici pour de bon ? dit-elle en l'attrapant par la taille.
— Je ne suis pas contre. Ça fait viril, non ? « C'est la femme avec qui je vis… », dit-il en parlant d'une voix plus grave que d'habitude.
— Oui, vivons dans le péché ! lança-t-elle en riant, ce qui eut l'effet escompté.
Commençant à la caresser, Norm rebondit :
— Parce que l'avantage, si on vit ensemble, c'est qu'on pourra faire l'amour quand on veut, tu vois…
— Voilà qui est prometteur, gloussa Melissa.
Et elle le suivit jusqu'à la chambre.

Norm emménagea le week-end suivant. Hattie vint le même jour pour raconter à Melissa ses futures missions au Kenya avec l'ONU. Elle venait de signer les papiers du Vatican et de l'archevêché pour demander à être libérée de ses vœux. Sa main tremblait, mais elle savait que c'était la bonne décision.
À cette occasion, Norm et Hattie se rencontrèrent pour la première fois. Après un joyeux déjeuner dans la cuisine, Hattie remarqua que Norm montait des cartons à l'étage.
— Il emménage ? murmura-t-elle.

— Cela m'en a tout l'air ! répondit Melissa, les yeux pétillants.
— Vous vous mariez ?!
— Pas que je sache. En tout cas, pas tout de suite.
— Et s'il te le proposait, tu dirais oui ? insista Hattie, curieuse.

Les deux tourtereaux étaient si bien assortis ! Norm lui avait fait très bonne impression. Même si Hattie s'était toujours bien entendue avec Carson, elle devait admettre que Norm et Melissa semblaient vraiment faits l'un pour l'autre.

— J'ai appris à ne rien présumer de l'avenir, répondit enfin Melissa. Chaque fois que j'ai essayé, j'ai échoué. Comme avec toi, par exemple. Je n'aurais jamais cru que tu quitterais le couvent.

— Moi non plus, avoua Hattie, songeuse.

Elle sourit à Norm, qui s'engageait dans l'escalier, une valise à la main. Lorsque Hattie repartit un peu plus tard, il avait monté toutes ses affaires. Elle promit de revenir passer quelques jours avant son départ pour l'Afrique.

Au dîner, Melissa et Norm parlèrent du destin hors du commun de Hattie, autour d'un de ces délicieux soufflés au fromage dont lui seul avait le secret.

— J'ai réalisé aujourd'hui que tout le monde finit par trouver sa place, déclara Melissa. Michaela avec David, les enfants, et moi pas trop loin. Toi et moi. Carson avec Jane et ses filles. Hattie en Afrique. C'est comme un kaléidoscope. La terre tourne, le temps passe, le destin agite toutes les possibilités et voilà que nos vies se font et se défont. J'aime bien la configuration actuelle. Ce qui doit arriver finit par arriver. Même s'il y a des moments difficiles, on peut toujours ouvrir un nouveau chapitre.

Norm haussa un sourcil. Il n'était pas certain de ce qu'elle entendait par là.

— Les derniers mois m'ont donné matière à écrire, explicita Melissa.

— Vraiment ?

— Je crois que oui...

Ils finirent de dîner et, tandis qu'il la suivait à l'étage, elle commença à lui expliquer le projet qu'elle avait en tête.

Heureux pour elle, il l'embrassa en haut de l'escalier. Tant de choses s'étaient passées ! Melissa sourit en pensant à Marla, qui l'avait toujours encouragée à écrire. Elle avait peut-être raison. C'est la colère qui lui avait inspiré ses premiers romans, mais depuis qu'elle avait retrouvé sa fille, les choses avaient profondément changé. Elle écrirait un nouveau livre, elle en était aujourd'hui certaine. Et il porterait sur les mystères de la vie.

Très chers lecteurs,

J'espère que vous avez pris autant de plaisir à lire ce roman que j'en ai eu à l'écrire !
Et je suis très heureuse de vous rappeler tous nos rendez-vous de 2023.

Les voici.

— *Royale*, le 5 janvier 2023
— *Les Voisins*, le 2 mars 2023
— *Ashley, où es-tu ?*, le 4 mai 2023
— *Jamais trop tard*, le 29 juin 2023
— *Menaces*, le 24 août 2023
— *Les Whittier*, le 9 novembre 2023

Je vous remercie pour votre fidélité.

Très amicalement,

ROYALE

Été 1943. Le roi et la reine décident d'envoyer leur plus jeune fille, la princesse Charlotte, loin de Londres et de la guerre. Dans l'anonymat, à la campagne, une nouvelle existence commence pour elle. Des drames vont s'en mêler.

Vingt ans plus tard, des secrets remontent à la surface. Une jeune princesse se révèle.

LES VOISINS

Après un violent tremblement de terre à San Francisco, Meredith, ancienne star hollywoodienne qui vit à l'écart du monde, ouvre les portes de sa grande et belle maison à ses voisins. Dans cette nouvelle intimité inespérée, des amitiés et des relations se nouent, des secrets sont révélés.

ASHLEY, OÙ ES-TU ?

Melissa Henderson a abandonné sa carrière d'auteure à succès. Elle mène désormais une vie tranquille dans le Massachusetts. Après un incendie et un appel de Hattie, la sœur qu'elle n'a pas vue depuis des années, elle comprend qu'il est temps de rouvrir l'un des plus douloureux chapitres de sa vie.

JAMAIS TROP TARD

Eileen Jackson n'a jamais regretté d'avoir mis de côté ses rêves pour élever ses enfants et se consacrer pleinement à sa famille. Avec son mari, ils ont construit une vie simple mais heureuse dans le Connecticut. Quand elle découvre que son mari la trompe, Eileen comprend que ce bonheur n'était qu'un mirage, et sa vie un mensonge.
À 40 ans, sera-t-il trop tard pour tout recommencer ?

MENACES

L'hôtel Louis XVI est depuis toujours l'un des plus chics de Paris. Récemment rénové, il est prêt à rouvrir ses portes pour accueillir anciens et nouveaux clients – et leurs vacances, drames, rendez-vous romantiques ou secrets politiques. Mais le danger plane dans l'hôtel.

LES WHITTIER

Âgés de 20 à 40 ans, les enfants de Preston et Constance Whittier se retrouvent dans le manoir familial de Manhattan après la mort tragique de leurs parents. Désormais orphelins, les six héritiers sont à un carrefour de leurs existences. D'âges et de caractères différents, ils doivent trouver une solution pour réussir à vivre de nouveau ensemble dans cette maison pleine de souvenirs dans laquelle ils ont grandi.

ŒUVRES DE DANIELLE STEEL
AUX PRESSES DE LA CITÉ (Suite)

En héritage
Disparu
Joyeux anniversaire
Hôtel Vendôme
Trahie
Zoya
Des amis proches
Le Pardon
Jusqu'à la fin des temps
Un pur bonheur
Victoire
Coup de foudre
Ambition
Une vie parfaite
Bravoure
Le Fils prodigue
Un parfait inconnu
Musique
Cadeaux inestimables
Agent secret
L'Enfant aux yeux bleus
Collection privée

Magique
La Médaille
Prisonnière
Mise en scène
Plus que parfait
La Duchesse
Jeux dangereux
Quoi qu'il arrive
Coup de grâce
Père et fils
Vie secrète
Héros d'un jour
Un mal pour un bien
Conte de fées
Beauchamp Hall
Rebelle
Sans retour
Jeu d'enfant
Scrupules
Espionne
Royale
Les Voisins

Vous avez aimé ce livre ?
Si vous souhaitez avoir des nouvelles de Danielle Steel,
devenez membre du
CLUB DES AMIS DE DANIELLE STEEL.

Pour cela, rendez-vous en ligne à l'adresse :
https://bit.ly/newsletterdedaniellesteel
Ou retrouvez Danielle Steel sur son site internet :
www.danielle-steel.fr

La liste des romans de Danielle Steel publiés aux Presses de la Cité se trouve au début de cet ouvrage. Si vous ne les avez pas déjà tous lus, commandez-les vite chez votre libraire !

Au cas où celui-ci n'aurait pas le livre que vous désirez, vous pouvez (si vous résidez en France métropolitaine) nous le commander à l'adresse suivante :

Éditions Presses de la Cité
92, avenue de France
75013 Paris

Imprimé en France par CPI
en avril 2023

Composition et mise en pages
Nord Compo à Villeneuve-d'Ascq

Pour plus d'information :

Imprimé sur du papier issu de forêts gérées durablement.

N° d'impression : 3052542